城市农夫的四季

董　静　著

合肥工业大学出版社

图书在版编目（CIP）数据

城市农夫的四季/董静著. —合肥：合肥工业大学出版社，2024

ISBN 978-7-5650-6581-1

Ⅰ.①城… Ⅱ.①董… Ⅲ.①散文集—中国—当代 Ⅳ.①I267

中国国家版本馆CIP数据核字（2024）第092866号

城市农夫的四季

董 静 著   责任编辑 张 慧

出 版	合肥工业大学出版社	版 次	2024年5月第1版
地 址	合肥市屯溪路193号	印 次	2024年5月第1次印刷
邮 编	230009	开 本	710毫米×1010毫米 1/16
电 话	人文社科出版中心：0551－62903205	印 张	16.25 彩插 1.25印张
	营销与储运管理中心：0551－62903198	字 数	286千字
网 址	press.hfut.edu.cn	印 刷	安徽联众印刷有限公司
E-mail	hfutpress@163.com	发 行	全国新华书店

ISBN 978-7-5650-6581-1   定价：48.00元

如果有影响阅读的印装质量问题，请与出版社营销与储运管理中心联系调换。

夜来香

柚子花

紫脉金银花

绿脉金银花

苦菊花

君子兰

红芋叶

红 芋

干尖椒

花　椒

香瓜和茄子

茄子和橘柚

生　菜

莴　笋

无架豆角

红萝卜

瓠子

黄　瓜

绿　蔬

生　姜

土　豆

无花果

枣 子

枇 杷

山　楂

米 兰

百岁老妈摘蔬果

摘枇杷

摘苦瓜

摘冬瓜

城市农夫的四季（自序）

董　静

　　《城市农夫的四季》以四季为自然背景，以城市露台为农耕舞台，以花果蔬菜、乌龟蚯蚓为互动对象，以书写阅读为美味佳茗，以趣味爱心为生活动力，通过对蔬果的种植，对小乌龟、小昆虫的养护，观察天地事物的变化，体会动植物的萌芽成长，感受劳动和收获的满足，记录生活的情趣和哲理。女性、知性、城市、露台、蔬果、乌龟、瓢虫、桑葚、四季、河流、野菜、艾草、阅读、书写、亲情、友情等，是该书的主要内容和关键词。

　　我的梦想，那就是能在喧嚣与拥挤的都市中拥有一所属于自己的小院落，养养花，种种菜，好不惬意。"采菊东篱下，悠然见南山"是我一直向往的田园生活。每天的餐桌上，刚采摘来的上面还滚着露水珠的绿蔬绿果，养眼、养颜、养胃、养心，更养身；闲暇时，坐在菜前月下喝喝茶、看看书，哪怕是发发呆也是一种心满意足。

　　可身居林立高楼和柏油马路间的我，想实现它犹如白日做梦。没有条件，创造条件也要上。首先，我把坐落在八楼客厅外的花园露台改造成一个小菜园，当然也留下了少许花草。之所以保留一些花草，是因为这里曾是先生的心爱花园，当年少说也有百余盆花木，有段时间因为工作繁忙，他就把花园托付给我来照顾。

　　谁的地盘谁做主。自从我接管花园后，心心念念的种菜情结越发浓烈。开始，只是隔三岔五地淘汰一两盆花草，用来栽种些小葱、小蒜啥的。尝到了甜头，在一个春暖花开的日子，我又买来了辣椒、西红柿、茄子等秧苗。就这样，满园的花卉在我的操持下逐渐地被菜所取代。其实，所谓菜园，无关大小。事实证明，家里的阳台、窗架、庭院，都能让你足不出户实现这看似遥不可及的田园种菜梦。

爱因斯坦说过："兴趣是最好的老师。"的确，我的露台菜园虽小，却被我打造成貌似"庄园"的规模。这里不仅蔬菜品类多多，果树花繁叶绿，还能得到精神的超值享受。它是家人的菜篮子，也是我文学创作的"食材"基地。时常，我会拍几张水灵灵的时令蔬果图与亲友分享，喜悦之情溢于言表。对我来说，这些菜地里长出来的文字，充满了泥土的香味。正应了先生的那句"名言"：有什么样的生活，就有什么样的创作。这种沉浸式的观察、享受和记录，为我源源不断地提供鲜活素材，有细节，有情趣，接地气，一篇篇蔬果小文诞生了，如今将它们结集成书，与爱好城市种植的读友们共享。

此书较为契合城市中年知识女性和退休人士的阅读需求。这类读者家庭稳定，事业有成，生活稳定丰足，他们在较好的物质生活条件下，天然地渴望一种有品位、有内涵、有趣味、有爱心、丰富生动、亲近自然的生活。

多年前，一众好友戏封我为城市农夫、具有"静氏风格"的"绿色写作的田园作家"，以及"城市庭院经济协会会长"。我喜欢城市农夫这个称呼，它对于酷爱种植的我来说很贴切。所以，我常以城市农夫自居。

我喜欢在城市农夫系列小文中植入花草菜果的一些药用价值、食补方法和吃法。因为我想以浅显的、通俗易懂的、家常白话式的语言来传递相关知识。中国许多蔬果是药食同源的，因而我们最好既知其味，又知其效，还知其所以味、所以效。尤其是在药效方面，所谓偏方治大病，有时还真有点道理。比如当我们内火燃起、口舌起泡时，适当喝些金银花水，或蒲公英水，火气往往很快就消退了。

在我的不懈宣传下，不少友人也开始利用自家有限的户外空间植蔬养果了。小小花盆能量大，源源不断结果蔬。可以自豪地说，这些年我种植过的蔬菜，包括了当地适产的大部分品种。甚至连甘蔗这样的南方植物，我都尝试过，虽然限于花盆面积，它们长势很弱。我会利用有限的场地资源，采取套种的方式种植，即在上一拨蔬菜将要收尾时抢茬播插新的种苗，等上一茬时蔬收场，下一茬菜又长了起来。这样做有两大好处，一是提高了盆土的利用率，二是可以通过轮作自行优化土壤品质。

每天清晨，我都会被园中叽叽喳喳的鸟鸣声唤醒，早早起床。我会第一时间走进小菜园，在里面溜达一圈，和蔬果打个招呼，做做操，唱唱歌，顺手拔点芫荽，剪几片菜叶，掐几枝薄荷，揪几管葱尖，再摘一个还挂着花的嫩黄瓜，吃一口，脆生生，清香淡甜。这些无公害的绿蔬绿果，味道好极了。这时，散养在园子里的五只小乌龟，会慢吞吞地爬到我跟前，提醒我要给它们投食喂水了。平时园子里的蜗牛、蚯蚓、菜虫是乌龟们最喜欢的自助美餐。

家有小菜园，还有一大好处，就是能够激发体内美丽因子，增加每日活动量，强迫自己每天必须浇灌打理，容不得半点偷懒，进而增强了自身体质。众所周知，户外的生活方式使人轻松愉快，有助于身心健康。每天摆弄植物，做一些低强度的运动，培养一种有规律的闲逸生活，心理、情绪和身体都会变得顺然又和睦。同时，适度的阳光和清新的空气，也能让焦虑的心情恢复平静；蔬菜及果实的采收，还能让人产生极大的充实感和成就感。通过园圃里的劳动，人体内的古老基因也会不时苏醒，使人仿佛能回望远古先人们的劳作场面，因而唤醒心底的怀旧之情和乡情，能听到天性初心的那种召唤。而不同植物（蔬菜）的颜色和质地，完全可以改善人的视觉和触觉体验，这点我感触很深。自己和同龄人相比，之所以还没有花眼和生白发，应该得益于多年来的果蔬种植。每当自己工作、读书、码字、玩手机感到疲倦时，菜园自是我解除内压秘不外宣的最佳去处。在人挤人的城市里，有一块可以"滋养"身心的青青小菜园，何尝不是一种福气。

人间至味是清欢。园子里的蔬果依循季节，春生，夏长，秋收，冬藏，让我这个城市农夫能够零距离地体验天时地意、四季更替，这难道不是都市人感受自然的一个绝佳方式吗？同时，又能自己动手，丰衣足食，源源不断地为家人，有时也为亲友，提供虽说不上丰富，但富有趣味的美味佳肴，不亦乐乎！这些不含添加物、纯天然的蔬果，带给我的不仅仅是舌尖上的享受，更是劳动后的快乐与满足。享受着都市里的田园种植慢生活，它给我的心灵平添了一份淡然和超脱。用心耕耘，不问收获，反而就有了不是收获的丰收。正如一位朋友所言，姐种的不是菜，种的是心情！

2023 年 5 月 22 日于合肥听雨花园

目　　录

第一卷　城市农夫的四季

❧ 春　季

早春二月荠菜香

当立春巧遇除夕，这可是稀罕呀，据说 100 年内只有 3 次。入春以来，雨雪连连，绵绵春雨下个不停，于是朋友圈里几乎天天都能看到调侃的段子：太阳公公是"流浪"去了？问世间"晴"为何物？气象台专家介绍，出现这样持续性阴雨寡照天气也是罕见的，降雨量创 58 年来的同期最多。

昨日又是一场雨夹雪，记不清这是新年的第几场雨雪了。湿冷的天气，露台上三园（菜园、果园、花园）里的冬蔬长势缓慢，再加上有丰沛的春雨滋养，不需要浇灌它们，已有些日子没有光顾了。开会在外的先生从京城发来信息，说有时间去市场买些发芽的土豆，可以播种了。我虽号称城市农夫，在平台上的花盆里种蔬菜也有十几个年头了，但对于播种时间还是拿不准，多数还要听较为专业的他的指导。

今天雨水难得暂歇，抓紧整理盆土。多日不见，每一盆土上面密密麻麻地长出一棵棵貌似荠菜的小苗，挖出一棵闻一闻，小小秧苗发出荠菜那浓浓的特有的香味。是荠菜，我确信无疑！这真是件让人高兴的事，一扫连日阴雨带来的不悦心情。我望着一盆盆的蒜苗或香菜的间隙处长出的一棵棵荠菜，欢喜得不得了。哈，终于圆了我不出家门在自家园子里可以挖到荠菜的愿望了。记得荠菜种是多年前老家大姐在野外收集的，回家我就把它们撒在一处，可能是季节不对，当年并没有发芽。后来的几年也是偶尔会发现一棵或几棵，不成气候，也拿不准是否是荠菜，一直不敢食用。野菜是不能乱吃的，为此，有一年我俩在初春还特地拜师去郊区挖荠菜，主要是学习如何识别荠菜。也许因为今年雨水多的缘故吧，荠菜多得超出想象，一会就挖出了大半斤荠菜。在园子里接雨水的桶里洗一洗，小小的荠菜青嫩翠绿，连那长长的白根须我都舍不得剪弃。又拔了几棵青蒜苗，放在滚开的鸡汤里烫一下，不需要添加任何佐料，原汁原味，汤鲜味香，真是舌尖上的美味。写这篇文章时，味蕾再次绽开，口舌生津，马上再去厨房来一碗荠菜鸡汤。

又到一年荠菜季。早春二月的野荠菜，虽然个头小，但嫩鲜可口。荠菜是春季野菜之首，有"天然抗生素"之称。荠菜也叫护生草、枕头草，多长在田野、路边或庭院，北宋文学家苏东坡就有咏荠的名句"时绕麦田求野荠"，可见到田间挖荠菜为历代人们所喜爱。现在虽说市场上一年四季都能买到荠菜，但那多数是大棚中种植的，口感味道差多了。

荠菜的吃法很多，有荠菜饺子、荠菜圆子、荠菜炒鸡蛋、凉拌荠菜、荠菜煲汤等。我最爱吃的是家乡的荠菜合子，大姐做的荠菜合子鲜美无比。稍等几日，让园子里的荠菜长大一些，挖一篮送大姐，请大姐做她拿手的荠菜合子，再饱口福。

（发表于 2019 年 3 月 2 日《市场星报》）

又闻春韭香

俗话说"春吃韭菜夏吃瓜"，春韭素有"春天第一鲜"的美誉。尤其是初春的第一茬韭菜，也叫"头茬韭菜"，香浓色秀，味美叶嫩，叶质肥厚，鲜中带甜，无论是营养还是口感都是极佳的。

韭菜为多年生的草本植物，一年四季生长，所以又叫"长生菜""起阳草"。它只需栽种一次，就可一茬茬连续收割，有着"野火烧不尽，春风吹又生"的气度。居家小菜园种上几垄韭菜，最好不过了，随吃随剪，既便利又实惠。作为自称城市农夫的我，园子里自然少不了它。

种植韭菜，看起来容易，可真正管理好它却很难。我种植四季蔬菜也有十几个年头了，虽然都是种在一个个花盆里，规模小，但种植经验还是有的。一般像辣椒、黄瓜、红芋等一些常见菜品，不是自吹自擂，收成相当不错，每每让人羡慕不已。唯有韭菜，成了我种植过程中遇到的"刺头"。

记得第一次种韭菜，是熟人给的一把韭菜根，回家把它栽到一个长方形的大花盆里。很快，韭菜齐刷刷地露出了土面，长出了翠绿的新叶。那年从春到秋，韭菜吃了一茬又一茬。可到了第二年，韭菜开始变得又小又细，口感也不尽如人意，慢慢地几乎消失不见了。我左思右想，不得其解。

后来有一次，春季赶集市买秧苗，请教菜农后才知：韭挪壮。尽管韭菜的生命力强，但两三年过后，要给它挪地方，即更换土壤，同时需要剪掉根部的长须，重新栽培。那天在集市又买了一大把韭菜根。第二年按照菜农教的方法，换盆换土，但不知怎的，韭菜还是没有先前茁壮和水灵，让人困惑不已。

再后来，有一年初春，我们去郊外找寻野荠菜，在一处荒废的田地里发现了一片韭菜。四周查看一番，应该不是人为种植的，这里以前可能是块菜地。当时，土壤干旱得厉害，用挖荠菜的小铲子好不容易连根挖出了一些韭菜，回家宝贝似的把它们栽到花盆里。这是一种窄叶韭菜，是人们常说的土韭菜，有着更加浓郁的清香，辣味比宽叶韭菜相对重一些。据说这样的韭菜营养价值也高一些，适宜做包子、饺子和菜合子的馅，深受厨娘们的喜爱。窄叶韭菜好吃是好吃，但吃着吃着，它们又长缩了，只好像以前一样，在换季时把它们翻到土里去。

话说，这些年自己一直种不好韭菜，多年生的韭菜在我这里变成了一季菜，为此我常常郁闷不已。可是物极必反，今春的园子有一个奇怪的现象，不少花盆里这里一撮那里一撮长出了许多韭菜，且每一撮都青绿肥嫩、生机勃勃。我想，可能是以往给韭菜换土，散落在土里微小的韭菜根，不经意间随土另安新家，再加上连绵不断的春雨，润物细无声，促使它们扎根并茁壮成长起来的吧？真是有心种韭韭不长，无心栽韭韭菜壮。都说春韭贵如金，自家的有机菜，那更是金不换。每天清晨，我会剪一把春韭，和面粉鸡蛋一起，用电饼铛烙成韭菜合子，满满的家乡味。

我爱吃韭菜。韭菜的吃法很多，除了做馅料外，最简单的还是各种炒。经典的一道家常菜是韭菜炒鸡蛋，那可以说是百吃不厌。还有韭菜炒绿豆芽，又叫韭菜炒银针，白绿分明，养眼养胃，很不错的下酒菜。韭菜，炒、煮、腌、馅皆成佳肴。众所周知，韭菜富含多种维生素，营养价值高，一直有"菜中之荤"的美称。韭菜中含有较多的粗纤维，能促进肠胃蠕动，有助于消化疏解。韭菜本身特殊的辛辣味还具有消炎杀菌的作用，有助于提高人体免疫力。

韭菜还是报春的使者，它是早春率先发芽生长的蔬菜，绿裙白衣，随风飘逸，犹如妙龄少女，亭亭玉立。"一畦春雨足，翠发剪还生。"韭菜在春雨的滋养下，剪而复生，有着蓬勃旺盛的生命力。人间三月春韭香，春韭本身的鲜美香，是许多绿蔬无法比拟的。

（发表于 2023 年 4 月 9 日《合肥晚报》）

种在花盆里的土豆

　　三园里每年春季总要种几盆土豆，土豆苗一般是厨房剩下的发芽土豆。因为土豆发芽后会产生马铃薯毒素，不能食用，我通常会将它们埋在花盆的土里。在初春，园子还不能播种其他蔬菜时，土豆苗迅速生长。碧绿的土豆秧苗，使荒凉的园子呈现出一些绿意，一个多月便可收获新的土豆，这时也预示着春播春种即将开始。

　　土豆产量高，生长周期短，不会影响春季其他秧苗的栽种，我把这称为套种，也是有科学依据的。据资料介绍，这样做能够有效地提高土地的利用率，起到增产增收的作用，同时也能减少土地重茬的危害，抑制病虫害，真是好处多多。

　　根据多年种植土豆的经验，要想提高其产量，分割发芽的土豆是有讲究的——最好把一个个小芽连同它周围的部分土豆分别切块，再把切面晾晒半日，这样不会霉烂，然后芽朝上插种在土里，不出几天就会长出土豆苗。

　　记得最早种土豆纯属偶然，家里有两个发芽的土豆，不能食用，把它们放到花盆里，没想到那次竟然收获了几斤个头不大，但都光滑圆溜的小土豆，讨人喜爱，米饭锅里蒸着吃口感非常好，甜面面的。从那以后，土豆成为我家小菜园里的常客。有时为了寻找发芽的土豆，我会在超市或集市上专门咨询有没有发芽土豆卖，每次都会有好心人善意提醒，告诉我发芽的土豆不能吃，我赶忙解释是为了种植土豆。种在盆土里的土豆有时会长到土壤外面，这时的土豆表面会发青，发现后我会及时用土覆盖住那些调皮急着跑出来的小土豆。有时我也会从秧苗下挖出几个大一些的土豆尝尝鲜，自认为这样营养可以供给其他小土豆，也不知道有无科学道理，先品为快吧。

　　土豆又名马铃薯、洋芋、山药蛋，是世界主要粮食作物之一。土豆营养丰富，多食土豆可以抗衰老，具有美容养颜的好处；土豆还可以促进消化，有利于排毒，具有很好的减肥功效。想起一件有趣的事，女儿小时候不爱吃土豆，我从前常在一起玩的一位女朋友，她面色白嫩，个头高挑，女儿很喜欢她。有次聊天时，我夸她皮肤好，她说自己小时候父母天天给她吃土豆，那是家里唯一可以天天吃到的食物，现在看来要感谢土豆，虽然自己再也不想吃土豆了。从那以后，我发现女儿也慢慢变得爱吃土豆了，可能也想像阿姨一样漂亮吧。

　　土豆既可当主食又可做菜肴，低成本，高颜值，用土豆做一桌土豆宴绰绰有余。醋熘土豆丝、青椒土豆肉丝、土豆烧牛肉等，土豆百搭，可以做成的大菜多了去了，土豆泥、薯条更是孩子们喜爱的美食。我最爱西红柿炒土豆丝，这是我自己研发的一道菜，酸甜脆溜，土豆丝不需要清水浸泡，浓浓的淀粉汁拌饭最美味，先生和女儿都爱吃。家里来客人，我会炒一盘，大家也是赞许不已。

　　土豆好栽培，一直梦想能有一大片的土地，种植土豆，体验收获的快乐。真心希望早日圆自己的这个梦呀！

（发表于 2019 年 9 月 15 日《今晚报》）

赶早集买红芋秧

转眼已到春末，红芋秧苗一直没着落，我这个城市农夫心里急呀，再不插秧有可能会错过一季的收成。昨天是磨店的逢集日，下了一天的雨，无法下乡买苗。今早雨停，我六点不到赶往集市，想碰碰运气。

今天虽不逢集，集市上还是有不少人家在卖秧苗。我赶紧来到唯一卖红芋苗的地摊前，红芋苗数量不多，身边的大姐一下拿了五把。来不及挑选和问价，我也赶快抢了一把，宝贝似的放到袋子里，心中那个乐呀！接着又顺便到前面的摊位买了无架豆和有架豆种子，本次赶集任务完成，不虚此行。在集市上买根最爱的油条偷偷地庆祝一下（家里的那位平时不让吃呢）。

这是今春第二次为楼上的小菜园准备苗种了。一般来说，清明前后勤劳的人们就拉开春播春种的序幕了，可我从春节到现在几乎每天都在忙，无暇顾及，再加上根据以往的经验，早春前后常有倒春寒，不利于小苗和种子的成活和发芽。

第一次春种是4月9日，刚结束了一场倒春寒，气温开始回升，终得半日空闲，去好友的试验田选拔菜苗。今年打算少栽几个品种，因为没有多余的时间和精力管理菜园，辣椒、瓠子、丝瓜、苦瓜和茄子，这些蔬菜相对不娇气，好养护，也是夏季菜篮子里的常客。红芋秧苗这里没有，每个品种选了几棵。我最爱的黄瓜只有忍痛割爱了，因它每天需要充足的水分，怕照顾不周，糟蹋了秧苗。回家匆匆栽上，又匆匆外出，看来它们多数要靠天收了。园子里去年的蒜苗已经长得很有点草原范了，无法食用，只好留着结蒜头了。

清晨，在去往集市的路上收到一朋友发来的微信，告诉我在台北诚品书店里看到了先生的《涡河边的老子》一书，台湾繁体字版的，还拍了图书的照片发过来。大好消息呀，我当时就预感这次能买到红芋苗。他还说其实买几个红芋自己育苗，把红芋埋在土里，保持湿润，很快发芽，长藤，剪下约十厘米长栽之，收麦后栽也不迟，叫晚红芋。他同时告诉我，红芋喜黄土，育苗用磷肥，栽后用钾肥，怕水浸渍。看来这是一位农业种植高手。我说自家的红芋从不施肥，纯绿色食品，结果大小、多少都没关系。我喜欢吃红芋叶子，隔三岔五掐点绿叶和嫩芽清炒一盘，出锅前再放点蒜末提香，味道也是极好的。据说红芋叶的营养为十大最佳蔬菜之首，因其营养价值高，被封为"蔬菜皇后"和"长寿食品"。

　　雨后空气湿度大，气温适中，阳光不是那么强烈，这样的天气对移栽秧苗的成活非常有利。查看气象预报未来几天都是这样，回到家抓紧整理盆土，把它们放在阳光可以照射的位置，第一时间栽上红芋小苗，双手按实周围土壤，浇足水，几日便可扎根生长，绿叶盈盈，四处攀爬。想想很快可以吃到心爱的清炒红芋叶，感觉舌尖上的味蕾在绽放。走亲访友带上一袋绿色红芋叶，那是极受欢迎的。

　　栽红芋是每年的首选。因为它不娇贵，有土就扎根，大旱干不死，不需要大块的土地，阳台花盆里栽上几棵，红芋叶就像韭菜一样，剪了还会生长，陆陆续续可以吃上半年。初冬盆土的下面还可以结几个面甜的小红芋，记得有一年大大小小的花盆里共收获了40多斤的红芋，最大的一个3.9斤，很喜人。栽红芋经济又实惠，最适宜像我这样居住在城市里热爱栽培又无瑕打理的懒人种植了。

（发表于 2018 年 5 月 6 日《合肥晚报》）

红嘴绿鹦哥

"红嘴绿鹦哥"可不是哪只漂亮鹦鹉的名字，它是菠菜的美称。菠菜是外来物种，直到唐代，才在中国落户。早在 2000 年前，波斯人栽培了菠菜。菠菜又名波斯菜、赤根菜、鹦鹉菜等，是一年生草本植物。因菠菜的根呈红圆锥状，颇似鹦哥红嘴，再配上它那特有的鲜绿色，很是养眼，难怪古人要用"红嘴绿鹦哥"来称呼它呢。

我喜欢菠菜，喜欢它那淡淡的清香和吃到口中的质滑甘甜。尤其喜欢凉拌菠菜（先用开水烫一下，因为菠菜含草酸较多，有碍身体对钙的吸收），切段后放入大葱、蒜末，浇上自己喜欢的料汁，也可搭一些配菜，像金针菇、千张丝、皮蛋等一起拌匀，那可是一道色香味营养俱全的美味。菠菜是"平民菜"，食法很多，可以炒、拌、烧、煲汤、熬粥等。女儿小时候最不爱吃菠菜，但自从看了动画片《大力水手》，剧中的大力水手爱吃菠菜，只要一吃菠菜就能变得力大无比，爱屋及乌，从此也爱上了菠菜。

2007 年前后，女儿在北京读研，每到假期，我们一家在北京团聚。记得那时在北京一元钱能买一大捆菠菜，至少有五斤重，好吃又实惠，我每天会变着花样做。菠菜多水分，营养极为丰富，素有"营养模范生"之称。《本草纲目》认为，食用菠菜可以"通血脉，开胸膈，下气调中，止渴润燥"。现代医学也认为：菠菜具有补血止血、利五脏、通肠胃、调中气、活血脉、助消化的功效。吃菠菜千万别丢弃菠菜根，它那红红的根，属于红色食品一类，具有很好的食疗作用。据说鲜菠菜根洗净，切碎后水煮取汁，有养血、止血、敛阴、润燥功能，对高血压、糖尿病和夜盲症有一定的辅助治疗作用！

去年秋末回老家，看到小哥买了一些种子，有黄心乌、芫荽、菠菜等。

我问小哥菠菜冬季也能播种吗？当然可以了，小哥肯定地回答。我怎么每次都种不好呢？小哥说，菠菜种子的外壳比较坚硬，和芫荽种一样，要搓一搓的。小哥一席话，让我茅塞顿开。

往年除了秋季没种过菠菜，春夏季倒是尝试过几次，不知咋的都没能成功，不是发芽率低，就是稀稀拉拉的几根小苗，还没等到长大，已成为园中蜗牛嘴里的美食了。回到合肥的家中，按照小哥的方法，我把揉搓好的菠菜种小心翼翼均匀地撒在土里。不几日，盆土里发出密密麻麻长长细细的小芽，一看就是菠菜苗，真是心生欢喜。随着季节的深入，霜叶露芽寒更茁，园子里的菠菜可劲地长，几乎一天一个样，扑面而来的水灵，油绿鲜嫩，没多久即可采食。每次，我会选拔一些大棵的菠菜，丰富家人的餐桌。

菠菜种植首获丰收，从此我的小小自留地，又将增添一个可以自然越冬的蔬菜品种。看来在我的园子里，菠菜只有在这个季节里才能安全生长，因为这时的蜗牛已蛰伏在自己的洞穴里冬眠，不用再担心会被它们侵蚀了。

现如今，菠菜又被赋予了新的含义，和"秋波"联系在了一起。在我的微信表情包中，有一卡通图，手捧一束根红叶绿的菠菜，飞快地奔跑着，下面一行字："送你，秋天的菠菜"，即为送"秋波"，虽是调侃也很生动有趣。

这几天，立春刚过，原先留下的一些菠菜小苗，在冬季雪雨的滋养下茁壮成长，肥厚鲜绿正当时，弥补了家中的绿蔬短缺。当前，举国上下为了防止新冠肺炎的蔓延和传染，都自觉减少外出的次数。宅在家里，人人有责，也算是为社会做贡献了。

（发表于 2020 年 4 月 19 日《合肥晚报》）

秋 华 春 实

前段时间和一位老师谈到家里种植的枇杷树时，老师一句"枇杷是秋华春实的果树"，让我们恍然大悟。真的呢，枇杷树秋华春实这一自然现象，我们种植枇杷树十余年，竟不曾发现它的真谛。

一般的植物，都是春天开花、秋天结果，春华秋实是自然规律，天经地义，是大自然的常态。枇杷却反其道而行之，秋华春实，不与他人争春，它会在万物复苏、百花盛开的春天，硕果挂满枝，奉献出金灿灿的果实。世间万物都有着自己的生命轨迹。

枇杷树是常绿小乔木，花期长，一般入秋就开始孕育花蕾，迎着雾雪，寒冬绽放。在万花凋零的冬日里，深绿色的叶枝上，黄白色的五瓣花，散发着芳香，显得是那么的醒目，惹人喜爱。因为是秋天开花，即使遇到暖冬现象，也不必为它担心，而其他植物"不合时宜"的反季节开花，会对次年的收成产生很大甚至是致命影响。

那天合肥下了今年的第一场雪，上午我打开花园的大门，一片片晶莹的雪花落在了枇杷树上，薄雪里透着星星点点的绿，一簇簇花朵则像白雪公主躲在枇杷叶下，依然含笑开放。看，朵朵枇杷花，给冬天的花园平添了许多生机和风姿，煞是美丽。

枇杷好吃，树难栽。记得我家的枇杷树，差不多5年后才开花结果。望着枝条上众花成簇，为了保证枇杷的质量，我们为它疏花、疏果，并进行根外施肥，精心地呵护。

枇杷是在春天陆续成熟的。每天清晨，嘴馋的小鸟们早早地飞落在枇杷树上，叽叽喳喳叫个不停。等我们发现时，泛黄成熟的枇杷早已被聪明、活泼的小鸟们捷足先登了。其实小鸟在春天并不缺少食物，满园的绿色足够它们享用的了，但调皮的小鸟总是喜欢尝鲜，在刚刚成熟的每一个枇杷上都啄上一口，让人不能食用，只好弃之，实在是可惜。所以每年我们总也吃不上几个自家的枇杷。看着绿叶丛中挂满枝头的枇杷实在诱人，为了从鸟嘴里争抢枇杷吃，我们想方设法，与小鸟们斗智斗谋，终于研制出一套智取枇杷的土方法：早早地给青涩的枇杷套上纸袋。等到枇杷成熟时，小鸟们无奈地围绕着果树上的纸袋喳喳叫，我们终于能吃到枇杷的熟果了。清晨，我走到枇杷树下，会先摘下几个通透软黄的枇杷，轻轻地剥去外皮，放入口中：果肉厚嫩、汁多味美、酸甜适度，美在心里的是收获时尽情的享受与满足。

枇杷含有丰富的维生素 C，不但味道鲜美、营养丰富，而且有很高的保健价值。枇杷比其他水果的季节都早，因此被誉为"果中之皇"。它的叶、果、花都可入中药，具有祛痰止咳、生津润肺、清热健胃之功。眼下正值隆冬，是枇杷的盛花期。冬天到了，春天还会远吗？

（发表于 2013 年第 8 期《安徽文学》）

枣　花

听雨花园的这棵枣树，栽在一个大花盆里，少说也有十五六年了。其实现在它每年结不成几个枣，树木的根系早已盘根错节占据了有限的空间，把花盆都撑裂开了。盆土越来越少，给予它的营养实在是太少了。近三米高的枣树，又不敢轻易地给它换盆，一是移栽的工程浩大；二是听说树挪死，怕移栽不好，有个闪失。我一直对它喜爱有加，尤其喜欢枣花。

枣树是春天发芽较迟的木本植物。当园子里到处呈现一片春意盎然、花枝招展景象时，枣树才不紧不慢地冒出一点绿芽；当其他果树早已挂果时，枣树才慢悠悠地开出迟来的花朵，真是个慢性子啊。枣花的花蕾如小米粒般大小，有点像桂花，一簇簇密密麻麻地并排在纤细的叶枝上，数也数不清。它的绽放也是一个漫长的过程，需要耐心等待。细细观察，枣花的花瓣如五角星，淡绿色的五个角，每个角边有一个勾起的小花瓣，圆圆淡黄色的花蕊位于中央，黄花的中间还有一个绿色的实芯，像一枚漂亮戒指上镶嵌的绿宝石，小巧玲珑，很精致。怪不得它开花迟呢，原来是慢工出细活。枣花不张扬，给人清新淡雅的感觉。近闻，枣花有一种特殊的香味，是那种幽幽的馨香，清晨总会招来成群的蜜蜂在花朵上飞来飞去采蜜忙。枣花蜜，是市场上销售不错的一种蜂蜜制品。枣树的花期长，每年从四月底到十月陆陆续续可以开放半年。我家的枣树开花多，结果少。今天（6月13日）我昂着头在树下寻找了半天才发现一颗小小的青枣。我每天望着树枝上花团簇拥，总想给它浇足水，自言自语对它轻轻地说出自己的期望，希望可以硕果累累。

其实这棵枣树也曾创造过辉煌的业绩。记得头几年，枣树总能收获四五斤大枣，有一年竟然在夏和秋有两季的收成，且是完全不同的枣子。七八月份采摘的是大枣，甜度不高；十月底是小小的冬枣，又脆又甜，而且生长的周期短。我在文章里记录过：2006 年的国庆，我去北京陪在那里读研的女儿过节，离家时发现枣树上又挂了小枣，心想：早已过了季节，该结不成吧？十天后回到合肥，枣子已长大了许多，又过了些日子，枣子微红，摘一个尝尝，甜脆脆的，和刚上市的冬枣一样的味道。我欢喜地摘了一把，拿到办公室给同事们品尝，记忆深刻。这是唯一的一次，很神奇，让人百思不得其解。

"牡丹花好空入目，枣花虽小结实多。"枣花是那么的不入人眼，却可结出大红的枣子，想想都觉得温暖实在。枣含有丰富的维生素 C，有补气、养血、养颜、安神的功能，熬粥、泡茶、煲汤均可，是女性贫血、坐月子的最佳滋补品。枣花蜜是很漂亮的琥珀色，营养丰富，是滋补的首选蜜种，深受消费者的喜爱。枣还是百姓家结婚迎娶的吉祥物，新人的床上放一把红枣，寓意早生贵子，多么美好的祝愿。

我一直想咨询专家，为什么市场上销售的枣子都是红彤彤的，它们是摘下来之前红的，还是后期制作的呢？我家树上的枣子，每次要是等到它通体发红，枣子已变得软绵绵的，不能食用了。这是个一直萦绕在我心头的难解之结。

现在正是枣花盛开的季节，希望今年可以多结些果实，回馈我每天辛勤的浇灌。大红枣儿甜又香，送给亲朋尝一尝，我多想再和大家分享自家的枣儿呀。

（发表于 2018 年 6 月 24 日《合肥晚报》）

园子里的黄花菜

　　黄花菜，是自古以来就被誉为"席上珍品"的保健菜、安神菜。资料显示，黄花菜中含有蛋白质、脂肪、碳水化合物、钙、磷、铁，营养丰富，具有健胃、通乳、补血、止血、消炎、清热的功效，有较好的健脑、抗衰老作用。

　　爱吃黄花菜源于居住在乡间的大舅。记忆中大舅在世时，每年都会送几斤自家收的干黄花菜给我。黄花菜细长匀称，一看就是精心挑选过的，它那特有的淡淡清香，有点像菊花的味道。大舅家的黄花菜品质好，其颜色微黄，味道鲜美，花苞肥厚，口感筋道，还有点甜滋滋的。我最喜欢用它凉拌，和粉丝、黄瓜丝以及胡萝卜丝放在一起，浇上根据自己口味调好的汁，搅拌均匀即可，制作简单，是一道非常爽口的菜。女儿和先生都爱吃，炎炎夏日吃上一盘会让人胃口大开。黄花菜的吃法很多，首先都要把干黄花菜放温水里泡发一会，使它充分吸收水分，再摘去它的根部硬头，凉拌、做汤、清炒、红烧都行。大舅去世后，再也没有吃到如此味美的黄花菜了。市场上购买的黄花菜，颜色多数发暗，有的甚至发黑，味道发苦，即使有的色泽金黄，看起来很漂亮，口感也是今非昔比，听说是用硫黄熏的。

　　不知从哪年开始，自家园子里种植了黄花菜，应该是先生在乡间挖来的野秧苗。到了春天，摘下它那含苞待放的花蕊，晒干食用，味蕾再次被打开，还是大舅家的那种味道，只是收成太少，解不了馋。后来先生又寻来了一些黄花菜苗，长着长着觉得不对，它们的叶、花、苞较为粗短，和先前俊俏瘦长的黄花菜完全不一样，花苞的清香没有了，口感也不好，后来索性不采摘了。它盛开的花朵倒是艳丽了不少，听说是改进了的"黄二代"，在道路两侧的绿化带常常可以见到。新品很快占领了早先黄花菜的地盘，慢慢地从前那款山野黄花菜不见了踪影，彻底从我家的园子里消失了，为此我不知埋怨过多少次先生，他自己更是懊悔不已。现在园子里依然留有几棵新品黄花菜，因我对它重视不足，早已失去了当年的风采，只长叶，每年开不了几朵花，权当园中的一处绿植吧。

　　黄花菜又名萱草、金针菜、健脑菜、忘忧草，属天门冬目，多年生草本植物，花可食用，餐桌上多称黄花菜，喝黄花菜汤对改善失眠症状很有效果。黄花菜喜温暖，适应性强，对土壤要求不高，耐旱力强，春末夏初打苞开花，冬季叶枝枯萎，休养生息。黄花菜开花前采摘营养价值高，但新鲜的黄花菜不能直接吃，它含有毒性的秋水仙碱，用开水烫透再清水浸泡后方可食用。安全起见，最好晒干后食用。

（发表于 2019 年 9 月 14 日《今晚报》）

阳 台 种 葱

　　最近因为疫情，有些城市实行封控管理，蔬菜稀缺。在网上看到有些视频，不少人家开始利用阳台种菜，他们将舍不得丢弃的白菜根、萝卜根、生菜根、芹菜根及有根的葱蒜之类埋进盆土，或水养一些在瓶瓶罐罐里，摆放在阳台或房间阳光充足的地方，几天的工夫便会发出绿芽，也能救一时之急。

　　在这些根菜中要数葱类发芽快，给它点土或水培一到两天就能见绿叶，烧汤、做菜时随手掐一点叶片，点缀在菜肴间，提味又养眼，省事又实惠，最主要的是新鲜无极限。自称城市农夫的我，早在十几年前就在家里的露台和窗外花架的盆土里种植各种应季蔬果。看着它们一点点长大、开花、结果，和家人一起享受原生态的四季蔬菜，真是美好又治愈。

　　这些年，我种植过大葱、分葱、小香葱，它们生长在花盆里，既可充当绿植，葱葱郁郁，生机勃勃，也可供日常食用。葱可以单独成菜，烧饼卷大葱对于生长在皖北的我来说，那可是美味无比。最经典的是小葱拌豆腐，一清二白，好吃又好看。葱又是厨房菜肴中不可或缺的调味品，几乎任何菜品中若是少了葱，味道一定会大打折扣，那种似有似无的葱香味是一道菜的灵魂所在。就如前几天吃到小姐炒的一盘萝卜干，这款儿时常吃的小菜，一直是记忆中的美味。第二天我也炒了一份，吃到嘴里的味道完全不对，差别咋就这么大呢？咨询小姐，哦，原来我用的是蒜苗，她用的是小葱，怪不得呢。

　　葱为多年生草本植物，它的适应性很强。葱看似不起眼，除了食用，还具有一定的药用功能。资料介绍：大葱富含维生素 C，有舒张血管、促进血液循环的作用，可防止血压升高所致的头晕，并预防阿尔茨海默症。民间有用葱白熬水喝的习俗，用来治风寒感冒，发汗解表见效快。冬末、春初食葱，对于呼吸道以及肠胃不适改善有奇效。葱中含有的挥发油和蒜素可以通气解毒，能祛除腥膻等油腻厚味菜肴中的异味，产生特殊香气。所以，做鱼肉时多放一些葱可使鱼香肉美。

葱的谐音"聪"，寓意好，所以人们喜欢将葱和聪联系在一起。聪即聪慧、聪灵、聪敏、聪悟、聪颖、聪智。耳聪目明，用来形容老人视听灵敏，精神矍铄。葱还是不少地区宝宝抓周吉祥物品的首选，预示宝宝聪明伶俐。我家孙宝当年就无视金钱等爬绕了大半圈直接抓到一把小葱。当然，这是家人对孩子的美好祝愿。

春日里，葱不甘寂寞，也学春花开，自顾自地抽薹、打苞、绽放，开出别样的小花朵，煞是美丽。葱的花冠有点像蒲公英成熟的花蕊，伞形花序呈圆球状。据我观察，一棵葱株只开一朵花，花茎自叶丛抽出。每年我都会收集葱种，再把这些种子撒播在花盆的土里，培育出新一代的小葱苗，所以自家园子里一年四季总少不了葱。

居家过日子，没有院落的人家，在自家阳台上养一盆小葱，再好不过了。

（发表于 2022 年 4 月 18 日《合肥晚报》）

小　根　蒜

　　话说三月三那天去郊外剜野菜，看到一片小野蒜，密密麻麻有很多，因为太小，只是剜了一把回来，计划着过几天等它们长大些再去。在三八节即将来临之际，提前约了先生，让他安排好时间，在女同胞的专属节日陪我踏春剜野菜，也算是非常时期给自己过的一个非常节日吧。

　　阳春三月，满目都是多姿多彩的春景。沿途的杏花、梅花、迎春花竞相开放，色彩艳丽，灿烂浓烈，忍不住驻足观赏；一排垂柳依依，纤细嫩绿的柳枝随风摇曳、舞姿翩翩；一对新人正在岸边拍摄婚纱照，每个人都戴着口罩，这是我看到的不同往日的婚纱摄影，让人感觉有点好笑也有点点的酸楚；一群大雁以人字队形从头顶飞过，想用手机抓拍未果；几只野鸭在湖里畅游，想靠近拍张特写，见有人过去它们瞬间潜入水里，真是应了苏轼的那句名言："竹外桃花三两枝，春江水暖鸭先知。"有人在草地上搭起了帐篷，而没有小资情调的我眼里只有春野菜，漫步到远处的田间地头寻找它们的踪迹。功夫不负有心人，终于有了新发现，在一块玉米枯秆的农田里，有一片鲜为人知的荠菜，个个叶嫩苗大，我欢快地直呼"发财"了。还有更喜人的，旁边田埂沿坡上有一簇簇小根蒜，比上次树林里的棵大苗绿，关键原因是这里的土壤松软肥沃，一会儿的工夫就剜了一大捧。到了中午，要不是先生把剜野菜的小铲子没收起来，我还真舍不得离开。值得一记的是，在整个剜野菜的过程中，几只喜鹊一直在身旁叽叽喳喳地叫着。喜鹊叫，客人到。好兆头！

　　春野菜，多生长在壕沟、地头、树丛、路边的野草丛中。小根蒜是我认识最早的野菜，记得早在三十多年前，我们带女儿爬市郊的大蜀山，看到山坡上有一些叶子近于小香葱的植物，剜一簇看一看，它的根部带有一个个小小的蒜头，经人指点才得知是小野蒜。腌制小野蒜是一道纯天然的野味美食，气味比香葱更浓烈些，单独生吃有点冲头，但用它拌豆腐口感非常不错。妈妈说，小野蒜可炒鸡蛋、做汤、做馅，也可做各种美食的配料，是舌尖上的调味剂。

我想，野生小根蒜的生长周期和种植的大蒜应该差不多吧？它到四五月份也会休眠，季节性很强。春季是病菌感染的高发季节，小根蒜是这个季节的黄金野菜，常吃能理气消痰、调肠理胃、舒缓过敏等。在人们注重养生的今天，它既是美食，又是良药，所以是一道格外受人青睐的绿色野菜。

这些小野蒜剜起来容易，清理难，需要摘去上面的杂草和一根根外皮上细小的黄衣，我前前后后忙活了三个多小时才搞定。晚上一盘小蒜拌豆腐，一青二白，养眼且可口；后又和剜来的荠菜一起调馅包了百十个饺子；还腌制了两瓶，早晚作为小菜咂咂嘴。整个厨房散发着浓浓野菜的清香，好有乡情的韵味。望着眼前的战绩，我心中的成就感爆棚，这节过得充实又实惠。

想起去年的今天，我们应邀参加中国·月亮湾作家村所在地——东西溪乡举办的"三八妇女节"专题活动，大家一起欢度节日的热闹场面还历历在目。可是今年由于新冠肺炎疫情，只能体验一次别样的节日。收获大自然馈赠的春之野菜，作为自己节日的专属福利吧。

（发表于 2020 年 3 月 29 日《合肥晚报》）

花盆里的无花果树

　　我家的无花果树是上世纪 90 年代末从淮北老家带来的。当时小树修剪成蘑菇云形，栽在一个很大的花盆里，很漂亮的景观果树，远远望去犹如一把撑开的绿伞，树影婆娑，很优美。但因为是放在楼上平台花园里，场地有限，为了节约宝贵的楼面资源，我们打算让它向空中立体发展，于是先生买来果枝剪重新对它进行了瘦身修剪。

　　无花果有夏实而无春花。春天，它不争春斗艳，只默默无闻地生长着。盛夏，是无花果成熟的季节，紫红色的果实有的掩藏在绿叶丛中，有的垂挂枝头，引来鸟儿们争先尝鲜。现在，每天清晨都能摘上几个熟透的无花果，它那甜甜的果肉，略带点蜂蜜般的清香，让人总也吃不够。友情提示：剥无花果皮要从后往前，这样可以保持果肉的完整和美观。我经常会选些饱满的无花果放在冰箱里储存，还不时会送些给我 90 多岁的老母亲品尝。无花果无壳、无核，营养丰富，柔软味美，是老人的首选水果。聚会时我会带上一些分给朋友，与大家分享自己的劳动成果。绿色的果实总是备受欢迎，一眨眼的工夫就被一抢而光。

　　那天在步行街上，我看到一位老太太提着一小竹篮的无花果在卖，觉得十分亲切，便上前询问：一元一个，是老人自家果树收获的。劳动的果子总是甜在心里的。

　　以前公婆家的院子门口两侧各栽着一棵很大的无花果树。每年无花果成熟时，父母都会打电话，我们也会挤出时间赶回去，带着孩子亲手采摘果实，顺便陪陪二老。无花果树种在门口的花池里，有三米多高，它们总是枝繁叶茂，挂满了果子。路人会被那诱人的果实所吸引，他们会停下脚步，摘几个尝鲜或带回家给孩子吃。暑假里的孩子们更是天天围着果树转，它那宽大的叶片遮阳避热，挡住了炎炎烈日，树下成为孩子们的乐园。二老也从不会驱赶他们，告诉他们随便吃，只是别糟蹋了果实。树壮果多，无花果每天都会有一批果实由青转红、成熟变软。每次离开时，公公都会用一个大纸箱打包，装上满满一箱子无花果让我们带回合肥，放在冰箱里冷藏可以吃很长时间。

发现一个奇怪的现象，种在花盆里的任何果树，如果移动了它的位置，都会影响第二年的收成。无花果树喜阳光充足的环境，记得有一年，我们把无花果树搬到认为最有利于它生长的地方，没有想到的是，连续两年都没有挂果。当时不知什么原因，有了多年的种植经验，现在猜想，可能是生长环境的突然改变破坏了周边的磁场，它需要慢慢地适应环境，就像人到一个新的地方有点水土不服一样。想想当年我家的柿子树、梨树都是因为变换了位置次年不结果实，被缺乏耐心的先生拔掉，很可惜。这棵无花果树，对全家有特殊的意义，它存留着我们浓浓的思乡情结，舍不得丢弃，才得以幸存下来。

无花果树是一种隐花植物，也开花，花呈淡黄色，因包在果实内，不易被发现。无花果可鲜食，也可晒干存储；可煲粥、煲汤，也可做成菜品。它还兼有药用、保健和美容的作用。资料上说，无花果具有开胃、止泻痢、驱虫、消炎、消肿之功效，对人体健康大有裨益，是水果中的珍品；富含易为人体吸收的维生素 C，有多种消化酶，能帮助消化，是一种很好的保健果品。睡前在眼下部皮肤上贴无花果皮，还有减轻下眼袋的美容效果。

无花果树病虫害少，好栽培。今年春天女友托我培植一棵无花果树苗，说真的，我们都没有这方面的经验，能否培植成功还是一个未知数。我从树上精挑了一个品相好的小树枝插在土里，它竟然很快就长出新的叶子，生根发芽，令人惊喜！如今的它已经出落成小树的模样，明年春天就可以把它"嫁"过去啦。

（发表于 2019 年 7 月 18 日《文学报》）

夏 季

夏日话苦菊

夏日养生多吃"苦"，胜似在进补。三伏天，酷热难忍，胃口差，人容易着急上火，多食含有苦味的蔬菜大有益处，可以帮助人体清热消暑、泻火解毒、健脾开胃等。苦菊被称作是夏日的"明星菜"，因而身价不菲。

家种苦菊多年，记得最早是老家大姐送的几棵苦菊，那时大姐在居住的楼下自己开辟了一块菜地，里面栽了不少时令蔬菜。苦菊是大姐当时和其他蔬菜一起送给我们带回合肥的。可能是为了保鲜吧，苦菊是连根拔的，上面带有泥土，回家整理放入冰箱，把苦菊根剪下顺手栽到花盆里，没几日，苦菊根竟然长出了新叶，且叶片日渐肥厚，长势茂盛，着实让人欢喜。更没想到的是，苦菊像韭菜一样割了会再长，所以家栽几棵苦菊，在它的生长期里可隔三岔五采收，这是我的发现，但不知是不是我的原创。因为家里种植的空间有限，除了苦菊，像生菜、菠菜、乌菜等叶类菜我都会剪叶子吃，每次留下二寸左右的底根，供其再生长。自家的苦菊想吃就剪，不需要浸泡，简单用水冲洗一下，调汁凉拌，也可做苦菊沙拉或千张卷苦菊，一盘可多可少，几分钟搞定，清香嫩脆，吃的是新鲜，省事又营养。尝到了甜头，现在每年我都会栽几棵苦菊，丰富自家的菜篮子。

后来因为养护不力，苦菊一度从我家园子里消失了，想再种它，却一时不知从哪里找到秧苗。有一次在巢湖北岸中庙一小区，见闲置的空地里有许多居民开荒种菜，老远就听到传来的说笑声，顺便拐进去看看，只见大小不一的田地，用篱笆、绳子或小沟渠隔开，形成一家家的小菜园。喜爱种植的我来了兴趣，挨个园子巡视一番，当时正是春末，辣椒、茄子、红芋、豆角长势正旺。一位大姐正在移栽一棵棵小苗，走近一看是苦菊，地旁的沟沿边还有许多小苗。征求主人的同意，我挖了几棵准备回去种在自家的菜园里。我很好奇，苦菊苗看着不像是特意培育的，似乎是自然生长的，一打听果然是的。这些种子是从哪里迁徙到水边自生自长的不得而知，我想这是植物生命延续的本能吧，惊叹、惊讶、惊喜，突然明白了，原来苦菊是可以靠种子自己育苗的。生活处处皆学问，长知识了。

　　苦菊属菊花的一种，又名苦菜，有抗菌、解热、消炎、明目等作用，适宜在春、秋时节种植。今年夏初，特地留一株苦菊，让它结种，准备秋后或明春自己育种栽培，好期待能够育种成功，这样以后再不会为买不到苦菊苗而奔波苦恼了。没想到留种的苦菊发出很多侧枝，长成了一大簇，每个枝头上都结籽开花。第一次见到苦菊花，简直被它惊艳到了，花朵无比娇艳，呈紫罗兰色，花瓣浅，花座深，像我这样不爱养花的，每天都会情不自禁为它拍照发朋友圈，分享愉悦的心情，留住它的美丽。我想苦菊之所以开出如此艳丽的花朵，是想吸引人们的注意力，让人们怜惜它，嘴下留情，使其得以结籽延续生命吧？

　　夏季"吃苦"好，但并不是什么苦菜都能吃，我知道如葫芦、瓠子有苦味是绝不能吃的，它们含有一种植物毒素，误食后会引起食物中毒，严重的会危及生命，非常危险，报纸和电视上经常报道此类新闻。同时夏季"吃苦"要适可而止，苦菊也是如此，过犹不及。

（发表于 2020 年《清明》增刊）

夏至与夏蔬

夏至到，意味着一年中最热的日子即将来临。根据多年的种植经验，这时对于园子里的绿蔬来说，是考验它们的时候到了。

清晨提着我的小竹篮，照旧到园子里巡视一番，白灿灿的阳光晃得眼睛都睁不开。能采摘的蔬菜不多，一个茄子，六个辣椒，几个圣女果。蔬菜生长需要适宜的气候，它们对温度、湿度的变化最为敏感，直接反映在收成上。虽说昨晚浇足了水，但经过一夜的吸收，盆土需要补水，打开水龙头仔细浇灌，顺手拔掉一些杂草。让我惊喜的是枣树上竟然挂了不少的小青枣，上周写枣花文章时还只发现了一颗小小的青枣，而且近几年枣树几乎无收成，难道是我天天对它说话，精心呵护，关爱有加，希望能多结果的原因吗？我坚信的是。植物也是有感情的，你对它百般照顾，它会尽全力回报的。我高兴地表扬了它，鼓励它要继续加油！

夏至过后，则是果树上的果儿生长发育成熟的最佳期，充足的阳光能使果实变得越来越甜蜜。园中的无花果、山楂、柚子、葡萄一天天地长大，哦，还有刚结的小青枣，可不能冷落了它。无花果和葡萄很快就能采摘了，待到成熟，每天打理三园时，顺手摘一个无花果，不需要冲洗直接吃，绿色蔬果安全放心；葡萄也是每天摘一串，新鲜又营养，陆陆续续供给，可以吃不少时日。城市农夫享受自己的劳动果实，那是极其幸福的事。

炎热的气候，使得原本翠绿的绿蔬，变得不再挺拔，叶子发黄，看起来蔫蔫的，一副萎靡不振的样子，就连最不娇气、高产的苦瓜也停止了结果。它们为了保护自身，就要进入各自的休眠期了，减少开花结果，因此每天采摘的蔬果一天天变小、变少。等到大暑前后，十天半个月没有收成是正常的，这是自然规律，爱莫能助。我所能做的只有早晚给它们补水，保持盆土湿润，让它们休养生息，期盼高温天早日过去。

我家的这些蔬果都是种植在大小不等的花盆里的，由于植物不接地气，经过一天的高温炙烤，盆土早已分家，需要耐心浇灌，哪怕有一天的懈怠，对它们来说都是致命的，第二天再怎么补救都无济于事。对种植者来说，每天冒着高温酷暑给它们浇水、拔草也是极限的考验，需要毅力。我深刻领悟"锄禾日当午，汗滴禾下土。谁知盘中餐，粒粒皆辛苦"的含义，这不是"辛苦"二字所能及的。菜农的辛苦只有我最懂……

蔬菜生长的旺盛期、丰收季，是初夏和初秋。这个时候的植物绿茵水灵鲜艳，收成多，每天看到生机勃勃的菜我会情不自禁地拍照，把它们放在朋友圈里晒一晒，获得的留言点赞也是最多。丰收时，我会在聚会时带些绿蔬过去，亲自下厨，拌一盘苦瓜和长豆角，再炒一盘糖醋辣椒，都是最受欢迎的。旺季时，我还会开小灶送些给好友，现在都注重养生，好东西是要分享的，虽然不值几个钱。这叫热天送绿蔬，礼轻情意浓。

现在食品安全引起了大家的关注，尤其是蔬菜，打农药，用激素，喷药水保鲜，严重影响了人身健康。自己种菜，我总结了有五养，即养眼、养心、养胃、养颜和养身。在我的带领下，或者说是受我的影响吧，身边越来越多的朋友也加入种绿蔬的行列中，尤其是有庭院和大平台的人家。一些平时喜欢莳花弄草的小资女也开始学习种菜，我会把自己的种植经验毫无保留地分享给大家，甚至上门"指导"，让绿蔬走进更多的家庭。

（发表于 2018 年 7 月 5 日《安徽工人日报》）

小 西 红 柿

　　小西红柿俗称圣女果。圣女果是转基因食品？每每我在朋友圈发园子里辣椒、豆角、圣女果的照片时，除了引来一片赞美声外，会有微友私信或直接留言，善意地提醒我，说圣女果是转基因食品，要少食用，以后最好不要种植。

　　为此我上网查询了相关资料，认为植物学某博士的回答最靠谱："圣女果并不是转基因番茄，反而它才是最原始的番茄品种，甚至可以说是没有完全驯化的品种，DNA 序列分析的结果证实了这一点。迄今为止，圣女果跟转基因技术还没有任何关系。大约在公元前 500 年，野生的樱桃番茄被当时的中南美洲统治者——阿兹特克人收进了自家菜园。"哦，圣女果是彻彻底底的原生番茄，必须给圣女果洗刷罪名，为它代言，还它一个清白，以后可以放心大胆吃圣女果喽。

　　我喜食圣女果、西红柿，源于很久以前的记忆。印象中那时的西红柿咬一口都能流出汁来，沙瓤，切一碗撒上白糖，有小半碗的西红柿汁，酸酸甜甜的，那是超级的享受。我喜欢用西红柿炒土豆丝，不需要醋来提脆，土豆丝也不需要清水浸泡，保留住了土豆中的淀粉，炒出来同样脆生生的，最后用西红柿汁和土豆淀粉混合出的浓汁泡饭或用馒头蘸着吃，特别美味。这道菜我在家中常做，女儿也特别爱吃，有时去饭店聚餐，我想点这道菜，菜单上没有，我会告诉服务员如何制作，烹制非常简单。这里面有个秘诀，就是要把切好的西红柿先入锅翻炒出汁水，再放入土豆丝，用西红柿那淡淡的酸甜浓汁充当醋来提味。

　　现在市场上的西红柿和圣女果，汁少或无汁，有的里面还是空的，多数应该都是大棚里催熟的，口感大不如前了。为了吃上自然生长的西红柿，早几年我年年都会在露台的花盆里种上几棵西红柿。可能是因为花盆里的土壤少，为其提供的营养有限，西红柿成熟慢，个头小，一季也成熟不了几个，产量极低，但自家种植的依然是沙瓤汁多。

有一年初春，从集市上买来的西红柿秧苗里夹杂了一棵圣女果苗，它们的幼苗几乎一模一样，分辨不清，结果后才发现不同。很快圣女果秧上挂满了小小的青果，细小的枝子上有的结了五六个，有的结了八九个。为了支撑重量，我找来棍子给它们搭起了架子。因为个头小，成熟快，一棵秧苗上每天都会有些果子成熟，有汁有肉，口感好。尝到了甜头，从那以后只栽种圣女果。听说在营养上，大番茄还比圣女果略逊一筹，比如其中的维生素 C 含量就低了不少呢。

园子的地方小，年年也只能栽两三棵圣女果。我自信地认为，这两三棵圣女果，每天成熟的果实，基本上可以满足我们一天需要的维生素 C 的摄入量了。有一次外出两天，回来后一次摘了近一斤的圣女果，有不少已经熟透裂开。做了一盘圣女果炒鸡蛋，口味超过了西红柿炒鸡蛋。

圣女果是夏季一种健康的蔬果。花盆里种植圣女果，除了每天保持充足的水分外，不需要刻意打理，累累果实挂满枝头，产量高，皮薄肉厚汁多。早晚去园中浇水，边摘边吃，自家的绿蔬，吃着放心，直接冲洗或不洗均可食用，新鲜又营养，心里爽爽的，我这个城市农夫很有成就感。虽然室外烈日炎炎，每次浇水需要很大的勇气和毅力，但园中那些成熟的圣女果时刻诱惑着我，一想到可以采摘到爆汁满口的小西红柿，冒着高温酷暑也值得了。

众所周知，人们多食大、小西红柿可以防晒，具有养颜护肤之功效。在国外圣女果又有"小金果""爱情之果"之称，被联合国粮农组织列为优先推广的"四大水果"之一。它既是蔬菜又是水果，易保存，便于携带，不仅色泽艳丽，还形态优美。我家这几年种植的就有红色和黄色、椭圆和圆形之分，今年的是黄色圣女果，小小圆圆的很精致，喜人，口感和红色的也有所不同，吃到嘴里还有一丝淡淡的甜味。别看它个头小，同样有汁有肉。聚会时我摘些圣女果带给朋友品尝，大家都是夸赞不已。有几位好友已把圣女果列入明年的种植计划，也想体验自己种植带来的美味与实惠。

（发表于 2018 年 7 月 27 日《江淮时报》）

芦　荟

养芦荟多年，原先它只是家中的一盆绿植而已，已记不清当初是朋友送的还是从市场上买的。芦荟四季常绿，它那修长的叶片一层漫过一层，层次分明，挺拔有力，看起来特别厚实饱满且富含水分，边沿那一个个锯齿般的小刺尖是它自带的防御武器。

十几年过去了，盆里的芦荟越来越密，似乎已密不透风了，虽然我常常会割下几片叶子用来点缀美食，也无济于事。近日发现芦荟上有些叶片软塌塌的，是什么原因造成的呢？我猜，肯定和它们之间的过度拥挤以及近日的连续高温桑拿天有关。所以，当务之急需要稀疏棵苗了。于是先生找来了几个花盆，间隔迁移了一些。看来植物也需要有足够的生存空间。我把移栽后多余的芦荟装在一个袋子里，放在楼下的草坪前，并在小区业主群里留言："有需要的邻居自取。"不一会儿，袋子里的芦荟被一扫而光，没想到这么受欢迎。大家也纷纷回复："谢谢好邻居！"

芦荟是耐旱植物，好养，忙时一两个月不浇水没关系的。去年我去美国两个月，回来顾不上倒时差，急匆匆地赶往湖边的工作室，去看看那里的几盆芦荟怎么样了。芦荟虽然看起来有些苍白无力，失去了往日的碧绿和水灵，但依然顽强地生长着。我小心翼翼地给它们喷水、浇水，仿佛听到了它们久旱逢甘霖的欢喜声。一会儿的工夫，一株株芦荟又有了精气神。

以前常听养花高手说，花多数都是被水浇死的。果不其然，那天我带回来了一盆芦荟，每天都顺手浇上一次水，哪知它却越来越无精打采……因为芦荟有较强的抗旱能力，但不耐涝，不能勤浇水，否则容易沤根。

芦荟的生命力旺盛，一盆芦荟，过不了多久，四周会发出来一些芦荟小苗，这些小苗可分株独立移栽。现在家里的十几盆芦荟都是分株出来的，是早先那盆芦荟的"后代"。

早就听说芦荟是"生物空气清新器"，可以净化室内的空气。尤其是新房装修后，放几盆芦荟能有效地清除房间的甲醛。芦荟不但白天进行光合作用，放出氧气，而且在夜间吸收室内的二氧化碳，绿色环保，既养眼又净化了居室环境。

有一次三姐来串门，说芦荟可以食用，她经常吃。芦荟可以吃？我半信半疑，因为是自家姐姐告诉我的，应该不会错。我家芦荟虽说是老品种，但叶片厚而肥大，肉多汁浓，应该是做菜的首选品种。后来，我在朋友圈晒自己制作的芦荟菜，冰清玉洁，清淡可口，立刻招来微友的围观、点赞和效仿。

有时家中蔬菜短缺，担心维生素供给不足，我便去芦荟盆里割两片厚实的叶子。芦荟去皮很简单，有点像片烤鸭那般。首先把圆润饱满的那面向上，用小刀轻轻地片皮。由于芦荟肉黏滑，去皮时要格外小心。再用小刀划去芦荟的边缘，荟肉便能取出。它可凉拌、做汤、冷饮或配菜。

据说，芦荟中的黏多糖类物质，有很好的扶正祛邪作用，能提高机体免疫力，适当吃点芦荟大有好处。芦荟还有抗衰老、抗过敏、强心、增加食欲等功效。如果不小心哪里擦破了皮，取一点芦荟汁轻轻地将其涂于伤口上，有消炎止血的功效。芦荟鲜叶汁内含有一定量的草酸钙、多种植物蛋白质和多种维生素，能使皮肤、肌肉细胞收缩，恢复弹性，消除皱纹，滋养、美白皮肤，内服、外用效果都非常好。市场上含有芦荟的食品和化妆品比比皆是，深受消费者的喜爱。通常，我也会就地取材，将做菜削下的芦荟皮贴在脸上，顺便给自己做个水润的芦荟面膜，从食疗到养肤全方位地护理，再好不过了。可见芦荟是公认的"生活小帮手"，家里养一盆，实用又健康。

每当一些爱养花的朋友到家里，我都会介绍芦荟的食用和药用价值。大家很自然地讨要一盆带回家，还会时常发些图片反馈于我。看着一盆盆芦荟在友人家旺盛地生长，心里别提多高兴了。

（发表于 2019 年 10 月 11 日《市场星报》）

园子里的马齿苋

马齿苋落户我的小菜园，少说也有十八九年了。记忆中，它最早是从公婆家的院子里移栽过来的。离休后的二老住进了干休所，二层小楼一个大院子，院子有近百平方米，种植了一些蔬菜瓜果，还搭建了一个超大的葡萄架。也就是从那时起我对种植蔬果产生了浓厚的兴趣。

后来我们小家搬到了合肥，再后来住进了现在的这个带有大平台的房子。起初马齿苋栽在一个花盆里。由于它生长快，隔三岔五我会掐些马齿苋的嫩头，开水焯过凉拌吃，味道清新、口感丰盈。马齿苋也可做粥、清炒，特别是和鸡蛋一起是一道很不错的菜肴，味道独特鲜美，是夏季不错的下饭菜。有时，马齿苋吃不完，我会掐一些晒干存储。记得第一次晒马齿苋，晒了几天依然没有晒蔫，很顽强。打电话请教老家的妈妈，妈妈告诉我，马齿苋是晒不倒的，只有用开水焯过再晒才可以的。马齿苋晒干存放，冬季炖肉或包饺子、包子都是很好的食材，别看它貌不惊人，绝对是一道味美的佳肴。秋后，马齿苋开花结籽，第二年春天又会自然生长出幼苗，就这样年复一年，每年春天都能在园子里看到它们的身影。

马齿苋为一年生草本植物，药食两用植物，又叫长命菜、长寿菜、五行草。它是唯一五色俱全的植物，绿叶、红茎、黄花、黑籽和白根。在农村，它生长在田间地头和路旁，多被农家作为杂草铲除，属于野菜的一种，以强悍的生存能力而出名。其实马齿苋既可食用也可药用，小时候我们腹泻、痢疾啥的，妈妈会用马齿苋熬水给我们喝；如果身上有些肿痒，也会用新鲜的马齿苋捣碎外敷，清热解毒，消肿止痛，效果非常好，所以它有"天然抗生素"的美称。资料上介绍，它富含多种营养成分，尤其是维生素 A、维生素

C、各种粗纤维和钙、铁等矿物质，其脂肪酸含量在绿叶菜中居首位，同时它还具有防治心脏病、降血压、降血糖、延衰老、保护胃黏膜等功效，具有很高的营养价值和药用价值。

夏至已过，预示着炎炎夏日的来临，此时，正是马齿苋生长的旺盛期。前几日的雨水，使得园子里的马齿苋喝足了水，叶片肥厚饱满。刚才去园子掐了一把马齿苋，准备晚上再凉拌一小盘，调剂一下炎炎夏日带来的胃口不佳。因马齿苋是寒性植物，一次不可多吃。马齿苋性喜肥沃土壤，耐旱亦耐涝，生命力强。如今城市的街道两旁，常植有一种类似马齿苋的植物，成为道路两边花坛上的景观带，每年夏季开出五颜六色的小花，姹紫嫣红，美化了城市，但那不是马齿苋，而是一种叫太阳花或俗称晒不死的小草花。

农村道路边的马齿苋长得瘦小，农田里的马齿苋长得肥厚，但不能轻易采摘，它们有可能被打了农药。有一年，先生下乡，看到庄稼地边有不少马齿苋，棵大茂密，纵横在田边地头，看着喜人，准备挖些回家栽种或食用。这时，走过来一老农说，现在田头地边都打了除草剂，一种有毒的农药，是万万吃不得的。在农村，马齿苋依然不被重视，被当成田里的杂草铲除，不像我们那么稀罕它。

（发表于 2019 年 6 月 30 日《合肥晚报》）

水 晶 薄 荷

　　水晶薄荷，是以薄荷为主要原料制作的一道汤的名字，上个月在亳州首尝。作为开口汤，开始我并没有特别关注，一大盆端上来。再细一看，这碗汤很特别，汤里卧着一片片晶莹剔透翠绿的食材，几只大红枣儿和几条金黄的蛋饼丝点缀其中，煞是好看。舀一勺，尝一下，有种特殊的余香，脆而润滑，好特殊的汤啊！赶快咨询前来上菜的服务员，水晶薄荷，服务员答道。啊，好一个充满诗意的名字！

　　薄荷也能做出如此养眼而美妙的汤？如果不是细细品味，怎么也想不到它出自薄荷。薄荷我太熟悉了，自家的园子里种有不少薄荷。虽然园子小，但是我只要看到自己没有栽种过的品种，都想尝试着种几棵。令我没有想到的是，薄荷的生命力极强，在园子里繁殖迅速，爆盆不止。它的根须通过花盆漏水口的缝隙，蜿蜒生长，寻找新的地盘，如今已达到秧满为患的地步了，严重影响了其他植物的生长。薄荷颜绿气浓，属于异香型植物，它那浓浓的特有的气味，我不太喜欢，做菜、做汤似乎都不适宜，在别处也没有吃过，望着一株株绿莹莹的薄荷，除了养眼，感觉别无它用，弃之又可惜，让我犯起难来。起初，每次到园子里，我会掐下一片嫩叶，含在嘴里，那浓浓的味道瞬间直上脑门；也曾剪过些嫩头，晒干泡水喝，但因气味太冲，勉强喝了两回，再也没了胃口。听文友说，他家的薄荷已侵占了大半个园子，被他统统拔了去。起初我舍不得清除它，但又不知如何利用，看来也只能如此了！

　　亳州之行，第一次见识了水晶薄荷，我对它充满了好奇，要好好学习学习。望着碗里的水晶薄荷仔细观察，原来那层水晶般的外衣，是薄荷叶裹上的淀粉，下到汤里，不仅增加了薄荷厚实筋道的口感，保持了叶片的青绿和鲜脆，还消除了那浓浓的薄荷气味，真是太神奇了。为了学艺，我连喝了两碗，慢慢品味。晚餐在另一家餐馆，又是一份水晶薄荷汤，但口感比中午的差了很多，虽然看起来别无二致。是汤的缘故？中午的汤汁感觉浓厚许多，高汤？晚餐的这碗汤似乎就是清水下料。我不知道，地道的水晶薄荷应该用什么汤做成，凭口感，还是中午的那道汤更胜一筹。

亳州是药都，华佗的故里。薄荷这味中药材，有医用和食用双重功能。在这里，薄荷做菜的身影随处可见，凉拌薄荷，清爽可口，是夏日里的一道清凉菜。它既可作为调味剂，又可作香料，还可配酒、冲茶、榨汁等。回家咱也仿着做一份薄荷大餐。怪不得在波士顿华人街的中国超市里，薄荷整齐地摆放在菜架上，当时我还奇怪，薄荷也能做菜？现在终于解开了心中的谜。

家里的薄荷蔓延得到处都是，拔过几次，很庆幸没有根除它。一碗水晶薄荷彻底改变了我对它的看法，从此对它也格外关注。因为重视，所以我查询了相关资料，不查不知道，原来薄荷的药用价值非常高：它是发汗解热药，用于治疗流行性感冒、头疼、目赤、身热、咽喉和牙床肿痛等症；薄荷泡水有清凉、止痒、消炎、止痛的功效；薄荷糖不仅能提神醒脑，还是旅途防晕眩及反胃的必备之物。如果皮肤被蚊虫叮咬，用鲜薄荷叶擦拭，可以消肿止痒。以薄荷代茶，既是夏季的养心茶，又能够清心明目、消暑去热。薄荷开花，犹如星星点点的满天星，花小呈淡紫色，一串串，唇形，且一层漫过一层，有点像芝麻开花节节高，随风摇曳，美丽极了。

一碗水晶薄荷，让我深入了解薄荷的种种好。家养一盆薄荷既可作绿植观赏，又可药用、食用。真好！

（发表于 2019 年 7 月 2 日《亳州晚报》）

再 说 薄 荷

我在《水晶薄荷》一文中写到了薄荷的种种好。其实在这之前，我是不太待见薄荷的，感觉它除了绿茵养眼外，别无它用，本身还散发着浓烈的异味，是我所不喜欢的。一碗水晶薄荷彻底改变了我对它的看法，从此对它也格外关注，留意起它的相关介绍。

近期看到一篇文章，说薄荷除了可以食用外，泡水去痒效果好。家中97岁高龄的老母亲，皮肤一直奇痒，医生说是老年性的皮肤瘙痒，不碍事的，也没有什么好方子，用各种去痒药膏、艾叶泡水擦身等效果都不尽如人意。这不，前几天回宿州老家，特地带了一袋自家园子里的薄荷叶，当初晒干是为了泡水喝的，因为不喜欢它那浓烈的异香而搁置一边了，这下终于有了用处。自家种植的绿色植物，用着放心，准备用它试一试。

薄荷泡水去痒，效果到底如何，心里也没底，只把它当一个偏方吧！当天我抓了一把薄荷叶，用少量的开水先冲泡一会儿，再倒进大盆，兑上温度较高的热水，给妈妈擦身子。当晚，妈妈说身上不痒了。第二天早上，妈妈说从来没有睡过这么踏实的觉了，奇痒消失了，真灵验啊。连续用了三天，考虑到薄荷属于性味寒凉之物，妈妈年事已高，不宜常用，后改隔天用一次，效果不错。

今日大暑，"赤日几时过，清风无处寻"，一年最热的季节到了。一大早，红灿灿的大太阳冉冉升起，它是三伏天里的常客，让人望而生畏，赶快去园中摘两片薄荷叶，泡一杯薄荷茶，翠绿的薄荷叶漂浮在水中，看着都让人感觉清凉了许多。

薄荷叶对生，全株青气芳香，是一种有特殊经济价值的芳香作物，有医用和食用双重功能。在食用上，薄荷既可作为调味剂，又可作香料，还可冲茶、榨汁等。前几天看到一篇报道，说用薄荷叶可以自制花露水。《本草纲目》提到过薄荷叶具有非常高的功效：薄荷味辛、性凉，无毒。长期做菜生吃或熟食，能祛邪毒、除劳气、解困乏，使人口气香洁。夏季到了，薄荷特殊的香味，驱蚊驱虫效果好，是天然的蚊香，绿色又环保。

关于薄荷，还有一则广为人知的凄美传说。相传薄荷这个名字，最早是来自古希腊神话。传说有一个美丽的精灵，名叫曼茜，她不仅外表美丽，而且内心非常善良。她的绰约风姿令冥王哈德斯一见钟情，久久不能忘怀。可是冥王是有妻子的，冥王对曼茜热烈的爱引起了妻子的嫉妒和愤恨。在强大的嫉妒心的驱使下，冥王妻子施展魔法将曼茜幻化成了一株貌不惊人的小草，还让她长在路边任人践踏。但是这种屈辱没有打倒曼茜。她本来就会挥发一种清凉的香味，令人闻了身心舒泰。在冥王妻子的屈辱对待下，她的韧性被激发，越是被人践踏、被摧折，就越是要散发出愈加浓烈的香味来。这种逆境之下不服输的精神，受到了越来越多人的敬佩，于是，人们把曼茜变成的这种草叫作薄荷。

薄荷如此凄美的故事，让人怜惜，因此薄荷的花语是再次重逢。通常人们会用薄荷作为礼物送给远行的朋友，多么美好的寓意。愿岁月静好，期待友人再相逢！

（发表于 2019 年 8 月 8 日《皖北晨刊》）

山 药 豆

　　山药豆，看到这个名字想必很多人不清楚它的来历，如果再看它的图片更是云里雾里对不上号了。有一次，我发朋友圈请大家猜猜是什么，答案五花八门，竟无一人答对，最后还是我公布了谜底。说实话，猜不对属于正常，生活在都市中的人们，谁能想到平时常吃的山药，秧苗上还能结出可以食用的山药豆呢！

　　山药豆是从宿州老家带来的。有一年去大姐家，早餐的粥里有一种比黄豆略大，吃到嘴里面面的东西，和蒸土豆有点像，询问才知道是山药豆。山药经常吃，山药豆却是第一次见，返回合肥时，大姐给我带了几斤回来，做过几次粥，还剩下一些慢慢就被遗忘了。第二年春天无意发现了放在一角的那一小包山药豆，当时正是春播季节，顺手把它们埋在土里，希望能发芽。

　　过了些时日，地里密密麻麻长出很多小苗，当时没有想到是山药豆发出的小苗。我有个习惯，一般不拔掉园子里自然生长出的秧苗，它们常常会令我有意想不到的收获，当然杂草除外。秧苗长势快，细长的枝蔓攀爬得到处都是，为了不影响其他植物，我找来几根小竹竿搭了一个三角架子，引导它们集中在一起，让它们抱团生长。绿莹莹的叶蔓围绕在架子周围，高高的一簇绿屹立在那里，着实好看。而架子下则是园中几只乌龟纳凉避暑的栖息地，我一到园子里，乌龟们就会从那里爬出来跟我打招呼，或跟前跟后要吃的。搭起的秧架子在园门的正对面，可阻挡夏日阳光直射室内，还可过滤室外的灰尘，起到净化空气的作用。这些叶子貌似红芋叶，我知道它绝不是红芋苗。进入五月中旬，我发现浓密的叶子下面结了不少的小果实，经辨认确定是山药豆。又一种植物在我的小小自留地生根结果了，意外之喜。我迫不及待地摘了几粒，放到中午的米饭锅里，美美地享用一餐。

山药豆，一般从七月中旬就能陆陆续续地采食了。经验告诉我，山药豆要经常采摘，否则成熟的山药豆会自由落地，因为它和泥土的颜色属同色系，极难找寻。进入盛夏，园子里的其他绿蔬都处在休养生息中，善解人意的山药豆闪亮登场了，它带给辛勤耕种者的不光是实实在在的收获，更有精神上的慰藉。

我时常会挑选一些较小的山药豆用来打汁。早餐一杯热气腾腾的山药豆汁，甜丝丝的山药原味，别提有多鲜美，连小朋友都爱喝。山药豆汁是我自创的一款豆汁。以前用山药豆来做粥或蒸着吃，由于颗粒小，外皮很难去除，吃到嘴里略微有点发涩，影响了口感。据说山药豆皮的营养成分与山药本身相差无几，自家种植的，浪费实在可惜。于是我想到了用小小山药豆来打汁，保留了其本身的营养成分，还可搭各种杂粮，百喝不厌。

山药豆又称山药蛋、山药籽、山药铃，都很形象。资料上说，山药豆和山药营养一样，有食补作用，两者都含有多种人体所需的营养元素，具有补肺益气、健脾补虚、滋养血脉、强志增智的作用，还含有叶酸，是孕妈妈的补益佳品，可见它的营养价值不容小觑。

我家山药都是种在花盆里的，结的山药比较小，所以每年是以吃山药豆为主。写这篇文章时，突然好想吃山药豆，赶快到园子里摘了小半碗午饭蒸了吃，全天然绿色营养食品，今年第一次开吃啦！

（发表于 2018 年 7 月 27 日《安徽日报》）

山　药

今年园子里十个大大小小的花盆里，共收获了十八斤山药，还有六斤多山药豆。山药是一种非常神奇的植物，它的叶和山芋叶形差不多，只是不能够食用。它那细藤叶丫间，长出一对对土褐色的山药小豆，这些小豆豆和叶子的排序一样，两个一对渐次向上排排队，很有规律。这是我接触到的唯一可以豆、根同食的农作物。

每年不需要刻意留种，地上或盆里掉落的山药豆，来年春天会发出一些山药小苗，这里一棵、那里一棵的。我会待它们稍微长大些，再集中移栽管理，这样不占过多的场地，也不会影响其他植物的生长。山药藤细且柔软，搭上一根棍子，它会一圈圈环绕着自行向上攀缓，叶子茂密而翠绿，生机勃勃，成为园中一景。我也会放置两盆在室内，当作一季的绿植来点缀，食赏两不误。

前几天，无意间在中央电视台科教频道的《健康之路》栏目中，看到一期介绍怀山药的，讲到吃山药的种种好。山药属多年蔓生植物，可在土壤里多年生长。山药易咀嚼、好消化，老少皆宜，曾被奉为神品，素有"神仙之食"的美誉。它阴阳并补，补肾不上火，是首选的补肾良药。山药的吃法很多，蒸、炒、炖、炸，其味甘、甜、绵、香。多吃可美容，能使皮肤光滑，是爱美女士的益友，是孩子成长的助力，也是男人的抗衰佳品，深受大众消费者的喜爱。在酒店，山药炒木耳的"点击率"最高，拔丝山药也常是座上客喜食的名品。

日常生活中，常见的有菜山药和铁棍山药。菜山药表皮色泽浅，须根不及铁棍山药的长而密，块头大。铁棍山药有药用价值，《神农本草经》对铁棍山药（又称怀山药）有详细的记载，它"温补""性平"，是"食疗同源"的典范。铁棍山药为怀山药中的珍品。铁棍山药喜松软的土壤，对生长的环境要求高，因其色褐间红、质坚粉足、身细体长、外形酷似铁棍而得名。

我家种植的是菜山药。因为山药是种植在花盆里的，受生长空间的限制，个头小且弯弯曲曲的。最大的缺点就是不好清洗，这是一个功夫活，需要有足够的耐心。我喜欢把山药放进米饭煲里蒸着吃，拌上蜂蜜，软糯甜香。

现在正是山药上市的季节，也是进补的最佳时机。山药价廉物美，平民食品，高端养生，既可入菜，又可当主食，对孕妇、老人和孩子来说是不二之选。

（发表于 2019 年 11 月 17 日《合肥晚报》）

花架上的黄瓜秧

今年首次在窗台花架上栽种了一棵黄瓜苗。根据我多年种植黄瓜的经验，花盆里黄瓜秧的生长期短，且产量低，一季也结不了几个。所以每年保留一两棵黄瓜苗，只为丰富自家的蔬菜品种而已。

我爱吃黄瓜，无论是生吃、凉拌，还是腌制，都是我的菜。每到春季选秧苗，见到黄瓜苗，思想总要斗争一番，因为家里的自留地有限，黄瓜秧需要的地盘大，且要独立搭架子，尽管每次都把它放在平台上通风、日照足的最佳位置，可总事与愿违，有时小苗还没有长大就消失了，即使一棵开花结果，能结两三条已是很不错的收成了。令我没有想到的是，这次的黄瓜秧顺着花架迅速向四处攀爬，似乎有点铺天盖地的感觉。黄瓜秧枝繁叶茂，宽大的叶片和粗壮的蔓藤处挂满了朵朵小黄花，几天的工夫，黄瓜结满藤，一条条垂吊在叶枝间。望着硕果累累，着实喜人，貌似可以增产增收。到目前为止，已收获八条笔直、微胖、浑身带刺的黄瓜，头部还挂着已闭合的黄花朵。每当采摘黄瓜之时，愉悦的心情可想而知。如此鲜嫩味美的黄瓜，唯有生吃才能真正感受到它的清香脆甜、原汁原味。当然，有时也会"奢侈"一次，拍一条黄瓜凉拌。拍黄瓜是家乡的一种吃法，就是把整条黄瓜放在案板上，挥刀用力拍打几下，黄瓜炸开，再随意斩几下，不规则的形状，这样黄瓜的切面大，易入味，吃起来比较爽。

昨天又采摘了两条黄瓜，先给它们拍照留念，再随意用水冲一冲，咔咔咔地就吃上了，真是过瘾又解馋。孙宝看到照片后，马上发来一段语音，让我一定要留一点给宝宝吃。小宝贝从小就爱吃外婆园子里的黄瓜，记得一岁多回国，也是这个季节，园子里黄瓜成了她的专供。我怕黄瓜上的小刺扎到小手，每次会用刷子轻轻地刷去刺尖。现在手机屏保的图片还是当年宝宝大口吃黄瓜的趣照呢。有时我们视频，宝宝会告诉我，外婆家的黄瓜好吃，想跟外婆学习种黄瓜。看来当年自家的黄瓜，已深深刻在了小宝的印象中。

也许是今年的黄瓜品种好，彻底改变了我以往对黄瓜的认识。另一处阳台上的一盆黄瓜秧，也是挂满了果实，我数了数，一棵秧苗上竟然同时结了大大小小十一条黄瓜。因为担心细细的竹竿支撑不住它们的重量，又在旁边加固了一根。虽然现在的黄瓜是应季菜，但我还是很少在市场上购买，有时偶尔买回家，也要把皮去掉，不敢轻易入口。所以每年自己种两棵，绿色无污染的黄瓜，想怎么吃就怎么吃，既可一饱口福，也可记住从前那原生态的黄瓜美味，足以让人体味再三、回味无限了。

大家都知道，黄瓜是非常好的亦蔬亦果的食物，它不仅可以美白肤色，还能有效地抗皮肤老化，减少皱纹，是"厨房里的美容剂"。《本草纲目》中也有记载：黄瓜有清热、解渴、利水、消肿之功效。写到这里，抬头望见花架上垂吊着的一条黄瓜，顿时满口生津，禁不住地走向窗台，顺手摘了下来……

（发表于 2021 年 6 月 18 日《新安晚报》）

我的小小香瓜园

　　香瓜园其实只是生长在书房窗外花架小盆中的三棵香瓜苗，将其称为香瓜园是与自己一以贯之的兴趣相关。我喜爱给家里一块块不大的种植点起名，比如辣椒园、黄瓜园、苦瓜园、香菜园等，虽说有些夸张，有些牵强附会，更有些一厢情愿，但它们依然是我心向往之的乐园。

　　这三棵香瓜苗是春季自生自长在花盆里的。它们从哪儿来的？是去年遗漏的种子？还是鸟从远方衔来的种子？不得而知！我有个习惯，不管花盆里长出什么芽苗都会先保留下来，任其生长，待到能分辨出是何物时再做处理。所以这些年竟收获了许多意外之物，如冬瓜、南瓜、丝瓜、香瓜，很是神奇！

　　像去年另一处花盆里长出的那棵秧苗，直到结果才发现，它原来是棵香瓜苗。从夏到秋，一棵不大的瓜秧竟结成了三个青皮脆甜的香瓜，吃起来很过瘾，是从前的味道，令人回味悠长。没想到今年一下又冒出了三棵瓜苗，且长在两个相邻的花盆里，着实让人喜出望外。为此，我移出了盆中原先种好的眉豆苗，给瓜苗让位，营养专供。功夫不负有心人，在我的精心养护下，一个、二个、三个……截至今日，已采摘了十一个香瓜，还有五个成熟在即。今年的香瓜格外甜，可能是因为入夏以来长时间的干旱高温天，有利于瓜果中甜分的积聚，从而增加了瓜果的甜度吧？

　　每天清晨，我会早早起来给植物们补水，顺便采摘成熟的果蔬。今日园子里的收成有：十六个枣子、两个香瓜、两个苦瓜和一把红彤彤的小米辣。将它们摆放在一起，色泽艳丽，很是诱人。朋友圈晒出后，立刻招来了大家的羡慕嫉妒爱。大姐打来视频说，昨天买了三个香瓜花了十七块多；微友留言，现在买的香瓜水叽叽的，一点也不好吃；土香瓜诱人，金不换的果蔬园地。是的呢，自家的果子，不光是口感好，更主要是应季时令，吃着放心更甜心。

自封城市农夫的我，虽不及实战经验多的菜农，窃以为经过这么多年的边学边种，也算是半个种植专家了！可这两年因为香瓜的不请自来，判断它的成熟与否难住了我。香瓜不像辣椒无所谓迟早采摘，老嫩皆可食用。生瓜吃到嘴里是苦涩的，根本无法下咽。为此我咨询了做过几年知青的六姐。记忆中，她曾经拉板车到我们生活的县城卖瓜。六姐说，生产队当年都会种上一大片西瓜田和一大片小瓜田。瓜熟时，有经验的农民，西瓜用手轻轻地拍，小瓜一靠目测、二靠闻。说着容易做着难，我效仿了几次，成功率不高，不是没熟，就是熟过了。个人觉得这些感性知识，是要靠悟和经验的。到目前为止，我判断瓜熟是以瓜的上下两头出现的裂纹为准。没有裂纹的瓜是否成熟，就只能碰运气了。

我喜欢种植瓜果蔬菜，更喜欢分享，恰遇朋友聚会，我会带上刚采摘的蔬果请大家品尝。今年的香瓜是两个品种，一种是青皮的，另一种是白皮的，都是脆香甜的那种。我分别留下了一些香瓜籽，准备明年自己育苗，多种几棵，打造一个名副其实的香瓜园。

（发表于 2023 年 6 月 3 日《合肥晚报》）

遇见小螳螂

清晨，巡视我的小菜园，再次发现了一只长大了 N 倍的螳螂。只见它卧在一棵辣椒的枝叶上，通体嫩绿，身材修长，尾巴高高翘起又微微弯曲，三角形的头活动自如，大而明亮的复眼警惕地张望着，腿节折叠，一副随时准备捕捉猎物的姿势，彰显它的帅气和霸气。

还记得三个多月前的那个傍晚时分，在园中无意发现了一群倾巢而出的小小嫩黄色的螳螂幼虫。它们排排队，一只只从紧贴着一枝干枯艾草秆上类似蚕蛹的硬壳里爬出，一只、两只、三只……犹如初春的柳树枝上刚刚冒出的嫩黄纤细的小芽，沿着艾秆井然有序地爬向不远处苦瓜的藤叶间，并迅速隐藏在一片片叶子下，自我防护起来。

庆幸手机抓拍到这一有趣而又神奇的瞬间。从那以后，我对它们多了一份牵挂，每日关注起小螳螂们的行踪。最初还能看到它们三个一群、两个一伙地躲在绿叶丛中，慢慢地一只螳螂也寻不见了。听说，这些幼小的昆虫最招鸟的喜爱，也许它们早已成为鸟儿的牙祭了吧。

螳螂，亦称刀螂。它的标志性特征是有两把"大刀"，即前肢上有一排坚硬的锯齿，末端各有一个钩子，用来钩住猎物，平时收缩起来，潜伏在身体的前上方，假如有昆虫经过，即刻伸出"大刀"砍向目标，可以说是百发百中。儿时我们管它叫"砍头螂"，自己打小怕它。前几日在汪曾祺《花园》一文中看到有关螳螂的一段文字："祖母叫我们不要玩螳螂，说是它吃了土谷蛇的脑子，肚里会生出一种铁线蛇，缠到马脚脚就断，什么东西一穿就过去了，穿到皮肉里怎么办？"各地关于螳螂的种种传说，目的似乎只有一个，就是用来吓唬小孩子。因为它是益虫，大人们为了让尚不更事的顽童不捉逮螳螂，所以编出了这些善意的谎言。

　　事实上，这一招很奏效，小孩子胆子小。就像我，从小到大，几十年过去了，想到螳螂，第一反应还是"砍头螂"会伤人，内心依然很畏惧。如今我再次遇见螳螂，当年的感觉竟荡然无存，反而欣赏起它那楚楚动人的小模样。细想儿时的行为太幼稚，小小的螳螂怎么能砍人呢？我悄悄地靠近螳螂，打开手机的相机，关闭了拍摄键自带的声响，生怕它受到惊吓，近距离地连拍了一组逸趣横生的螳螂身姿。

　　为了更多地了解螳螂的习性，我特地上网查询了相关资料。螳螂喜食蚊子、腻虫、蝇类、小蝗虫等。怪不得，平日秧苗上常见的小腻虫消失了。哦，原来园子里的这些小螳螂，竟是绿蔬的天然环保小卫士。别看螳螂小，它们的生存意识强，警觉灵敏，有着与周围植物相似的保护色，隐蔽性极强。我想，螳螂之所以把家安在我的小菜园里，一定是因为这儿的生态环境好吧！

　　　　　　　　　　　　　（发表于 2022 年 7 月 9 日《新安晚报》）

园子里的乌龟、蚯蚓和蜗牛

连续的晴热天气，园子里的蚯蚓和蜗牛早已不见了踪影，它们都喜阴湿环境。天气预报说台风"安比"将携风带雨而来，盼了几天也没盼来雨水，"安比"已走，盼雨无望。

倒是喜热的乌龟整天在园子里溜达。园子里散养了三只大乌龟，盆养两只小乌龟，这两只小龟是大龟的后代。乌龟家族鼎盛时期有四十八位成员，其中的四十四只小龟都是四只大龟即一只龟爸和三只龟妈的后代。小龟陆续被朋友们领养，特意留下了两只小不点给小外孙女玩。我发现一个有趣现象，乌龟吃饱后从不留恋眼前的美食，而是迅速地转身离开，决不多吃一口，这可能是它能够长寿的秘诀之一吧。

现在正是乌龟储存能量的最佳期，五只乌龟一次可以吃掉三四两精肉，而且一点肥肉都不吃，所以每次我只买纯精肉，避免浪费。我有时隔几天喂些切碎的菜叶、米饭和虾子，保证它们营养均衡。养乌龟最省事，十天半月不喂也没关系。乌龟属变温动物，又称冷血动物，体温会随着外界温度的变化而变化。每年11月到次年4月，它们有长达半年的冬眠期，谷雨前后才出来活动。开始乌龟并不吃食物，只喝点水润滑一下肠胃，舒展一下身骨，当温度上升到25度左右才慢慢开始进食。乌龟通人性，自我保护意识强，别看它们天天围着家人跟前跟后的，来生人时早已躲得无影无踪。每当我爬到高处摘菜什么的，乌龟们都会齐刷刷地集聚在下面，像是保护着我。

蚯蚓、蜗牛最活跃的季节是春末、夏初和秋末，这时的气温、湿度最适合它们繁殖和生长。它们喜阴暗潮湿、腐枝烂叶，最怕阳光直射，每天昼伏夜出。聪明的乌龟则会根据蚯蚓和蜗牛的作息时间，躲在一旁偷袭它们，享受美味大餐，我戏称为乌龟的自助餐。每天浇水时我也会顺手捉一些蜗牛放进乌龟的投食盆里，乌龟吃蜗牛会吃得咔咔作响，像嗑瓜子一样，把肉吃进去、壳吐出来，动作娴熟，有趣极了。

蚯蚓是花菜植物的好朋友，喜钻入地下，疏松泥土，使盆土不板结。蜗牛则是害虫，别看一只小小的蜗牛，它的战斗力是不容小觑的。它们喜食苋菜、小青菜这些甜性的蔬菜，刚长出的一点小苗会被它们一扫而光，所以这几年改种莴笋、芹菜、生菜，这些菜口味重，不是蜗牛的菜。据说蜗牛是世界上牙齿最多的动物，虽然它的嘴大小和针尖差不多，但是有两万多颗牙齿。在蜗牛的小触角中间往下一点儿的地方有一个小洞，这就是它的嘴巴，里面有一条锯齿状的舌头，科学家们称之为"齿舌"。蜗牛繁殖迅速，记得早先，一到雨季园子里蜗牛成灾，到处都是，总也逮不完，现在好了，有乌龟帮忙，真是一物降一物，乌龟是它们的克星。我会有意识地留下一些小蜗牛，不能"斩草除根"，因为蚯蚓和蜗牛含高蛋白，是喂养乌龟的活食，营养价值高。

有蜗牛蚯蚓出没，说明园中的生态环境好。尤其在雨后，碧绿的叶子中间滚动着雨珠，一只只蜗牛在叶面上缓慢地爬行，很是逍遥惬意，有时真不忍心去捉它们。蜗牛有时也会爬到墙上、玻璃上，爬着爬着就贴在那里动弹不了了。蜗牛喜腐败的叶枝，有时一片腐叶下面聚集很多，一抓一把，可供乌龟们饱餐一顿。乌龟的投食盆下面有泥土和充足的水分，那里是蚯蚓的聚集地，每次给投食盆换水下面会有好多蚯蚓。相比之下，乌龟还是最喜欢吃蚯蚓。

午后，终于盼来了一阵暴雨，看到书房花架上的蜗牛出来活动了，我迅速关上电脑，赶去园子捉蜗牛给乌龟打打牙祭。几只乌龟正在园中戏水。现在蜗牛也聪明了，知道低矮处有危险，都爬到高高的叶枝上。乌龟不时地昂着头，知道美食在高处，希望可以掉下来，像是守株待兔，模样极其可爱。乌龟看到我，都跑过来求援。我一会的工夫逮了几十只肥胖的蜗牛，小三子个头小，挤不过那两只大龟，眼巴巴地看着它们享受美味，于是我又捉了一些单独给小三子开小灶，顺便摘了几个成熟的无花果慰劳一下自己。枣子有些发白，摘了一个尝尝，木木的，只有一点点甜味，还要再等些时日采摘。今天的菜有雨水滋养，不用冒着酷暑浇水了，心情自然大爽。

（发表于 2018 年 8 月 5 日《合肥晚报》）

夜 来 香

　　对夜来香的特殊情结，要追溯到中学时期。记得是初中三年级的一天，同学红不知从哪里弄来了一盘邓丽君的磁带，约几位好友去她家偷听。那时邓丽君的歌被称作靡靡之音，是禁止的。大家用桌子顶上门，打开单卡录音机，调低音量，《何日君再来》《小城故事》《美酒加咖啡》《漫步人生路》《甜蜜蜜》《月亮代表我的心》，最后一首就是《夜来香》。邓丽君的歌声甜美圆润、温婉动人、沁人心扉，深深地吸引着我们。这是我第一次背着家长做所谓的"坏事"，也是"夜来香"这三个字第一次映入脑海，后来才知道夜来香是一种植物的名字。

　　夜来香，名字简洁又贴切，从字面上理解就是夜里才香。是的，夜来香只有到了夜间花蕊才会绽放，散发出它的花香，因为它靠夜间的飞蛾虫子来授粉，通过浓浓花香吸引无数的虫子，它在白天无味且花瓣合拢，是一种很神奇的暮开朝闭植物。民间又叫夜来香为夜香树、夜香花、夜兰香、夜丁香，这些别名里都有一个香字。它是木本植物，喜温暖湿润和向阳通风的环境，适应性强，但不耐寒，温度低于五度就要把它搬入室内。我家的这盆夜来香想来也有十余个年头了。朋友曾问，你家这么多花花草草的，夏天蚊虫一定不少吧？我笑言园子里有盆夜来香，蚊虫去踪影，事实的确如此。

　　自从园子里有了这棵夜来香，室内室外没有了蚊子，以前家里备的几个电蚊香都束之高阁了。夜来香绿叶盈盈，优雅清丽，绝美动人，白天闭合，夜里开放，和蚊虫的作息时间高度一致。它的香味稍稍有毒，在毒跑蚊虫的同时也会伤害到人体健康，所以夜来香在开花时是不能放房间里的，理想的地方当然是庭院里，最好摆放到角落。听说夜来香还有一定的药用作用，具有疏风解表、化湿和中、行气活血、解毒消肿等功效。养一盆夜来香真是一举多得，可赏、可用，是天然的驱蚊草，生态又环保。

夜来香开放时间通常在每年的 5 月中下旬至 8 月间，和高温天的步伐基本一致。可今年的夜来香比记忆中往年开花的时间早，5 月 2 日深夜从外地回到家，上楼准备打开门窗通通风，刚到楼上，一股浓郁的香气扑面而来。熟悉的香味，是夜来香那特有的芳香，惊喜、惊讶，忘记了旅途的疲劳，赶快下楼到客厅拿来手机，打开园门拍几张照片。清晨早早起床，再次来到昨晚拍摄的花瓣前重拍一组，前后对比看起来更直观。

夜来香自打入住我家后，我对它就格外照顾，不光是因为夏季可以驱赶蚊虫，还有那青涩岁月中的美好记忆。2013 年 9 月 16 日，雨后我发了几张点点雨珠晶莹剔透地滚落在夜来香叶蕊上的照片，朋友说："哦！这就是传说中的夜来香呀。只知道邓丽君的歌曲《夜来香》，还真没有见过呢。"是的，当初我也是因为这曲《夜来香》才喜欢上它的。

写这篇城市农夫手记时，耳边再次响起了邓丽君的那首《夜来香》：那南风吹来清凉，那夜莺啼声齐唱，月下的花儿都入梦，只有那夜来香，吐露着芬芳。我爱这夜色茫茫，也爱这夜莺歌唱，更爱那花一般的梦，拥抱着夜来香，吻着夜来香，夜来香我为你歌唱，夜来香我为你思量……

（发表于 2018 年 5 月 25 日《新安晚报》）

醉金香葡萄

　　一直梦想着自己的小小自留地里能有一棵葡萄树。早有耳闻蚌埠禾泉农庄里有个葡萄园，品种多，禾泉葡萄已成为一个优质品牌。那日参观完葡萄园，透露出这个心愿，蒋保安庄主说这个好办，让办公室的小耿记住，明年春天挑一棵好苗送给我。从那以后，我就盼望着春天快快到来，从没有如此期盼过一个季节，哪怕是过年。

　　春天在我的千呼万唤中来到，这时正好去蚌埠参加一个会议，席间说起此事，一位熟识蒋庄主的老师马上拿出手机，拨通了电话，半小时后只见蒋庄主急匆匆地赶来，手里拿着一棵葡萄苗。我接过葡萄苗，心情别提有多高兴啦。葡萄苗有一个特别诗意的名字：醉金香。只知道有郁金香花，喜欢它的美丽与娇艳，想必醉金香一定也是美妙醉人、不负众望吧。

　　回家后，我把醉金香栽在一个大花盆里，当时盆土不多，只好放了一些枯枝碎叶。没想到葡萄苗很快发芽，几天的工夫快速地长出枝蔓，赶快找了一些线绳牵引，并为它搭了一个架子。似乎是一夜之间，鲜嫩的枝蔓爬满了葡萄架，真让人惊叹它的生命力如此旺盛。又过几日，发现叶片下竟长出了小米粒大小的葡萄，密密麻麻的，我欢快地向家人报喜。

　　想不到葡萄当年结果，原以为它会像其他果树一样次年或多年后结果。果子成长需要大量的水分供给，我每天对它都格外照顾，眼见着一天天长大的葡萄，着实喜人。记得以前公婆家的院子里有一棵葡萄树，葡萄架是用六根水泥杆搭起来的，占据了院内三分之一的面积，每到收获季，紫红的大葡萄甜蜜蜜的，特别好吃。公公会小心翼翼地摘下一串串葡萄放入篮中，让我们送给亲朋好友品尝。居住在干休所大院里的邻居们有时会到树下摘儿串带回家。葡萄种在地上营养足，产量高，印象中家里的那棵葡萄每年可以收获近百斤。来合肥后，虽然没有了院子，但有一个不小的露天平台，平台上种植了很多的花花草草菜菜，栽棵葡萄的念头从未停止过，可先生不支持，他说葡萄架占地方，葡萄熟了会引来很多小鸟叼食，怕伤害他的花草。早几年园子靠他打理，我要上班照顾孩子的学习和家人生活，无暇顾及。现在好了，闲下来的我接管了三园，我的地盘我做主，他自然不好多管，栽棵葡萄又提上了日程。

如今终于如愿。第一年收获了十几串葡萄。葡萄成熟时，我每次去园中浇水，总会停留在成熟的葡萄架下，摘几颗还挂着露水的葡萄独自享用。葡萄甜，心更甜，城市农夫的享受，劳作的辛苦换来了收获的喜悦。醉金香葡萄通体绿色，皮薄肉多，晶莹剔透，玲珑可爱，应该属于早熟品种。又要到醉金香的成熟季了，昨日给它浇水，用手捏一捏葡萄已经开始变软，摘了一个尝尝，虽然酸味多，但是已经有些甜味了。

葡萄属落叶藤本植物，市场上的品种繁多，有巨峰葡萄、马奶葡萄、玫瑰香葡萄、醉金香葡萄等。它营养成分多，葡萄籽、葡萄皮均可食用，营养甚至超过了葡萄肉，据说还可以减肥呢。葡萄酒、葡萄干、葡萄汁深受人们喜爱。上网查询得知，葡萄可预防癌症、心脑血管疾病、贫血等，其含的类黄酮是一种强力抗氧化剂，可抗衰老，并可清除体内自由基。从中医的角度而言葡萄有舒筋活血、开胃健脾、助消化等功效，其含铁量丰富，所以又有补血之功效。

又到一年葡萄季，我准备从明天开始，每天摘几颗葡萄咂咂嘴，在这炎炎夏日，酸酸甜甜的葡萄提神开胃又开心。

（发表于 2018 年 7 月 1 日《合肥晚报》）

秋 季

无架豆，有架豆

昨日的一场暴雨，让园子里的植物喝足了水，一个个滋润得朝气蓬勃。菜也铆足了劲，无架豆、有架豆生机勃发，似乎一夜间长大了许多，一根根修长青嫩的豆角挂在枝蔓上，随便摘摘，一天的绿蔬有了。

现在是无架豆、有架豆的丰收季，每天都有收成。昨天摘了近两斤豆角，精挑了一些修长帅气的豆角送给女友，好东西是要分享的。摘豆角一般在清晨最好，这时的它们精神饱满，水分足。再过些日子，持续的高温天到来，它们为了自身的保护，就会减少甚至停止开花结果，直至气候适宜，再焕发二春。一般春末夏初、夏末初秋是它们的最佳结果期，三五天即可采摘，所以在这段时间里，必须每天保证水分充足，哪怕再忙也不能疏于对它们的管理。

自封城市农夫，也有了十多年的种植经验，可在无架豆、有架豆生长的初期还是分不清。因为它们的种子、叶子几乎一模一样，直到一二十厘米后长出枝丫才能辨认出。由于场地有限，有架豆需要攀爬架子，窗台的花架是最佳位置。春天，去集镇上购买种子时，都要反复记住这是无架豆、那是有架豆，有时记着记着还是混淆了，自己也分不清哪对哪了，每每只有后期移栽。其实幼嫩的秧苗是不宜移栽的，虽然小心翼翼，还是会伤害到它们，移栽的秧苗待到成活扎根半个月过去了，耽误了它们的生长期。

　　我喜欢豆角开出的淡紫色小花。细心观察，无架豆的花比有架豆的花颜色深些，显得更加娇艳，花开在秧苗的上端，一朵朵淡紫色的花朵，犹如一只只美丽的小蝴蝶，煞是美丽。

　　无架豆，顾名思义就是不需要搭架子。我想，培育出无架豆种子的农业科学家，一定是为满足没有空间，又喜爱种植，城市中如我这一族着想的。无架豆种植在花盆里，每棵秧苗也就二十厘米左右高，这样的高度，无需外力的支撑，自身可以承载豆角的重量。

　　有架豆则需要搭起架子，供其向上攀爬，市场上出售的应该都是种在土地上的有架豆角。我家窗台上近两米高的防盗网是有架豆攀爬的架子，通风好，从来不生虫，绿叶蔓藤缠绕在架子上，形成了天然的绿蔬窗帘。此窗帘天然绿色环保，净化空气，还遮阳、防尘。坐在写字台前，抬头望去，尽是满目翠绿，缓解了眼睛疲劳。

　　无架豆、有架豆结出的豆角（合肥人叫豇豆），在我看来基本上是一样的，只是有长短之分。有架豆结出的豆角往往要比无架豆豆角长出两三倍，有一年我收获了一根长度为八十厘米的有架豆豆角。

　　播种无架豆、有架豆要留有一定的间隔，有利于日后通风，否则容易生出黑压压的小腻子虫。我家种植的不多，所以每次看到小虫，我会随手清理，如果不及时消灭它们，豆角花会落去，甚至有的秧苗会枯萎死掉，即使长出豆角也是细细弯曲的，品相差，口感也差。看过报道，市场上一根豆角需要多次施药才能长大。大规模的种植地，为了防虫，多数都会使用农药杀虫，所以买回家的豆角最好用淡盐水浸泡清洗。当然，家种的豆角绿色无污染，可以任性地吃。

　　豆角含有丰富的维生素 C，是夏季最美味的蔬菜之一。一位种植过豆角的长者告诉我，豆角长到胖胖的摘下来最好吃，可家里的豆角少，总是等不到那时就迫不及待地采摘下来。我喜欢把豆角放在开水锅里焯透，切成一段段，放点蒜末、生抽、醋和麻油凉拌一盘，开胃又下饭。豆角的做法很多，可清炒、干煸，红烧也是不错的选择。2014 年深秋我去美国看望孩子们，带了自家晒的干豆角，和五花肉在一起红烧了半锅，孩子们吃得很过瘾。当然了，这是自家的绿蔬和妈妈的味道。

（发表于 2018 年 8 月 2 日《皖北晨刊》）

秋季到来农夫忙

秋天是收获和播种的季节，秋季到来农夫忙。

我的小小自留地里的无花果熟了，花椒熟了，枣子熟了，柚子熟了，山楂陆陆续续也熟了。除了收获这些果实外，园子里的菜也是结了一茬又一茬，源源不断地为主人提供着丰富的绿蔬。

初秋的苦瓜进入生长旺盛期，蔓藤上挂满了大大小小的苦瓜，有时一天可以摘好几个呢。只是自己种植的苦瓜味道特别苦，我并不爱吃，多数都被我送给亲朋分享了。

今年的苦瓜秧里夹杂着一棵赖葡萄。苦瓜和赖葡萄在叶子上似乎没有区别，直到秋后的一天，突然发现一个苦瓜通体金黄，果实裂开，露出里边的红瓤籽，形如红宝石，简直是美呆了。美归美，可不敢轻易食用，咨询相关专家及上网查询才明白是赖葡萄。资料上记载：赖葡萄和苦瓜是同科的植物，但不是同一种作物。苦瓜味苦，是蔬菜，可凉拌或熟食。赖葡萄是水果，成熟时，瓤是红的，味甜。由于二者叶子和果实外形一样，所以不好区别。苦瓜只要成果就可食用，赖葡萄必须成熟才可食用。真是知识无穷尽，活到老学到老，我这个资深农夫今天又学到了。

往年的深秋是我最忙碌的时候，不是清理春夏过季菜的枝枝蔓蔓，就是给腾出的花盆换土再种上适宜秋冬生长的蔬菜。可今年的秋雨下了近一个月，无法也没有热情冒雨在园子里忙活，错过了一些菜的播种时机。微友感伤，美丽的秋就这样在绵绵的秋雨中悄悄地溜走了，耽误了和秋在大自然中的约会。好在我有一块自留地，虽然不大，但足以让我在此放飞心情，植物个个绿意葱茏生机勃勃，很养眼。枇杷花蕊累累，在充沛的秋雨滋养下显得越发饱满，期待明春的好收成。夜来香那饱满的花蕊含苞待放，只是不知在深秋能否再次芳香四溢。

前些日子从乡镇买回了莴笋苗、雪里蕻秧冒雨移栽，现已扎根返绿，为了腾地只好提前把毛芋头起出来。这些毛芋头不是刻意种植的，是去年遗留在土里春天发芽生长的，竟然也收获了三斤多。挂在树梢上的橘柚慢慢变黄，过些时日就可以采摘回家了。山楂树上遗留的几颗山楂红得正艳，摘一颗尝了一口，沙面，口感比 10 月初收获时好多了，看来当初是采摘早了。萝卜、生菜、香菜和芦荟绿油油的，长势良好。秋雨中，我常打着心爱的花雨伞在园子里巡视，心情顿时大好，掐几根香葱，摘两个辣椒，拔一个萝卜和几棵香菜。小雪前的萝卜最香甜，水灵灵的招人爱，烧菜有点可惜，切丝拌香菜，再放点醋，滴几滴麻油，一盘脆鲜味美的时令午餐菜，下饭着呢！

终于雨过天晴。久违的阳光，不光是人们欢喜跳跃，我想园子里的植物也是如此吧。万物生长靠太阳，阳光对于开花结果的菜尤为重要。清晨迎着朝霞来到了园中，辣椒、梅豆已没有往年同期的繁花朵朵，寥寥几个挂在枝头，今年减产了许多。查看去年的记录："2015 年 11 月 3 日，摘了半斤辣椒和一斤多的梅豆，拔了一小竹篮的四季青，中午一盘梅豆烧肉、一盘清炒四季青，营养美味心情悦。"可现在的园子今非昔比，园子里除了早秋时种植的萝卜和生菜，像四季青、乌菜一些应季蔬菜因为一直下雨，土壤太黏无法播种。这不，晾晒了两日的盆土，今早才把菜籽撒在土里，抓住秋的尾巴，不知能否发芽，亡羊补牢吧。

红芋和生姜的叶子依旧绿油油的，迫切需要接受阳光的普照，有利于提高产量，再让它们生长些时日。密密麻麻的香菜，已经能嗅到它那特殊的香味。随处可见的野荠菜，这里一簇、那里一簇的，是去年落下的种子自然生长出来的，长势喜人，我在自家园里挖野荠菜的梦想终于实现了。

家里有个小菜园真好，不仅可以随时吃到新鲜的绿色蔬菜，还锻炼了身体，同时让我体味到劳动的快乐与收获的喜悦。自封城市农夫的我，在自己的"一亩三分地"辛勤地耕耘着，忙碌并快乐着，不出家门就可享用天然生长、自然成熟、口感正宗、四季不断的绿色食品，同时领略浓浓的庭院田园风光。

（发表于 2016 年 11 月 6 日《合肥晚报》）

天凉好个秋

这是一个微风细雨的周末，难得的悠闲，享受一个人的时光。打开了久违的收音机，音乐、广告、新闻播啥听啥。初秋的园子里凉爽了许多，植物们顺利度过了炎热的夏季，正慢慢地恢复着生机……

连续一个月的高温桑拿天，尤其是进入 7 月中旬以来，最高温竟达到了41℃。每天都是晴空万里，炽热的阳光从早上开始，迈出空调房间需要一定的勇气，走进小菜园不光需要勇气更是一份责任在肩。

清晨园子里已是热浪扑面，能够采摘的蔬果越来越少，它们承受着高温炙烤，为了自保几乎停止了开花结果。大叶片的毛芋头叶子缩卷发黄，无花果、梅豆、辣椒等经过一夜的滋润看起来还是皱巴巴的，不鲜亮，早已没有了初夏时的翠绿和水灵，虽然每天早晚都要给它们补水，但是似乎也无济于事。让我引以为豪的窗架上的绿蔬窗帘，已经绿影不在，枯叶纷纷，风吹起来沙沙作响。想想前不久还在朋友圈称此为天然绿窗帘，遮阳、隔音、防尘，还能净化室内的空气，绿色又环保，最主要的是能在炎炎夏日中带来清凉的感觉，起到陶冶情操、养眼、养心的作用，现如今眼前的这般景象实在是令人痛心。

园子里的花椒该采收了，可近来一直忙个不停，再加上高温酷暑天气，总是一拖再拖。不少成熟的花椒已经炸开，再不采摘下来将会影响它的品质。时不我待，鼓足勇气，提着小竹篮，戴上草帽，拿把剪刀，穿上长袖衣衫，全副武装，因为花椒树通体是尖尖的硬刺，做好自身的防护工作尤为重要。

花椒树盆是摆放在一个高高的架子上的，搬把椅子站在上面才能勉强够到。剪花椒虽然小心翼翼，胳膊和手上还是划了几道长长的伤痕。顾不上疼痛，高处的花椒实在够不着只好连叶枝一并剪下。一鼓作气，经过半小时的辛勤劳动，虽然汗水湿透了衣衫，但望着一篮子收获的花椒，足足有三斤重，我这个城市农夫累并快乐着。剪下的花椒叶舍不得丢弃，晒干存放，红烧鱼放几片叶子去腥去土气，使鱼肉更加鲜美，也是很不错的。

今年的花椒产量高，颗粒饱满，应该说是它的丰收年。每年收获的花椒可供一年食用。平时做菜我不喜欢放任何调味品，唯独自家的花椒，红烧菜或牛羊肉汤中放几粒，椒香四溢，食欲大增。到朋友家做客有时我也会带些花椒，备受欢迎。好东西是要分享的。

夏季到了，秋天还会远吗？终于熬到了立秋节气的到来。从立秋那天开始，一场场秋雨，气温降了许多，真是应了那句老话，一场秋雨一场寒。季节很奇妙，站在园子里竟有了些凉意，大乌龟和它的孩子们在水里畅游，享受它们的美好时光。现在的气温最适宜植物的生长，不冷不热，雨水充沛。一盆无架豆的周边长满了马齿苋。辣椒、茄子、黄瓜，还有不知名自己长出的一棵秧苗开着艳丽的花朵，希望可以修成正果。前些日子播种的豇豆正孕育着花蕊。柚子、山楂铆足了劲，一天一个样。尤其是山楂，已经泛红，再过些时日，成熟的山楂像一盏盏小灯笼似的挂在树梢上，红彤彤的，喜庆又喜人。

（发表于 2017 年 8 月 20 日《合肥晚报》）

山 楂 红 了

　　清晨，我把树上最后一批十六个山楂果摘下来。季节到了，楂熟蒂落，好在我提前给山楂罩上了网袋，妥妥兜住了它们。伸到平台外的枝丫末梢上，还挂着两个又大又红的果子，红彤彤的很诱人，无论怎样努力也够不着，为了安全起见，只好放弃，留给嘴馋的小鸟啄食吧。

　　十月金秋，也是山楂成熟的季节。每年的国庆日这天，我都会来到园中，摘下一些红灯笼似的山楂果，山楂方队摆起来，以烘托节日的欢乐和喜庆氛围。平日里，我喜欢站在山楂树下边摘边吃，非常享受这个过程。我也会隔三岔五摘些送给亲朋好友，分享收获的喜悦。前年孙宝回国，国庆期间，一岁多的小宝贝，每天自己提着玩具小篮，跟外婆一起采果，那情景让我感觉幸福至极。一年的辛勤劳作，只为这一刻，值得！

　　前几天，年逾七旬的大姐，转乘一个多小时的公交，大清早送来了爱心早餐，蒸烙馍，炸圆子，家乡的美食，二者卷着吃那是绝配。大姐也爱种植，以前她在老家房前空地上开垦了一块菜地，不仅保障了自家菜篮子的供应，还常常送些给我们。我的很多种菜经验是跟大姐学来的，所以大姐对楼上的小菜园情有独钟。这不，大姐迫不及待地来到园中，这里看看，那里瞧瞧，巡视一番后，亲手摘几个山楂，掐一把红芋嫩叶，剪一把水芹，再拔两个水灵灵的萝卜，脸上洋溢着欢喜和满足。

　　节气真的很神奇，寒露刚过，本来还有些酸酸硬硬的山楂，突然之间变得沙沙面面，还有一丝丝的甜。今年应该是山楂挂果的大年吧？一棵花盆里的山楂小树竟然结了两百多个果实。它从早春二月萌发出的第一片叶芽，到打苞、开花、结果、成熟，大约需要八个月的时间。作为园长的我见证了它们的成长，深知果儿背后的努力、自己的辛勤付出。

我的这棵山楂树形酷似缩小版的黄山迎客松。它每年的谷雨前后开花，一簇簇山楂花相拥着竞相开放，雪白的五瓣花包裹着绿绿的花蕊，显得那么的淡定、纯洁，勤劳的蜜蜂则不停地飞来飞去采食着花蜜。花蕊慢慢地变成一个又一个小青果，就像一个个顽皮的孩子在树枝上荡着秋千。

盛夏，山楂树叶片宽厚，树上密密麻麻的山楂小果，倘若水分不足，叶面就会变黄，甚至变得焦黄，这对正在生长中的山楂果来说是致命的伤害，小树因此会没了以往的精神气。望着边缘已焦黄的树叶，一个个摇摇欲坠的山楂小果，除了心疼，就是增加浇水的频率。有时因为繁忙，没能及时补水，一天的工夫，小果会变得干皱起来，令人心疼不已，只能祈祷它快快吸足水分，再经过一夜的滋养，重新绿意鲜灵起来。好在山楂树凭借着自身顽强的生命力，顺利地度过了炎炎夏日。"大难不死必有后福"，我坚信山楂树经过一个冬天的休养生息，明年一定会硕果累累、重现青春的。

初秋，山楂的美好时光开始了。适宜的气候使果实日益膨胀，真是一天一个样，迅速生长。山楂的颜色也从浅绿、深绿，再到微红乃至大红。成熟的山楂悬在枝叶间，像一个个小小的红灯笼，很养眼，看得叫人垂涎三尺，人的心情也跟着丰收季的即将到来而兴奋不已。但有时遇到了强台风，怕大风吹落果实，等不及熟透，只好提前采收，落袋为安吧。

记得有一年，受台风"菲特"的影响，天空飘着细雨，大风把花园里的花草果树刮得东倒西歪，吹掉了缀在山楂树上还没有红透的果子。看着掉落一地的山楂，为了减少损失，我决定提前采摘。其实，山楂在霜后采收，口味品质最佳。山楂树干较高，果实一般都结在较高的树梢上，站在树下根本够不到，于是我搬来凳子，戴上手套，提着我最喜爱的那个小柳条篮，在绵绵秋雨中开始采摘山楂。"无限风光在险峰"，套用在品相好的果实上再恰当不过了。看，一些个头大的、长得饱满的、提前成熟的红彤彤的山楂都挂在最高处，想要采到它们实为不易。我发现秋天的山楂树枝特别脆，不小心就会被折断。我小心翼翼地攀爬着树枝，生怕再伤害到它们，紧张的汗水和雨水交织在一起，很快，丰收的快乐让我忘记了危险。想想真的挺后怕的，站在高高的凳子上，为了够一串上好的果子，身体侧悬在空中，竟将下面八层楼的高度置之度外！经过近半小时的艰辛劳动，终于颗粒归仓，颇有些"双抢"的节奏。

别看山楂个头小，它的营养价值为水果之首。每年我都把一部分新鲜的山楂切片，晒干储存，泡茶、煲汤或煮粥时放上几片，营养又开胃，再好不过了。山楂自古以来就是健脾胃、活血化瘀的良药，它可降血压、降血脂，是健胃消食片的主要成分。据说，用它泡水喝，不但滋补肝肾，还能消食化积，长期饮用此茶水，能够缩小或消除胆结石。小时候，我最喜欢吃的就是山楂做成的果丹皮、山楂片，还有那酸酸甜甜的冰糖葫芦，它们深深地烙在我童年美好的记忆中。

待到霜降后，山楂树的叶子会慢慢变红，像香山的枫叶红，迷人的美，我会捡一片红叶做书签，夹在自己的小书中。去年到了寒冬，多数树叶纷纷飘下，唯有两片红灿灿的山楂树叶，依然屹立在高高的树梢上，在瑞雪中格外耀眼，像雪中红梅一样，不畏严寒，顶风傲雪。我默默为它们鼓劲，为它们的坚持点赞！

（发表于 2019 年 11 月 20 日《新安晚报》）

毛　芋　头

　　美国之行一去就是两个月，回来已是深秋，园子里怕低温的毛芋头该收了。到家后我顾不上倒时差，第一时间来到园中，毛芋头的茎上一片叶子也没了，光秃秃的，周边的土壤坚硬，看来早已成了被遗忘的角落。

　　毛芋头生长在一块垒起来的土面上，比那些花盆的植物算是特殊待遇了。因为它是球根植物，需要深厚的土壤。毛芋头那肥大绿茵的叶片，和荷花、滴水观音相似。夏日，它的周围一片绿荫，给园子里散养的几只野生乌龟提供了遮阳纳凉的地盘，同时荫湿的环境也是蜗牛和蚯蚓的集养中心，乌龟在享受清凉的同时，又可以不时地自寻到美食，真是乌龟们的"人间天堂"。有时去园子里摘菜，忘记带小竹篮，我会顺手剪一片宽大的叶子当托盘，给蔬果拍照有时也会用它作背景，就地取材，环保养眼。

　　每年春天，园子里都会长出几株毛芋头苗，是上年遗留下来的，我会把这些小苗集中移栽在一起。三园虽然不大，遇到新品种，我会尝试种两棵，不管收成如何，本来就是为了修身养性。没想到毛芋头好栽培，产量高，个头大，常常会长到土壤的外面。禁不住诱惑，我时常会提前采摘一些，自认为这样可以把营养再供养到其他小果上面，以提高它的产量，也不知有无道理。且不管如何，先饱一下口福吧。我很享受毛芋头从泥土里刚挖出来的气息，洗去上面的毛绒，放米饭锅里蒸，口感细软，绵甜香糯，还略带一丝清香，撒上白糖或浇上蜂蜜，舌尖上的美味，满足感爆棚。

　　毛芋头是餐桌上常见的菜肴、点心，含淀粉较多，既是蔬菜，又是粮食，可熟食、制干或制粉，是人们喜爱的根茎类食品，特别适合身体虚弱者食用。中医认为芋头有开胃生津、消炎镇痛、补气益肾、美容养颜、乌黑头发等功效，可治胃痛、痢疾、慢性肾炎等。根据营养分析，毛芋头含有膳食纤维、维生素B群、钾、钙、锌等，其中以膳食纤维和钾含量最多。其丰富的营养价值易于消化，具有增强人体免疫功能的作用。

毛芋头和红芋相似，但没有红芋耐旱，具有水生植物的特性，吸水量大。高温季节，缺水的叶片发黄枯萎，所以每天都要给它开小灶浇足水。毛芋头的烹调方法类似马铃薯，经过炖煮后会使汤变得更浓，且容易吸收其他食材的汤汁。毛芋头经过油炸或者用油煎成薄片再淋上酱汁都很美味，也可切片和糖浆一起煮，成就一道甜点。毛芋头的叶子可以烹煮，也可用它包裹其他食物一起烘烤。

毛芋头叶柄高大碧绿，叶片盾形，可作为家中夏季的绿植，先观赏后食用，一举两得。

友情提示：清洗毛芋头要注意，由于它的黏液会刺激皮肤发痒，可以倒点醋在手中，搓一搓再削皮，就伤不到手了。削皮之后如果不及时食用，必须把它浸泡于水中。

（发表于2018年11月22日《皖北晨刊》）

薅 花 生

　　一周前，在朋友圈看到皖北开始收花生了。今春我也尝试着播种了几棵，咨询先生，曾经的上山下乡知识青年告诉我说，咱家的再长些日子吧。想想人家在农村劳动锻炼过，有经验，没经验的我当然要听"专家"建议了，那就再等等吧。

　　昨天傍晚，我给花生浇水时，发现一盆中有两颗花生冒出土层，已发青发芽了，我猜想应该是花生早已成熟，适宜的气温使它们又重新吐绿发芽吧？看来庄稼真是到季节就要收，不能一厢情愿地让其再继续生长的。

　　清晨早早起来，来到园中收花生，本来我准备一把铲子用来挖花生的，试一试好像不需要工具。花生的土层浅，容易铲烂花生，还是按照家乡的做法，薅花生。我拿起花生的叶茎拔起来，一颗颗花生就像秋千上顽皮的孩子，都拉扯着根须带着泥土荡了出来。一个"薅"字很形象，有着浓浓的乡音和乡土情……

　　这时孩子们打视频过来，正好让他们看看收花生的场景。孙宝问："外婆，花生就是吃的花生米吗?"我说："是的宝贝，把花生外壳剥开，里面的就是花生米了。"宝宝说："好神奇呀。"

　　记得以前有一个描述花生的谜语："麻屋子，红帐子，里面住个白胖子。"麻屋子是花生的外壳，红帐子是种皮，白胖子是胚（花生仁）。

　　把几棵花生薅回家，让妈妈清理一下。问妈妈打算怎么吃，妈妈说，煮着吃吧，放上调味料，时令物，正当季，好吃。数了数，大大小小的花生共有90颗，多数都是双子花生，形似数字8，很饱满。剥开一颗花生的外壳，粉红色的花生米，胖乎乎的，真喜人。先尝一个新鲜的花生，甜甜的，嫩嫩的，脆脆的，吃到口里爽爽的。在视频中，我告诉孙宝，这是丰收的果实。宝贝很给力，高呼：丰收喽！

我这是收少量的花生，薅起来轻松、有趣又快乐。听说大面积种植的话，薅花生就是一项非常辛苦的劳作了。花生秧低矮，需要弯下身子才能薅起来，再加上每年这个时候天气依然炎热，还要一颗颗地采摘下来，可以想象到收获时的艰辛。真是汗滴禾下土、粒粒皆辛苦啊！

花生耐涝又耐旱，今年的气候正适宜它们的生长，我只种植了几棵，就收获了90颗花生，所以今年花生算是高产了。存放花生有讲究，记得有一年，朋友送了一袋子带壳的花生，陆陆续续吃了很长时间。妈妈说，花生带壳可以长期存放，不像花生米隔年就出油走味，不能再吃了，还容易发霉。花生发霉切忌食用，它含有黄曲霉素，具有很强的毒性，而且致癌。

花生的花是明黄色的，虽然花朵小，也学牡丹开。说实话，我是第一次见到花生花，开始还挺担心的，怕是不正常的现象，第一时间拍照请教，才知道花生是需要开花才能结果的。

花生可生食，可煮、炸、炒，还可和豆子一起榨汁，增加豆汁的浓香味，是粥、菜的辅助原材料。花生含有蛋白质、脂肪、糖类、维生素和多种矿物质，保健作用非常多：延缓衰老、防止脱发、护肤、提高记忆力。

中午，一盘水煮五香花生，现摘现吃，绿色有机营养佳。98岁的老母亲吃过大赞不已，连声说好吃，比市场上卖的味道正。我发现花生好栽培，旱涝保收，明年准备扩大花生的种植规模，把闲置下来的花盆都种上花生，然后坐等秋收啦！

（发表于2020年9月13日《合肥日报》）

露台上的野生瓜

家中的露台约 60 平方米，最初，先生把它打造成了露台花园，种植的各种花草少说也有百余盆。我接管后，陆续淘汰了它们，改种四季蔬果，现如今的露台早已变成名副其实的小菜园。

近几年，每到春夏，露台菜园里接二连三地长出一些秧苗，南瓜、冬瓜、香瓜、西瓜、丝瓜、苦瓜，都是瓜类苗，很是奇妙。这些野生瓜苗自生自长，开花结果，且收成都不错。真是有心播种芽不发、无心插种果实丰呀。

记得最早长出的一棵野瓜秧，是在 2017 年的夏秋之际。平日我闲来无事时，最喜欢在自留地里来来回回地巡视，享受这里的田园风光。一天，发现水池边的花盆里冒出一棵幼苗，开始并不知道它是啥，但我有个习惯，就是不管是什么秧苗，自己不会主动拔除，而是留下来任其生长。反正这时园子里的夏蔬已近尾声，由着它长去吧，说不定日后还能有所收获呢。

就这样，直到秧苗结出一个小瓜妞，也还是不能确定它是啥，心想可能是个南瓜吧！这棵秧苗生长之迅速，是我们始料不及的。几天的工夫，它已蹿到上方高高的水箱顶头，还借势攀爬到相隔几米远的一棵高大枇杷树枝上，以便能接受更多的阳光雨露的滋养。可怜的枇杷树被越来越浓密的叶蔓遮挡缠绕，可我又不忍心拔去秧苗，毛茸茸的小瓜太招人爱了。一次拍照发朋友圈，被细心的微友发现瓜秧上方的蔓藤间还隐藏着四个小瓜，这真是意外之喜呀！随着瓜们越长越大，一个个浑身上下呈现出白绒绒的毛。毛冬瓜！终于识得真面目。其中 2 个形状酷似阜阳的枕头大馍，后来摘下来一称，这俩冬瓜都是 19 斤，抱在怀里沉甸甸的，身长分别是 66 和 63 厘米，直径是 20 和 23 厘米，酷似一对双胞胎，太不可思议。一棵秧苗共结成 5 个大冬瓜，总重量 71 斤，是我小菜园目前单产最高的品种。只是苦了那棵心爱的枇杷树，它终不堪重负，让我心疼至今。那一年国庆假日里的走亲串友，送一个野生大冬瓜，成为一款另类的伴手礼。

次年，露台上又生出了一棵南瓜秧，果实是那种小而圆的磨盘南瓜，适合做南瓜面条或蒸着吃，又甜又面，口感似板栗，市场上好像叫板栗南瓜。这种南瓜模样可爱，有些国家的人把它刻制成一个个南瓜灯，家家户户挂在窗户上，是庆祝万圣节的标志物。2018 年秋，我在女儿那，正值南瓜丰收季，街道两旁一些农户热情好客，会不停地送给路人一些南瓜。很有趣！

今年，露台上不仅又长出了三棵南瓜秧，还有两棵冬瓜秧、两棵香瓜秧及西瓜秧和丝瓜秧各一棵，简直成了一个小瓜园。这次是青皮冬瓜；南瓜是长长的大个头的；香瓜是绿皮的，脆脆甜甜的那种；丝瓜一直掩藏在叶片中，等发现已经不能食用了，留着用来刷洗碗碟吧。金秋十月，今年秋老虎的时间长，气温高，它们还在开花结瓜中……

我一直有个疑问，这些瓜种究竟是从哪里来的？难道是因为园子里的绿植多，环境好，招来许多小鸟的频频光顾，而鸟儿从远处衔来了种子？哈，不管它们来自哪里，结瓜就好。

（发表于 2021 年 10 月 25 日《合肥晚报》）

亭亭玉立的酒瓶兰

　　家养三株酒瓶兰,少说也有十六七年了。酒瓶兰,四季常青,为室内绿植的上选,还以它那奇特的造型、顽强的生命力、新颖别致的储水方式而备受喜爱花草人士的青睐。与众不同的酒瓶兰有三奇:一、高大笔直的茎干,无旁枝侧叶,看上去亭亭玉立,英姿飒爽,很威风,彰显一种苍劲有力的正直感;二、独有的线形叶,从枝干的顶端软垂状披挂下来,青翠细长,像极了妙龄女子的飘飘秀发,婆娑而优雅;三、宽大的基部,状似大酒瓶或长颈大肚的醒酒器,最具字面意思。

　　我家的酒瓶兰,分别摆放在空间较大的客厅和书房,尤其是客厅一高一矮排排坐,很醒目,好像一对亲如姐妹的母女。若家中来了客人,最先吸引眼球的就是这对气质不凡的酒瓶兰,有时我也会饶有兴趣地讲述它俩的身世,炫耀自己曾经的勇敢和果断。

　　那是近二十年前的一天,先生逛肥西花草基地,在派河大桥花市旁的河坡上发现了一株被丢弃的酒瓶兰小苗。拿起一看,它干巴萎缩,底部的左侧还连着一株更小的苗,原来是连体株。可能是因为卖相不好,而遭花农嫌弃了吧?一贯爱惜花草的先生把它带回了家。

　　多年过去了,这棵酒瓶兰越长越高,侧株也跟着缓慢成长,且越来越歪,不仅影响了自身的生长,还影响了整体的美感。我每次给它浇水,都有一种想把它们分开的冲动。一日,趁先生外出之际,我悄悄地操刀对它们进行了分身术。分离后的侧株,迅速栽培在一个早已准备好的小花盆中,放在背阴处。根据经验,这样更有助于新株生根发芽、恢复元气。

　　那段时间,我每天怀着忐忑不安的心情去看它,怕它有个好歹,没法向先生交代。直到有一天，突然发现它的顶端冒出了嫩绿的线叶，手术成功啦！呵呵，真是门里出身，自会三分。这是打小耳濡目染受当医生父亲的影响吧？又过了几年，小分株也已出落得亭亭玉立。我一直对它呵护有加，今春又为它更换了大花盆。

书房的另一棵酒瓶兰，也是有来头的，那是先生早年在北京创作生活期间从京城的花草市场买下的，在北京养了两年后，又带回了合肥家中。

在侍弄酒瓶兰的这些年里，我发现它还有一奇：特别耐旱。记得有一年，差不多有小半年没得空给一处的酒瓶兰浇水。半年后，见到它的第一眼完全出乎意料，长长的线形叶依然碧绿如初，除个头矮小了许多外，别来无恙，让人不得不惊叹它的生命顽强。仔细寻找缘由，原来酒瓶兰厚实膨胀的底座已完全瘪陷，浇水后才又慢慢地饱满起来，我突然醒悟，底部是座蓄水池，在缺水干旱的情况下，它借助了此处的储备水源。这是不是和沙漠中骆驼的驼峰有异曲同工之妙？动植物间竟如此相似。世间万物真是既伟大又奇妙！

如今家中的两棵酒瓶兰已高过两米。由于屋内上升空间有限，又因为它是一枝独干，为了阻止它继续朝高处发展，先生想出一妙招，用小刀从干中处轻轻地划开一道缝隙，人为干涉，转移其生长方向，截流养分，向横面供给，以便能使它在此发芽。这一大胆的尝试，结果真如他所愿。望着一簇簇刚生出的嫩叶小苗，像一道翠绿的裙带系在腰间，随风飘舞，我们惊喜又欣慰。

酒瓶兰作为观叶赏茎绿植，极富热带情趣，给人耳目一新的感觉。传说，它是风水极好的植物，象征和平与吉祥，能给家人带来健康和好运。当然，这都是人们对美好生活的期盼！

（发表于 2021 年 10 月 8 日《新安晚报》）

幸福的花儿竞相开放

　　房子装修好，特意养了几盆用来除甲醛、消气味的绿植，幸福树就是其中的一种。

　　幸福树不仅有美好的寓意，还因为株形优美，叶片雅致，叶色浓绿有光泽，观赏性强，又能吸收浮尘、美化环境，而成为室内绿植的热门选择。幸福树的花语是平安、吉祥、幸福。它的花语和它的名字一样，代表着岁月静好！

　　前年仲秋的一天，突然发现幸福树开出两朵喇叭形的淡黄花，远望又像一对小黄铃铛。幸福树开花？自己见所未见闻所未闻，简直不相信眼前的这一幕。经确认，的确是幸福树开出的花朵，心中自然是惊喜万分！

　　因为心生疑问，于是找度娘查询。网上介绍说，幸福树，一年四季常青，开花却很罕见，也很难得，一旦开花，则意味着家庭财运旺盛，有美好的寓意，给人一种积极向上的心理暗示。还真是好兆头呢！果然，当我在朋友圈晒出后，立刻有微友留言："自家的幸福树养了十几年，从未开过花，也不知道它还能开花，真正的幸福人家。"另一微友留言："我也养过，根本不知道此树还能开花，有福之人呀！"

　　我知道，养花是一项技术活，需要掌握一些专业养护的知识。先生从前爱花草，家里花卉种植方面的书少说也有几十本，在大平台上养过百十盆花花草草，后来由于事务繁多，园子就交给我来打理了。不喜欢莳花弄草的我，慢慢把花园改造成了菜园，这是后话。幸福树之所以能开花，与先生的精心养护是分不开的，这点我深信不疑。

　　话说幸福树，9 月 16 日开了一轮花，两朵；同月的 27 日，又开一轮新花，而且是花开三朵，加上上一次的两朵还在花期，五朵金花齐开放，真是喜上加喜！更令人没想到的是，时隔七个月后，又见幸福花……就这样，到今年的 3 月 6 日，幸福树已连续开花五次。按捺不住自己喜悦的心情，再晒一组盛开的幸福花，大家留言纷纷。此情此景，更有才子佳人即兴作诗一首首：

> 幸福树开幸福花，幸福花开幸福家。幸福家里幸福人，幸福人赏幸福花。
>
> 人望幸福树望春，志者惜时若惜金。树影婆娑形态美，平安吉祥笑脸迎。
>
> 曾忆斑鸠成双对，喜见雏归又筑巢。吉祥花开鸿运到，幸福树下谱新潮。
>
> 家开幸福花，吉祥如意家。勤奋善良人，喜迎幸福花。

有才就是任性，都是出口成诗呀！

一棵小小的幸福树，一而再、再而三地花开不断，实属不易。有位植物爱好者留言："幸福树又叫海南菜豆树，在我们这里开花，不容易。值得庆贺。"哦，原来它是热带植物，生长在常年无冬的环境中，如今的它迁徙至江淮地区生长，四季分明，温差大，成长难，开花更难。

幸福树也和其他植物一样，有药用功能。它的根、叶、果实均可入药，清热解毒、散瘀消肿，可用于治疗伤暑发热；外用则可治疗跌打损伤、毒蛇咬伤。

幸福树长得极快，时常需要矮化它。以前每次修剪，枝叶都随手丢弃，实在是可惜了。前些日子去女友家，她家客厅的幸福树已长到挑高的小三层上面，很是壮观。

家有一棵幸福树真好，幸福的花儿竞相开放。愿我们的生活像花儿一样，灿烂，美丽，充满阳光。

（发表于 2021 年 3 月 28 日《合肥晚报》）

"娇气"的君子兰

　　自封为城市农夫的我，喜欢点瓜种菜，对养花却没什么兴趣，曾经把家里的百余盆花卉慢慢地更新换代，改种成了各种应季蔬果。书房里的一盆君子兰是为数不多留下来的花草之一。

　　这盆君子兰对我们全家来说有着特殊的意义，它是20多年前从皖北公婆家带过来的。记得那是一年的国庆假期，我带着女儿回家过节，临走时，80多岁的公公说把那盆君子兰带走吧，它比较娇气难养，现在没有精力照顾它了。听公公这么一说，我没有丝毫的迟疑，爽快地答应了下来，虽然那时带着孩子乘坐人满为患的绿皮火车来回非常不容易。公公可能担心我们养不好它，让我连着盆土一同带回合肥。老式的陶瓷花盆很沉，且易磕易碎，再加上满满的盆土，一路拖女带花重点呵护，辛苦可想而知。

　　君子兰一直摆放在书房内的窗台下，只有在秋末适宜的气温里，我才会将它搬到室外的大平台上，让它接受阳光雨露的一番滋养，为的是给它补充些能量。连续多年，每年的4月中下旬，君子兰的一根花茎上差不多会同时绽放12至16朵橘红色的6瓣花朵，它们围成一个类似圆球的花环，娇美艳丽，赏心悦目。后来这棵君子兰又在周围发出了小苗，有一年，里面的3棵君子兰齐开放，颇为壮观。早几年我的手机屏保就是家里的君子兰花，它能时刻美丽心情。

　　万物皆有情，君子兰也是如此。2014年4月初，我要离家去女儿那里生活2个月，便对着君子兰轻轻地说："我要外出一段时间，希望今年能早点开花，好欣赏你的美丽呀。"君子兰像是听懂了我的话，在我启程的头一天竟然提前开放，比往年早了20天左右。我在家排行老七，那一年的君子兰盛开了

7 朵，我的吉利数。说来也算是神奇的了，但它真就发生在我的身边。

随着盆里的君子兰棵数不断增多，少说也有十几棵了，再加上从未为它换过盆土，这几年已不见了花蕾。去年盛夏，由于天气连续高温潮湿，发现一株株君子兰的叶子陆续发黄变蔫，望着盆里早已密不透风的君子兰，我果断地对它们进行移栽。说实话，移栽能否成活，自己心里也没底，所以原盆里仍保留了 2 棵，生怕它们有个闪失。果然不出所料，移栽出去的几盆均没成功，而留下来的那 2 棵则平安度过了危险期，目前长势喜人，期待明春花再开。

我喜欢君子兰的花语：君子谦谦，温和有礼，富贵吉祥，幸福美满。其实，这盆君子兰是老品种，至少有 30 年了，叶子比现在的新款君子兰长而细，厚实光滑的叶片直立似剑，光从叶面上看起来，颜值远不及新品。但它寄托着我们对亲人的怀念及忘不掉的乡情！

（发表于 2021 年 12 月 14 日《今晚报》）

吊　兰

吊兰是一种再普通不过的植物，它四季常青，不娇贵，好养，素有"空气卫士"和"天然净化器"的美誉，可以说几乎每家都养过。

我家的每个房间都放置一盆或两盆吊兰，有的放在花架上，有的放在飘窗处，还有的直接放在书桌旁。一盆盆吊兰柔软纤细的叶茎绿如"瀑布"直披下来，美观大方，不张扬。那一丛碧绿养目养心，给居室平添了几分典雅的韵味。吊兰是我喜爱的绿植，尤其偏爱绿叶吊兰，以前办公桌上总爱摆放一小盆吊兰，工作之余给它浇浇水、修修叶，不仅愉悦了心情，还能缓解眼睛的疲劳。

吊兰的品种很多，家里养过的有金边吊兰、银边吊兰和绿叶吊兰。我发现这三种吊兰，在让其任意生长、不修饰的情况下，唯有绿叶吊兰能一如既往绿意可人、赏心悦目，其他两种吊兰长着长着就显得凌乱起来，失去当初精美的风姿和精气神。

书房的内阳台处有一大盆吊兰，从入住至今已有 20 多年。当初是为了吸收新书橱散发的甲醛和油漆的味道，多年来从未移动过，也从未给它换过盆土，如今依然葱绿茂盛。它的四周早已自然垂吊着一根根长而细的叶茎，叶茎上面系着一簇簇嫩绿的小株苗，像极了悬空的一个个小小瀑布，又像一只只展翅欲飞的小燕子，更像顽童的秋千在空中荡来荡去。这些"空中仙子"，到了春季绽放出一朵朵洁白如雪的小花，精致小巧如玉坠，纯白淡雅，如高贵的兰花，点缀其间，美到极致。

妈妈也很喜欢这盆吊兰。去年 98 岁的老母亲和我们一起生活了几个月，老人家每天都会用毛巾仔细擦拭吊兰的叶片，顺便将一将垂下来的叶茎，有时还会把它们辫在一起，然后自顾自地在那欣赏半天……

吊兰的花语是纯洁与天真，吊兰开花寓意着幸运，是好运的到来。我喜欢用吊兰作为馈赠友人乔迁之喜的礼物，它既可清除新房里的甲醛、净化空气，还具有很强的观赏性，更有很好的寓意。在一些商场、写字楼或公交车上总能看到一两盆翠绿欲滴的吊兰，一抹新绿情调浓郁，深受市民的欢迎。

吊兰也和其他植物一样，有着药用价值。吊兰全草和根均可入药，煎汤内服或捣敷外用，具有清热解毒等功效，只是没有体验过，不敢贸然尝试。

吊兰又称桂兰，形态似兰，柔韧似兰，但它不是兰科植物。吊兰比兰花好养，根据我这么多年的经验，吊兰很皮实，水浇多浇少、有肥无肥、放在哪里都能照长不误，有着顽强的生命力。个人认为，吊兰最适合经常需要外出的人家种植，十天半个月不管不问也没有关系，回来给它补点水，两天的功夫便可恢复生机。吊兰可土栽也可水养，剪一截根须栽培即可成活。我几个姐姐家的吊兰也都是从我家移植过去的，和家里那一盆盆吊兰都是书房吊兰的"后代"，是吊兰家族的延续呢！

（发表于 2021 年 7 月 10 日《合肥晚报》）

和自己的小菜园单独在一起

先生有一套系列丛书《和自己的心情单独在一起》《和自己的脚步单独在一起》……今天我来跟风造句，写一篇《和自己的小菜园单独在一起》。

近期因为疫情防控需要，封闭了一些小区，我恰巧身在其中，只是和先生临时分居两处，多有牵挂。一个人不能外出的日常，每天除了读杂书、看旧报、刷手机，大多数时间是和平台上的小菜园单独在一起，终于可以心无旁骛地打理园子了，而不是每次来去匆匆。

霜降已过，现在正是播种冬寒菜的季节。春夏的秧苗已完成了它们的生长周期，需要拉秧处理、松土翻新。趁着空闲，我开启了自己秋收、秋种的劳动模式。

先起红芋。虽说今夏酷热少雨，耐旱的红芋丝毫没受影响，收获颇丰。非常时期，红芋叶也舍不得丢弃，把绿叶一片片地摘下来，做汤、下面、清炒，口感嫩滑，碧绿新鲜。据说，红芋叶营养丰富，被称为"蔬菜皇后""长寿蔬菜"和"抗癌蔬菜"。先不论其功效，它真真切切地解决了眼下青叶菜短缺的难题。

再挖山药。山药是种一收二的经济作物，即山药豆和山药。山药豆生长在山药的藤蔓绿叶间，山药则长在土里。但山药好像是个怕热的主，往年山药的枝蔓上密密麻麻结满了圆圆的山药豆，从夏初到晚秋，一二十棵山药到拉秧时能采摘头十斤的山药豆。我最喜欢用山药豆打汁，味道胜过豆浆，口感极好。今年的持续高温天气使得山药藤叶枯黄，虽说每次浇水都偏向于它，山药豆还是寥寥无几。挖山药是个体力活，它扎根土壤深处，几乎需要把土翻到底，好在产量比我想象得要多，也算是没枉费半天的辛苦劳作。

常言道："人勤地不懒"，接下来平整土地，移栽自己培育出的莴笋苗，插种大蒜。早些时候播种的萝卜，绿莹莹的一片，长势喜人；菠菜、香菜、青白菜也陆续冒出了幼芽。这些都是能够自然越冬的蔬菜作物，属耐寒品种，它们越冻越精神，越冻越壮实，越冻口感越好，营养价值也越高。前几天，大姐给了四季小香芹和草莓种子，我看了看说明书，也一并撒在了土里。

园子围栏处的十几盆辣椒，花果依然繁多，弯曲的枝条上缀满了红红绿绿的小米椒，沉甸甸的，成为小菜园的晚秋"丰"景。家中栽几盆辣椒最实惠，它的生长期比同季蔬菜要长得多，有八九个月呢。做菜时随吃随摘，方便又新鲜。红辣椒还能晒干存储，可供不时之需。

我发现，小小菜园很神奇。每年除了人为栽种的蔬菜外，春季它会自己长出冬瓜苗、南瓜苗、丝瓜苗或香瓜苗。今年三棵香瓜秧共结成了二十六个大小不一的脆甜香瓜，大饱了口福。有一年收获了五个冬瓜，加起来有七十多斤。到了秋冬季，会长出一些野荠菜、小根蒜。尤其是野荠菜，弥散着一种特殊的香味，诱惑着人的味蕾，禁不住挖上一把，洗净切碎，可以炒鸡蛋，也可以包饺子。这些别人餐桌上难得一见的珍稀野味，我则唾手可得，先尝为快。这是大自然馈赠给我们的美味佳肴。

我喜欢哼着小曲巡视园子，目之所及皆是绿，养眼、养心、养颜，又养胃。时常按捺不住内心的喜悦，拍照分享给友人。女友道："封控不烦闷，自在好心情。"更有甚者："一颗红心两只手，自力更生样样有。为静姐点赞。"哈，总结得很到位，正中下怀。如今的小菜园是我的精神和物质家园，每天忙忙碌碌的，育苗、移苗、拔草、采摘，不亦乐乎。眼见着它们一天天长大，成就感满满。和自己的小菜园单独在一起，快乐不孤单！

（发表于 2022 年 10 月 31 日《新安晚报》）

冬　季

自家园子里的雪里蕻

园子里每年的春秋两季，我都会移栽一些可供腌制的雪里蕻，以提供自制小菜的原材料，今年也不例外。可能与自己的饮食习惯有关吧，尽管生活水平提高了，早餐的饭桌上，依然少不了一碟小菜，家人都好这口。

家里人口少，其实也吃不了多少小菜，但从市场买成品总有点不放心，口感也没有自家腌制的好，所以每年自己动手腌制一点小菜，算是解解馋吧。腌菜容易，买菜难，现在集市上越来越难买到可供腌制的雪里蕻了。为了解决原材料的供给难问题，我在楼上的三园里，给它们留下一席之地。一般我会在初春和初秋买来小苗移栽，一个多月即可收获，还不耽误春季辣椒、西红柿、黄瓜等的栽培，以及冬季蒜苗、香菜、乌菜的生长，打个时间差，充分利用园中有限的空间。

今年因为去美国女儿家两个月，回来已是深秋，看到有些荒芜的园子，一时不知道种点啥好。正好朋友送来一把雪里蕻秧苗，我如获珍宝，真是雪中送炭。一向有午休习惯的我，也顾不上了，拿到小苗，抓紧整理盆土，前前后后忙活了三个多小时，总算棵棵都移栽好，哪怕最小的也没舍得丢弃。看着一排排绿莹莹的雪里蕻苗，心里别提有多高兴了。

虽然错过了雪里蕻生长的最佳时机，但是心里想年后早早收获也是一样的，还省去春天再买苗栽植了。入冬时，一次在路上偶遇雪里蕻，为此还特地买了一捆回家，完成了这个季节腌制小菜的愿望。没想到近日阴雨绵绵，雪里蕻在雨水的滋养下迅速拔高，已达到腌制的条件，看来什么季节的植物必须遵守农时，不能一厢情愿，更不能违背其自然规律。用手掐了掐雪里蕻的茎叶，感觉再不收获就会长老，那样势必会影响品质和口感。冒着大雨，我一手打伞，一手拔秧，然后修剪、整理、清洗、控水。这次是两种菜秧，雪里蕻我认得，另一种叫不出它的名字，长长嫩嫩的白秆和宽大的绿叶，目测可以做酸菜。先腌制一坛雪里蕻，准备再尝试着泡一坛酸菜，只是酸菜没有亲手制作过。呼唤万能的朋友圈，拜师学习制作酸菜的方法，很快有热心的微友留言操作步骤有九条，少说也有百余字，感人！感谢告知，如法炮制，希望二十天后能如我愿。腌菜可是个体力活呀，终于大功告成，累得我真是腿疼腰酸脖子歪哈！

空闲下来的土壤，这个季节还能种点啥呢？俺这个城市农夫第一次犯难了，朋友圈里有人建议撒点乌菜种。根据自己多年的种植经验，如今天寒地冻的，种子很难发芽。又有人提议移栽乌菜，我觉得这个可以一试，于是，第二天上午，在雨停的间隙，我移栽了一些四季青、乌菜和莴笋小苗，但愿它们能够成活。

自家园子里的雪里蕻，看着舒心，吃着放心。就像一微友留言：你家的菜真肥美！我说它们都是靠天收，爱心菜，不施肥。是的，养花、种菜，爱心最重要，你对它们精心呵护，它们一定会丰厚回报的。自己动手，丰衣足食，收获的感觉真好。如朋友所言："看您的种菜心得和绿油油的菜，是一种享受。"园子虽小，我要把它打造成"庄园"的模样，春夏秋冬蔬果不断，丰富自家的菜篮子。

（发表于 2019 年 2 月 15 日《安徽日报》）

水　芹

　　小寒已至，楼上三园里草木枯落，再加上近日阴雨绵绵，园内越发显得苍凉。不畏严寒的水芹，依然翠绿鲜亮，那么醒目，给寂寞荒芜的园子增添了许多生气。

　　水芹落户我家园中有两三年的时间。那是前年早春的一天，在六家贩的土菜馆，一盘肉丝香干炒水芹，是记忆中自己第一次吃。一种貌似芹菜的蔬菜，似乎又不是芹菜。它比芹菜细小，脆脆的，越嚼越香，有些很特别的味道。一打听才知道这是水芹。水芹？知道有西芹、香芹、芹菜，水芹从未听说过。老板说水芹是湿生植物，一般生长在水边或低洼地带，像韭菜一样，割了还会再长。自封城市农夫的我一听来了兴趣，不失时机咨询：容易栽培吗？老板说好栽，在市场上买带根的水芹回家栽上就成活了。从那以后，我经常留意着，想买些带根的水芹栽种，却一直没有寻到。一天先生外出，提回来一袋子水芹秧子，说水边到处都是。我一看乱糟糟的，细细长长的茎，无精打采的，不知真假。闻了闻，是那种特有的辛香味。把它们剪成一节一节，插在盆土里，不几日，鲜嫩的绿叶长出来了，还真是水芹。

　　水芹迅速生长，很快可以开镰收割了。提篮来到园中，剪了两大把，又拔了几根蒜苗，配上肉丝炒了一大盘，味道和土菜馆的一样，不，比土菜馆的更加香嫩。哈，这里面有感情的成分。好东西是一定要分享的。走亲串友，我会送上几把水芹，绿色蔬菜总是最受欢迎。我还会建议大家也剪几枝插在花盆里，既可以当绿植欣赏，又可以食用。推广水芹的家庭栽培，当水芹的代言人，成了我义不容辞的责任。都知道芹菜有平肝降压作用，上网查询，水芹的药用价值更多，除了清热利湿、止血，还有防治感冒发烧、呕吐腹泻等功效，它的根及全草均可入药。水芹有一种异香，园子里的蜗牛和小鸟都远离它。这种异香用于去除其他食品中的腥味，尤其用于提味，效果是最好的。

水芹，春天最鲜嫩。它生长迅速，要常吃勤剪，否则容易发老，口感差，甚至嚼不动。这不，随着园子里的绿蔬上市，再也不想吃水芹了，看来胃口也是会喜新厌旧的呀。水芹几乎长成了小树苗，舍不得扔啊。上网查询，水芹晒干泡水好，可以作为防治高血压的一种保健品，同时因为它含有多种维生素，对皮肤的新陈代谢有非常重要的养护作用。于是，全部剪下它们，分拣处理，掐下嫩叶头留作清炒，粗壮的秆节剪成一小段段晒干泡水喝，不浪费园子里任何一种有价值的野草野菜，就地取材，自制绿色健康饮品，慢慢享用。不亦乐乎！

水芹是非常有南方特色的蔬菜，听说江浙一带，人们把水芹称作"路路通"，通常在春节的家宴上被作为一道必不可少的佳肴，寄寓了人们美好的心愿和祝福。让我没想到的是，冬天里的水芹竟也会长得如此茂盛青翠，它的到来为家人的菜篮子增加了新品种，因为适合自然越冬的蔬菜实在是少而又少的。水芹一年四季生长，产量高，我常变着花样吃：清炒水芹、生煸水芹、凉拌水芹、肉丝水芹、腊味水芹、水芹饺子……水芹百搭，想怎么吃就怎么吃。开春，我准备再剪些秧子，栽到霍山月亮湾作家村我们驻村作家的小菜园里，让水芹在溪园里扎根生长，生生不息。

（发表于 2018 年 1 月 7 日《合肥晚报》）

四 季 生 菜

在我的认知中，一年四季都可以自然生长的蔬菜（大棚里反季节的除外），品种并不多，生菜是少有的几种之一。

生菜是我家小小自留地春夏秋冬的保留菜品。生菜，它那淡淡微苦的青涩味，不招虫子，就连小鸟和蜗牛对它都会避而远之。我的绿色小园子，里面的所有蔬果，都是靠天收，从来不打药，所以也成为小鸟、蜗牛的生活栖息地，尤其是蜗牛，一度泛滥成灾，像小白菜、苋菜、菠菜这些带有甜味的蔬菜，从春末到秋末在自家园子里都是长不起来的，还没等它们长大，早已被蜗牛捷足先登吃掉了。正好家里养了几只野生乌龟，长大后把它们放入园子散养，没想到蜗牛成了它们口中的美食。乌龟吃蜗牛非常有趣，就像人们嗑瓜子一样，咔咔响，快速地吐出蜗牛壳，真是一物降一物。

生菜，顾名思义，是可以生吃的菜。几片叶子用水稍微冲洗，晾干水分夹在面包或大馍里，省事便捷，又能提供人体所需的维生素 C，尤为年轻人所喜爱。生菜是西餐必备，多用于做沙拉、汉堡、三明治等，是一种绿色的蔬菜。在女儿家，我经常看到孩子们的早餐是用面包片包裹生菜叶、西红柿片和煮熟的鸡蛋切片，看起来营养还是蛮丰富的。在国外，我还吃过煎饼馃子，几片鲜嫩的生菜夹在其中，和油炸薄脆卷在一起，吃一口香脆有声，口感和味道都不错。早几年，我并不爱吃生菜，它那有点微苦的味道是我不喜欢的，但因为是自己种植的，绿色无污染，舍不得浪费，所以慢慢也就喜欢上了它。

生菜可凉拌、做汤或素炒，更是吃火锅绝配的一种绿蔬。生菜中紫叶生菜的颜值最高，口感也特别好，我吃过，但没有种植过。播种生菜有窍门，因为它的种子又小又轻，撒播不均匀容易扎堆，不利于后期的生长，可将生菜种和沙子或疏松的土壤一起搅拌后再播种。假如有的地方生长密集，待到小苗长大一些，也可以移栽。根据经验，移植的小苗比较娇嫩，不能直接在太阳下暴晒，要先放背阴处养几天。

生菜原产欧洲地中海沿岸，为一年生或二年生草本作物。生菜传入中国的历史较悠久，现如今已成为百姓餐桌上的常见菜，是一种走遍了全球的绿色蔬菜。生菜营养丰富，还具有清热爽神、清肝利胆、养胃等功效。据说，生菜中的膳食纤维等营养物质含量很高，常食有消除多余脂肪的作用，具有美白、减肥、缓解眼睛干涩与疲劳的作用。我想这可能也是大众喜爱的原因之一吧，尤其深受爱美女士的欢迎。

四季生菜是绿叶菜，通体有点像翡翠绿，颜色从叶到茎由深至浅，煞是好看。它的叶片大且娇嫩鲜美，水分多，不易保存，但它好栽培，四季都能生长，不会受冷热雨雪的影响。在园子或阳台花盆里种几棵，随吃随取，新鲜营养，省心又放心。因为家种的棵数少，舍不得连根拔起，通常我会从植株外部采摘生菜叶，这样内部的叶子还可以继续生长，循环往复。一棵生菜且吃且生长，陆陆续续能吃好久。

（发表于 2020 年 3 月 18 日《市场星报》）

蔬菜中的异类——芫荽

　　芫荽，家乡叫香菜。香菜之名，我觉得最贴切，提香之菜。它在蔬菜中是个异类，虽不能独立成菜，但作为提味菜品缺它不可。

　　每年的深秋，我都会在园子里撒些芫荽种。它是冬季仅有的几种可以自然过冬的蔬菜之一，同时碧绿的芫荽也点缀寂寞荒芜的园子，是冬天园子里的一道绿景，实惠又养眼。在我看来它很金贵。

　　播种芫荽种有讲究，要想它的发芽率高，首先要把买来的芫荽种磨去上面那层坚硬的外壳。记得有一年，一同事要了一些芫荽种，结果只发出了一棵小芽，我戏称它为"独生子女"。同事宝贝似的每天精心呵护着它，到最后都没舍得吃。

　　2014 年的初春，我去女儿家生活了两个月，回来后，几盆芫荽早已拔高开花不能食用。这是我第一次见到芫荽花，真的被它的美丽惊艳到了。芫荽花超级美，细碎的叶丛中，一根根长长的茎秆脱叶而出，顶端开出伞形花序，小小白色花蕊中还带点淡淡的紫色，犹如满天星，如此淡雅，散发着淡淡的清香。虽然种植芫荽十几年，但都是早在它开花前就吃个精光，一直没有机会欣赏到它的芳容。从那以后，每年都会刻意留几棵芫荽，任其生长开花结籽。现在已经不需要买种子了，园子里每年会自然生长出一些芫荽。到了春末，它们快速长大，来不及采食的，我会收割回家，洗净、晾干、切碎，分装成小袋，存放在冰箱的冷冻室，保鲜、保色又保味，这样可以供夏秋之需。

　　芫荽，菜肴的配角。它是火锅、清炖或红烧鱼、牛羊肉汤的绝配，用它来提味、去腥再好不过了。上个月，在波士顿的一家中国餐厅吃火锅，因为少了芫荽，尽管涮火锅的调料、菜品非常丰富，但总觉得吃得不过瘾。芫荽拌凉菜也是独一无二的美搭，像芫荽拌花生米、芫荽拌千张丝、芫荽拌肚丝、芫荽拌木耳等都是日常的下饭菜。女儿爱用几片翠绿的芫荽摆搭在自己烤制的三文鱼上，一盘秀色，满屋飘香。

我喜欢吃芫荽，生活中几乎每天都离不开它。它除了带给我们味觉上的享受外，医用效果也是非常好的。《本草纲目》称芫荽性味辛温香窜，内通心脾，外达四肢。它可开胃消郁，还可止痛解毒。芫荽中含的维生素 C 的量比普通蔬菜高得多，它配菜多以生食或微烫即食，营养成分保存完好，利于人体的吸收。芫荽虽不是餐桌上的主角，但它成全着一道道美味佳肴，是视觉和味蕾的升华，简直妙不可言。

芫荽是提味蔬菜，平日吃得少，且鲜嫩不易保存，它的纤细和清脆犹如小家碧玉，娇贵得很。要想吃到新鲜的芫荽，自家种植二三个花盆的芫荽，即可满足日常的需要，随吃随拔，新鲜又便利。现在正值盛夏，园子里的芫荽早已存入冰箱，中午的银鱼鸡蛋汤，出锅前撒上几片芫荽，白、黄、绿相间，汤的颜值瞬间大增。芫荽特有的香气提升了汤的鲜味，提神醒脑，健脾开胃，增加了食欲。再好不过了！

（发表于 2019 年 7 月 5 日《市场星报》）

正月当食菊花心

2014 年的第一场雪,千呼万唤始出来,犹抱琵琶半遮面,鹅毛大雪一阵紧,很快便没了踪影。这样盼着下雪,缘于家里种植的菊花心青菜。我们一直念叨着,想体验扒开厚厚的积雪采收菊花心的感觉。

"拨雪挑来塌地菘,味如蜜藕更肥浓","腊月乌菜赛羊肉",说的都是菊花心这个当季的美味。菊花心是我们家乡的叫法,缘因它似开放的菊花,名称和形状很是贴切。写此文章之前,我特地到菜场咨询,合肥这边叫黄心乌、黑心乌。且不管叫什么,它都属于塌菜类,因其茎叶倒下贴着土壤生长而得名。

每年入秋,我便会在花盆或空地里撒播些菊花心的种子,它生长期长,耐寒,越冻越精神,质地越柔嫩,口味越爽,是少有的几种可以自然越冬的蔬菜之一。初时,当菊花心长出几片叶子时,根据经验,我会对其进行移栽,移栽后的菜快速地茁壮成长,生机勃勃;而没有经过移栽的同一批的菊花心,都盘在一起,舒展不开,也长不大,与移栽过的菜有着天壤之别。种植菊花心,一是能够解决寒冬腊月蔬菜短缺之需;二是让葱绿的菊花心给冬季沉寂荒芜的园子带来郁郁葱葱,使人赏心悦目;三是在寒冬的季节里,给小鸟们增添一处补给食物和营养的园地。

现在每天清晨,一群早起的鸟儿叽叽喳喳地飞到园中觅食,目前园中裸露的菊花心叶子大都被小鸟光顾,啄食一空。等到春暖花开时,小鸟们有了更多的食物选择,菊花心又会重新吐绿发叶。每每我会存些私心,留几盆菊花心搬到封闭的阳台里,或用农用薄膜覆盖,供自己食用。特护的菊花心数量少,舍不得整棵拔起,通常都是剪下外围的叶片,爆炒或做汤,味道清淡、酥烂，还有淡淡的香甜。菊花心做饺子馅、包子馅味道特别好；做菜泡饭时，出锅前撒上些切碎的菊花心，翠绿鲜亮，看着养眼，吃着健康。菊花心有着"维生素菜"的美誉，为菜中上品。这不，我刚才剪了一小篮菊花心，晚上配上黑木耳清炒一盘，来调节春节期间大鱼大肉吃腻了的胃口。

到了阳春三月，菊花心的口味大不如冬季鲜美，这时菊花心长出的菜薹成了主角。掐下鲜嫩的菜薹，做成一道道美味的菜肴：蒜蓉菜薹、腊肉菜薹、青红椒炒菜薹，总也吃不够。留下来的少许菜薹，开出星星点点黄灿灿的小花，点缀着初春的园子。色美，景美，韵更美！

（发表于 2014 年 2 月 20 日《合肥晚报》）

四色萝卜

在我的认知中，萝卜有四色，分别为红、白、青、紫。皖北老家以红萝卜和青萝卜为主；合肥这边则以白萝卜和青萝卜居多，红萝卜稀有；紫萝卜两地都难得一见。它们的外形有长圆形、大小球形或圆锥形，个头也是大小不等。

四色萝卜虽然都属于十字花科植物、根茎类蔬菜，但吃法却各不相同。在家乡，水灵灵、脆生生、红彤彤、小小圆圆的水萝卜用刀拍碎，拌上醋、麻油、少许的糖和盐，那可是逢年过节一道下酒可口的凉拌菜；红萝卜多用来腌制萝卜干或和五花肉一起红烧，是记忆中的美味大餐；白萝卜煲汤是极好的；青萝卜或切丝或切块凉拌，直接洗净生吃也是很过瘾的；从皮到里全身透着紫的萝卜叫水果萝卜，清甜脆鲜，口感好，只是市场上不多见。

我以前种过红水萝卜和白萝卜，因为是在花盆里种的，青萝卜的个头一般比较大，所以没有尝试过。今年首次试种青萝卜，纯属偶然。初秋去月亮湾作家村，作家村有一片小菜园，恰巧遇到管理员正在撒播青萝卜种子，忙上前要了一些，带回城，把它们撒在园子里。令我没想到的是，青萝卜的生长速度超出想象，棵棵叶绿根壮，很快一个个绿绿的青萝卜钻出土层，赶快给它们培土覆盖，秧苗稠密，拔出移栽别处。现在到了收获季，这段时间，我几乎天天都会拔一棵食用。它们虽不太大，但有模有样的，招人喜。青萝卜切丝再放点碎香菜叶拌一拌，新鲜营养足，味道虽不及家乡的高滩萝卜甜脆，已经很知足了。嫩嫩的萝卜缨子在开水里焯一下，放上料汁，也是一盘不错的绿蔬。现代营养学研究表明，萝卜缨的营养价值在很多方面均高于萝卜，如维生素 C 含量是萝卜的两倍以上，钙、镁、铁、锌以及核黄素、叶酸等含量是萝卜的三到十倍。

萝卜还有一定的药用价值，能诱导人体自身产生干扰素，增加免疫力，并能抑制癌细胞的生长，对防癌、抗癌有重要益处。吃萝卜有助于软化血管、稳定血压，对冠心病、动脉硬化、胆石症等疾病的防治也有一定作用。家人常用萝卜榨汁喝，止咳润肺效果佳。生吃萝卜可以补充维生素，还有助于减肥呢。

萝卜烧肉，是家乡冬季必吃的美食。不管是家庭的餐桌上，还是酒店的宴席中，都有它的身影，实惠又好吃。萝卜，是这个季节的上市食材，和肉一起红烧那叫一个绝配，不仅能吸收掉肉里的腥膻味，更为肉增加了萝卜的清香气。这道菜中的萝卜裹着一层油质，亮泽嫩香。光是这萝卜就能让人胃口大增，只要一上桌每人多吃一碗饭不在话下。

"冬吃萝卜夏吃姜，不用医生开药方。"记得刚来合肥那几年，每到冬天，我都会骑车到坝上街的农贸批发市场购买萝卜，通常会买些青萝卜。我也会常常带些去单位，分给小伙伴吃，合肥这边的同事开始吃不惯，慢慢地他们也喜欢上了这种吃法。前几天写了一篇文章《萝卜干》，办公室的一小美女还留言道："以往这个季节董姐经常带甜甜脆脆的青萝卜分给大家吃，哇，好吃，现在想想又咽口水了。"萝卜的美好季节又到了！

（发表于 2019 年 12 月 19 日《皖北晨刊》）

2016 年的第二场雪

　　午后，一觉醒来，习惯性地打开手机翻阅，朋友圈正在晒下雪的文字和视频，我赶忙起身来到窗前。飞雪漫天，已经初具规模，窗台花架上几盆莴笋已经白了，远处的树上白了，地上白了，房子上也白了，好美呀，正如一朋友留言："看来又是一场盛宴，激动得午睡都没睡着。"预报的不是小雪吗？这是 2016 年的第二场雪，看样子这雪纷纷扬扬没有要停的意思。

　　望着楼下一棵高大的梧桐树银装素裹，犹如雪松一般，突然想到自留地里的枇杷树。我赶紧开门来到园中，果然枇杷树上的花蕊已完全被雪覆盖，找来竹竿轻轻地挑起枝叶晃动几下，雪落花现。旁边的一棵枇杷树苗积雪更厚，小小的身躯可承受不起，用手慢慢地一片叶子一片叶子清理，随后又把园子里其他带有叶子的树木上的积雪一一清除。听雨花园棚上落了厚厚一层雪，沉甸甸的，这样会压坏棚子的，一定要及时清理。我找来一条毛巾裹在头上，冒着越来越急的鹅毛大雪，穿上胶鞋，手握长长的杆子，站稳脚跟，横扫棚顶的积雪，感觉自己犹如女汉子一般。扫落园子里的雪，用铲子将雪一点点地转移到另一处封闭阳台里的白兰、酒瓶兰和吊兰的盆土上，让它们也享受一下雪水的洗礼和滋润。

　　园子里的菜张开双臂拥抱雪，它们都是些不怕冻的主。拿出手机拍几张园中雪景，用手扒出一棵菊花心来张特写，雪中的青菜还是那么的鲜绿可人，雪像一床床厚被暖暖地覆盖在它们的身上，等到来日天晴雪融，肥沃的雪水慢慢渗透进土壤中，它们个个会像做过护理的美女般滋润水灵。山楂树上那片唯一的叶子依然屹立在瑟瑟寒风中，一直坚持着……叶子像一只小手捧着雪儿，顶风傲雪。每当我看到这片叶子，都会为它的坚持而深深感动，禁不住地再次拍照留念，真心希望它可以坚持到春天的到来，待到万物复苏时，它将迎来春光无限。

忙活一阵，浑身发热出汗，返回房间，吃个陕西甜又脆的大红苹果，稍事休息。这样的天气冷热交替人最容易感冒，前几天就是因为园中下水道出口结冰，为了融化冰冻，用热水温了半天，捂开了出水口，人却着凉了，感冒到现在还没好利索呢。晚上睡前准备再清扫一下各处的积雪，防患于未然。

还有四天我们将迎来新年的第一个节气立春。雪还在下……飞雪迎春到，瑞雪兆丰年，2016 年必将是个丰收年，我的小小自留地里也将物产丰富、蔬果满园！

（发表于 2016 年 2 月 4 日《淮河晨刊》）

飘窗上的一盆小辣椒

　　飘窗上的一盆小辣椒是去年十二月中旬摆放的，因为天气预报发布了寒潮蓝色预警。此刻，我的小菜园里各种绿蔬还在生长结果中，望着满园蔬果只能任其"听天由命"了。而眼前花盆里的一株小辣椒，它的枝叶间繁星般的花蕊和累累青椒，让人顿生怜悯。再加上它盆小而轻，我果断地将其搬到书房的飘窗上。

　　说实话，开始我并不认为这株小辣椒能有什么收成，只是单纯地舍不得小小的它突遭寒流袭击。令我想不到的是，辣椒在较为暖和的飘窗上茁壮成长。当初的小青椒日见长大，朵朵花蕊也结出了幼小的椒儿，真是给点温暖就灿烂。更令人惊喜的是，临近春节，这盆辣椒竟一下爆红了许多，数了数共有六十六个。万物皆有情，当初将它移入室内，使其得以继续生长，它用红彤彤的辣椒组团给主人贺新年来了，着实喜人！这是一盆小米辣，模样俊俏，远看像一枚枚倒挂着的红爆竹，红红火火，喜气洋洋，可爱至极。别人过年买鲜花，自家红椒胜似花。在我们看来，赏椒和食椒两不误，岂不美哉！

　　自称城市农夫的我，每年都会根据季节在露台种一些时令蔬菜，辣椒是必选品种。辣椒的生长周期长，大约有八九个月，且产量高，从春末到冬初，一日三餐，可以随吃随摘，纯绿色的新鲜辣椒，口感极佳，富含维生素 C。小米辣吃不完还可以晒干存储。我超爱辣椒红，它是那种火焰般的红，火辣耀眼，即使晒干后，自身的红也不会有丝毫的改变。

　　平日无辣不欢的我，辣椒是餐桌上的"座上客"。辣椒除了作为菜品的主要配料外，我还喜欢自制醋泡椒、辣椒油、辣椒粉，留作日后的各种吃。辣椒油是牛羊肉汤的灵魂，放上一勺，汤立马鲜辣味美。辣椒粉是制作萝卜干的主要调味料，缺少辣椒粉的萝卜干还能算是下饭神器吗？小米辣应该是辣椒中最辣的一种，吃到嘴里常常让人猝不及防地感受到一种火烧火燎的感觉，犹如它的颜色，热情似火焰。

辣椒属于本草植物，具有一定的药性。医书上记载，辣椒具有缓解疼痛、促进唾液分泌、增强食欲、健胃消食的功效。辣椒素可以作为关节僵硬和关节炎的止痛剂等。常吃辣椒能够延缓动脉硬化、保护心脏、降低血脂血压、帮助减肥，还能够促进机体的新陈代谢，加速人体的血液循环，增强肝脏的排毒功能。当然，辣椒属于辛辣食物，多吃容易上火，要因人而异。

前几天，在电视上看到一档节目介绍如何将小米辣制作成白辣椒，很受启发，又多了一个存储辣椒的方法。其实很简单，就是把小米辣放在开水中焯一分钟，变色马上捞出，放在太阳下暴晒，等一面发白，反面再晒，然后码盐入味。用它炒腊肉、五花肉，香辣醇厚，清脆爽口，是一道别具一格的地方特色菜，深受人们的喜爱。虽然自己没有品尝过，但隔屏闻香，诱人十足，我准备择一晴天，先做一些练练手。

话说进入二月，飘窗上辣椒依然结个不停，昨天收获了第三茬红辣椒。小辣椒，大能量，虽没计算过这棵辣椒从插秧到目前为止究竟结了多少辣椒，但我想了想，至少也应该有二三百个吧。以往在朋友圈曾看到有人晒出辣椒跨年继续开花结果的图片，心里一直存有疑问：辣椒不是一年生草本植物吗？况且自己种植了一二十年的辣椒，也没有能生长到次年的。这回无心插柳柳成荫，所以我准备保留这棵辣椒，观察它的生长状况，说不定能发现延长它生命周期的秘诀呢！希望这盆小辣椒在新的一年，一如既往，"兔"飞猛进，迎接它的"第二春"。想到这，心中对此多了一份期盼和激动！

（发表于 2023 年 2 月 21 日《新安晚报》）

第二卷　城市农夫的其他

亲　情

妈妈家的老物件

　　那日在老家给妈妈泡薄荷叶水，拍照发到微信朋友圈后，一个泡水的搪瓷盆引起了大家的注意。有微友看到后留言："忽然发现这搪瓷盆很有年头了，真喜庆!"经他这么一说，仔细一看，还真是的，一个小小的盆，有很多文化元素，荷花、荷叶、鸟、字，色彩艳丽，栩栩如生，尤其盆底那个大大的红双喜和四周六个缩小版的红双喜，看起来的确很喜庆。

　　妈妈自豪地说，这盆还是三十多年前自己的奖品呢。上世纪80年代初，妈妈从教师的岗位上退了下来，看到很多学龄前的孩子因为没有幼儿园上学（整个县城只有屈指可数的几家公办幼儿园，远远不能满足需要），每天在街上到处疯玩，既不安全，也错过了学前教育。妈妈看在眼里，急在心上。

　　妈妈有了开办幼儿班的念头，并很快行动起来，在家附近租赁了一单位的两间空置房当教室，开办了一家私立幼儿园。它应该是我们所在县城的第一家吧！妈妈把那些像脱缰野马的孩子召集过来，有的家长不愿意送孩子来学习，妈妈就挨家挨户地家访，动之以情，晓之以理。妈妈说，要让家门口的每一个学龄前的孩子都走进教室，每个学生也就两块或三块钱的学费，够房租和水电费就可以了，也不想赚钱，发挥自己的余热吧。妈妈的这一举动很快得到了县妇联的支持，所以在开办幼儿园的十几年间，妈妈年年被妇联评为先进个人或劳动模范，经常开会，给大家介绍经验，领了不少奖品，如床单、水瓶、脸盆等，这些都具有那个时代的特殊象征。这个搪瓷脸盆就是奖品之一，妈妈家现在还使用着，原因一是对妈妈来说非常有意义，有着美好的回忆；二是那时的东西质量太好了，妈妈用得也仔细，所以几十年了也用不坏。用手掂一掂，盆很重很厚实。虽然它的年头不算最久远，三十多年，但我把它归为妈妈家的老物件之一，特存记下来，为妈妈点赞！

　　妈妈家另一个很有年头的老物件是青石铁杵蒜窝子，家乡叫对窝子，南方叫蒜臼。妈妈说，这个在太爷爷那辈就有了，少说也有一百五十年了，算得上一个真正的老物件。蒜窝子不大，但重量不轻，一般人一只手是拿不动的，因为是石头做的。上口处有一块缺失了，妈妈说是有一次邻居借去，由于用力过猛，铁杵一下砸到边沿造成的。现在家人每天还在使用它，只是妈妈拿不动了。这个蒜窝子用起来顺手，比市场卖的木头蒜臼得劲多了，剥几头蒜瓣用铁杵捣起来，只需几下就捣成了蒜泥。听妈妈讲，这个物件，在那特殊的年代作用可大着呢，用来捣蒜泥、捣芝麻酱、捣大盐粒（当时没有精盐，都是粗盐块）、捣辣椒泥，可以说是一个多功能器皿。记得小时候，饭桌上常有的一道下饭菜，就是妈妈把捣好的蒜泥、辣椒泥中再放入一个白煮蛋，一起捣碎，直接在蒜窝子里倒入麻油和盐拌匀。妈妈最后会用馒头一点点地把里面蘸干净，不浪费一丝一毫。这个画面太清晰了，刻在了脑海中，现在回想起来依旧如初。

　　妈妈家还有一些也算是老物件，那就是外公亲手打制的剪刀、菜刀、锅铲。外公是位铁匠，技术过硬，在当时算是打铁行业老大，深受大家敬重。虽然外公早已故去，这些铁具也不再使用，但将它们留存下来是对亲人的一个念想吧。

　　妈妈家的这些老物件，虽不是珠玉宝石，也不值几个钱，可它们在我的心中却是最为珍贵的物品。我告诉侄子，这可是咱们家的传家宝，一定要好好使用、保管并传承下去。

（发表于 2020 年 7 月第 4 期《北部湾文学》）

有一种情怀叫绿皮火车

　　中午接到老家小哥的电话，说妈妈这两天头晕得厉害，明天去医院检查，问我能否回家一趟。回，当然要回。97 岁的老母亲年事已高，这事可耽误不得。放下电话，我立刻让外甥女订最早一趟回去的火车票。外甥女问："小姨，订高铁票还是普快？"心急如焚的我，此刻恨不得立马飞到妈妈的身边，按说高铁速度快、时间短，但家乡的高铁站离市区较远，即使是家人接站，单趟开车也需要一个多小时，坐公交时间就更长了，很不方便。这时侄子发来信息，说如果坐高铁他开车去接，想了想还是决定不坐高铁，这样来回折腾和普快的时间不相上下，耗时费力又劳神。

　　很快订了一张下午三点多的火车票，午饭也没心情吃，赶快收拾一下。本想午休一会，心神不定的我一点睡意也没有，索性早点起身去车站，这样似乎感觉离妈妈更近些，心里更踏实些。好不容易熬到了检票上车，这是一辆绿皮火车，乘车的旅客比我想象的要多得多，虽然并不是节假日。曾看到过一则报道：绿皮火车速度慢，设施差，越来越不适应人们快节奏的工作、生活和品位，将慢慢退出历史舞台，取而代之的将是快捷的动车、高铁和轻轨。

　　我是一个恋旧的人，绿皮火车见证了我们的青春岁月，承载着许多美好的回忆。上世纪 80 年代末因为工作调动，我们背井离乡举家迁到省城合肥，所以每到逢年过节都要带着孩子回老家陪长辈。记得当时买票非常难，人多车少，每次要提前排队或找熟人开后门代买票。绿皮火车好像也没有超员一说，车厢里总是挤得水泄不通，就这样，工作人员还能推着售货车来回穿梭，这功夫可不是一天就能练成的。有时我们只能买到站票，小推车一过来，连站的地方都没有了，而那些有座位的旅客，一个个悠闲自得地坐在位子上，聊天或打牌，面前的小桌板上，有的乘客还放着一包卤菜、花生米和一瓶啤酒或白酒，朋友对饮或独饮，招来多少站客的羡慕和嫉妒。女儿最喜欢吃车上的盒饭，每次都要买一盒。我发现列车上盒饭的价格会随着旅途距离的缩短而降价，从开始的十元一盒到后来的五元，一般我会等后面五元再买。后来，女儿在北京读研的那几年，有时她也会按照我的方法买盒饭，往往都是没等到盒饭降价就卖完了，为此女儿说过好几次，我也觉得很对不住孩子，自己的习惯潜移默化地影响到了她。其实合肥到北京是长途车，十几个小时的行程，盒饭常常供不应求，哪里会有多余的再降价呢！

前年春节坐高铁回老家过年，车内的座椅宽敞舒适，环境优雅，只是显得很冷清。车厢里静悄悄的，大家不是低头玩手机，就是闭目养神或窃窃私语，连小朋友都不嬉闹了，一点也感受不到人们期盼回家过年的喜悦，很不习惯。突然特怀念绿皮火车里的人声沸腾、孩子们无拘无束打闹欢笑的情景，这种浓浓烟火味的生活，是高铁上所没有的。所以再次乘坐绿皮火车，心情挺激动的，好像又回到了从前，虽然一路上担心着老母亲的身体，但车厢里那种久违了的温暖的氛围，缓解了自己紧张焦虑的情绪。车厢广播音乐声不断，突然响起一曲熟悉的旋律《昨日重现》。这首歌始创于 1973 年，是作者为回应 70 年代早期的怀旧风创作的英文歌曲，曾入围奥斯卡百年金曲。上世纪 80 年代初由成方圆翻唱，当年先生特地从省城购买了一盒单曲磁带，由于我正处在孕期反应阶段，本来是想用音乐进行胎教的，谁知连同乐曲一起都成了"反应源"。三十多年过去了，不管在什么地方，只要一听到此曲，我就有妊娠反应的感觉，仿佛它的歌名一样昨日重现。好在很快转换了曲目《友谊地久天长》。这是我喜欢的电影《魂断蓝桥》的主题曲，舒缓优美轻柔的曲子总也听不够。这部爱情经典片，我看过很多遍，每次都被剧中的男女主角凄美的爱情所打动，费雯·丽和罗伯特·泰勒深情的演绎让人回味无穷。

绿皮火车里，除了售卖食品饮料外，和以往相比，还增加了各种推销：蓝莓果、葡萄干、皮带、老花眼镜，就连一元两个的身份证或银行卡护套都有。销售一个个伶牙俐齿，吆喝声不绝，推销的艺术在这里表现得淋漓尽致，让一个人的旅途不再寂寞。作为旁观者，我默默地注视着眼前的一切，觉得很有趣，同时也分散了牵挂妈妈的注意力。

有一种情怀叫绿皮火车，很享受在绿皮火车上度过的那一段段快乐的慢时光。如今汽车、高铁、飞机、私家车，交通越来越便捷，人们选择的出行方式多，取消绿皮火车似乎为期不远了。为了留住绿皮火车上的乡愁、味道和情怀，有些城市建议保留一列绿皮火车，供人们怀旧或作为旅游专列，以追忆似水年华。"啤酒饮料矿泉水，香烟瓜子八宝粥"，列车员的叫卖声也渐行渐远……

（发表于2020年7月第4期《北部湾文学》）

缝纫机，最美好的记忆

中午文友在朋友圈里晒出一台老式缝纫机，一时让我思绪万千，勾起了我对它的无限怀念。

上世纪 80 年代物资比较匮乏，谁家有台缝纫机，可有向左邻右舍炫耀的资本了。当年缝纫机、自行车、手表是三大件，拥有这三件算得上富裕时尚的家庭，曾经是年轻人结婚最向往的物件。物以稀为贵，这些紧俏商品需要凭票供应，即使手里有钱也买不到。票一般是一级级地发下去的，到了具体的单位往往少得可怜，一年一个单位能有一张都是令人期待的美事。没有办法分配，只好抽签碰运气，谁要是抽到它比现在中了大奖还高兴。我出嫁时父母买了一台缝纫机作为嫁妆，票是大姐不知从哪里搞到的。那是台上海蜜蜂牌缝纫机，折叠式的，很秀气，据说是当时最时髦的款式了。大姐在被服厂工作，缝纫技术好，用这台缝纫机为家人做新衣。后来我也学会了踩缝纫机，一段时间竟然上了瘾，特别喜欢自己做、改衣裳，女儿小时候穿的小衣服、围嘴、饭衣都是我做的。有一次，一时大意缝纫针穿透了手指，疼得我哇哇大叫，到医院才取出断针，就这也没能阻止我对它的喜爱。

80 年代末，因工作调动，举家迁到了合肥，虽然搬来的东西并不多，但缝纫机还是拆卸打包带了过来。缝纫机在生活中用处大，同时它又是我的嫁妆，远离家乡，这是我对家乡、对亲人的一个念想，每当看到它，倍感亲切。安顿好家后，动手组装缝纫机，凭着记忆一个个螺丝、一块块板的竟然架了起来，现在想想都挺佩服自己的。

刚来合肥头几年，租住房子，搬了几次家。房子小，家里的书、杂志越来越多，工作忙，孩子小，再加上市场开始繁荣，成品衣式样新颖又耐穿，价格也不贵，总也穿不烂，缝纫机放在家里就很少使用了。正好一同事说她肥东亲戚开了个裁缝店，想买缝纫机，也没多想就把缝纫机卖了。近几年，不知怎的，也许是怀旧，经常会想起它，有时甚至想去肥东看能否找到并高价回收自己的那台缝纫机。可惜，可惜，有些东西一旦错过就不再……心里一直后悔不迭。

我喜欢坐在缝纫机前给家人做衣服的感觉，好有成就感。去年在市场上看到一个小的手动缝纫机，毫不犹豫地买了下来，可回家一用根本不是那回事，一点感觉也没有，还是脚踩缝纫机，一踩起来哒哒哒作响，有种家的味道和温馨。大姐现居住合肥，她曾打算把老家的房子卖了。中介挂出去后，有一位女客户有买房意向，在房间转了一圈说："我要是买了这房子，你什么都可以搬走，把那台缝纫机留下来吧？"大姐马上回答道："房间的东西我都可以不要，我只要这台缝纫机。"可见大姐对家中那台老式缝纫机也是情有独钟呀。

曾经的新三年、旧三年、缝缝补补又三年的时代一去不复返了，缝纫机慢慢地退出了历史舞台，早已成为收藏家的新宠。现如今谁家要是有台老式缝纫机，算是稀罕之物，变成了宝贝。岁月匆匆，时光荏苒，缝纫机还是那个它，只是用途和意义早已大相径庭了。

（发表于 2017 年 5 月 5 日《蚌埠广播电视报》）

夏日里的灯草席

　　据中国天气网通过大数据对省会级大城市 35 度高温累计时间进行的盘点，7 月，合肥成为全国最闷热省会。自大暑节气以来，37 度、38 度的高温天比比皆是，室外骄阳似火，让人望而生畏。赶快从园中摘些绿蔬绿果，掐几片新鲜的薄荷嫩叶，泡上一杯夏日清凉去暑的薄荷养心茶，宅在空调房里。

　　从前没有电扇、空调的夏天是怎么度过的？记忆中，一把芭蕉扇、一床灯草席是那时家家户户的标配。上世纪 90 年代以前出生的人，应该对此不陌生吧？记得小时候每到黄昏，大人们会用一桶桶冰凉的井水泼洒在院子里，冷热交汇的瞬间，地面会发出滋滋滋的声响，不一会儿小院就会凉快下来。妈妈搬出一个小方桌，一家人围坐在一起吃晚饭。饭后切上一个冰镇大西瓜，西瓜是早早放在井水里冰好的，清凉的西瓜吃起来很过瘾，又凉又甜。吃饱喝足，铺上灯草席，兄弟姐妹七人一溜排地躺在妈妈用湿毛巾擦过的凉席上。通常妈妈会坐在我的身旁，老小比较受宠。妈妈手拿芭蕉扇，为我扇风和驱赶蚊虫，给我们讲故事或听孩子们七嘴八舌地汇报自己一天的顽皮史。妈妈就这样一直扇呀扇，哼着催眠曲，一切是那么清凉安静而从容。皎洁的月亮高高地挂在天上，就像梁静茹的那首《宁夏》：宁静的夏天，天空中繁星点点……知了也睡了，安心地睡了……大家不一会儿都进入了甜美的梦乡。记得有一次，哥姐们把熟睡中的我抬到院子的一处拐角，我醒来后看不到家人，吓得大哭起来，自然哥姐也少不了挨妈妈的一顿训斥。

　　那时的夏日，白天到处是知了声声，此起彼伏，蜻蜓也会随着天气的变化忽高忽低地飞翔在空中。不怕热、不怕晒的男孩子会拿着大扫帚到处挥舞着拍蜻蜓，女孩子则会蹑手蹑脚地走向飞落在枝头的蜻蜓，将它们捉住，放到一个瓶子或盒子里，一不留神它们会瞬间飞走，于是继续捉。

　　一床灯草席，陪伴我们度过了一个又一个炎热的夏夜。可能是从小养成的习惯吧，现在的我，夏天依然喜欢使用灯草席。尽管现在市场上各种高级的凉席层出不穷，花里胡哨的，漂亮归漂亮，可我却偏爱这种用天然材料灯芯草编织成的灯草席。我家的一床灯草席，已经使用了十几年，一到夏天，躺在它上面，就像六月天喝凉水——从心里凉到心外。睡前，我会学着妈妈，用温热毛巾把席子上上下下擦拭一遍，很有仪式感。只要不是高温天，我喜欢睡在常温下的灯草席上面，置身席上，凉由心生，始不觉夏夜悠长，浑身都感到特别舒坦，不知不觉地进入了梦乡。只是家里的那爷俩不爱它。

　　灯草席是用一种两米多长的水草编织而成的，因草的外形和煤油灯的灯芯相似，所以老百姓给它起了一个比较形象的名字：灯芯草。它也可做桐油灯芯，更多的则是晒干编席子。这种纤细的水草，看上去比较柔弱，但它的韧性特别好，不易被折断，编织的席子睡上去非常舒服，质地柔软，夏凉冬暖，轻巧耐用，价格又便宜，深受人们的喜爱。灯芯草除了可以编织草席外，听说它还是一味清心降火极好的中药材，可以治疗心烦不寐等症状。怪不得一到夏天，无论是短暂的午休还是漫漫长夜，我都能很快入睡，睡眠也出奇的好。

（发表于 2019 年 8 月 25 日《合肥晚报》）

乡愁，是一种思乡的记忆

　　小时候，乡愁是一枚小小的邮票，我在这头，母亲在那头。

　　长大后，乡愁是一张窄窄的船票，我在这头，新娘在那头。

　　后来呀，乡愁是一方矮矮的坟墓，我在外头，母亲在里头。

　　而现在，乡愁是一湾浅浅的海峡，我在这头，大陆在那头。

　　这是当代著名作家、诗人、学者、翻译家余光中先生眼中的乡愁。

　　每个人的乡愁各不相同，那么我的乡愁呢？离开皖北家乡近30年了，每每能勾起乡愁的，是家乡的平原、河流、冬小麦、红芋、方言及儿时坐在平原特有的运输工具独轮车上的记忆；还有永远忘不了的家乡美食：䭚汤、油茶、锅贴饺、缸贴子（一种面饼）、牛羊肉汤、符离集烧鸡等等。它们早已烙在心底，追忆着似水年华。

　　䭚汤现已是家乡的非物质文化遗产。䭚汤好喝，字难写，更难认，初来乍到，不管他的学问有多深，都不敢轻易读出这个字，怕读错了音招人笑话。它由月、天、韭、一4个字17画组成。民间有一说法，很形象：月字为偏旁，上天，中韭，下一，意为做好此汤要月月熬，天天熬，非一日之功，真是形神兼备、奇思妙得。记不清有多少次，每当我们馋虫四起、思念䭚汤时，第二天凌晨一准出发，只为了赶上早市，喝一碗家乡用老母鸡、猪骨和麦仁熬制一夜的䭚汤。这不光是舌尖上的享受，也是一份浓浓的乡愁。旅居国外的女儿有次回来，我们还特地带她去家乡的符离集喝䭚汤、吃锅贴饺，在孩子饱口福的同时，让家乡的美食留存在她的味觉中，使乡愁延续下来。

　　乡愁，落到每一件实物上，使它由抽象而具体化。这些过往，在游子的记忆中变成对家乡绵绵的思乡之情。记得2014年初夏，参观波士顿艺术博物馆，墙上挂着的白居易《庐山草堂记》引起我的注意。"噫！凡人丰一屋，华一簪，而起居其间，尚不免有骄矜之态；今我为是物主，物至致知，各以类至，又安得不外适内和，体宁心恬哉?"中文繁体字版和英文版，特别醒目。白居易曾在家乡宿州的符离集镇生活过十几年，看到这些，思乡的情结一下涌上了心头，在异国他乡启动故乡的记忆，乡愁满满。

说到乡愁，不得不自豪地说一说，诞生在家乡淮河流域的儒家和道家，是我国优秀的传统文化，也是中华民族对世界的两大贡献。据说老子的《道德经》在世界上的发行量仅次于《圣经》。儒与道，是互补的，得天时地利，虽然已过去了两千多年，但它们依然规范着大家的行为，清静无为，吉祥善福，修身齐家。生活在淮河流域的人们，每个人的身体里都有一点点孔子和老子，这也是乡愁的一种表现形式。

又是一年春节到，每逢佳节倍思亲。乡愁，不光是一张小小的回家火车票，还是一种孤独的怀旧、一种思乡的记忆，是对故乡人事、风物变迁的追忆。这些时光的符号，是一种对亲情的诉求，更是一种离开家乡的游子对故土的思念。

（发表于 2019 年 3 月 3 日《合肥晚报》）

铁 匠 外 公

　　前些日子回老家，陪 98 岁的老母亲散步。老邻居让妈妈背《木兰辞》给大家听，妈妈一口气背诵了下来，其中一位夸赞妈妈厉害，说这个年纪读过书的人一定是有钱人家的孩子。妈妈说父亲是开铁匠铺的。那人马上说，怪不得，从前有句老话"开过药店打过铁，什么生意都不热"，意思是铁匠在当时算是技术活，自古以来和人们的生活息息相关，生意好，家境也较为殷实。

　　时常听妈妈说，其实铁匠不光是技术活，更是一项繁重的体力活。妈妈说，从小看到父亲每天抡起大锤趁热打铁，肋骨都在颤动，火星四溅，浑身上下的衣服都像筛子网眼似的，那是打铁进出火花烧的洞。

　　从未见过外公的我，对外公的了解都是来自妈妈时常的念叨。母亲卧室的五斗橱上放着两幅外婆和外公的画像，外婆端庄大方，慈祥外露；外公炯炯有神，威严庄重，很像旧时的官员。

　　外公叫旷元祥，兄弟两人。太外公从小没了爹娘，逃荒要饭到旷家的铁铺前，当了学徒，师傅没有子女，见太外公勤快就收为义子。太外公有两子，一日，太外公问兄弟俩是愿意打铁还是上学，一人只能选一个。外公选择了打铁；外公的哥哥选择到学堂上学，考上了秀才，后在军队里当文书，在一次军事政变中被子弹误伤身亡。

　　外公打铁的手艺好，在四里八乡无人能比，名气很大。我记得自己出嫁前家里都还在用外公打的菜刀、剪刀，秀气、轻巧又锋利。妈妈说，有次外乡一商人慕名来买一批铁具，外公的铁匠铺旁紧连着还有一家铁铺。商人先经过那家店，上前询问是否是旷家铁铺，店家说正是，于是商人高高兴兴买了工具回去。谁知有一天，听到隔壁店铺有人在吵架，原来是商人回去，顾客使用后反馈使用不合手，不是旷家打制的工具，大老远又跑回来要求退货，非常气愤，说那人欺骗了他，店家只好退货。商人后又重新买了外公打造的铁具。

上个月，回老家陪妈妈去医院打点滴，闲聊中，同室的一老人还记得旷家铁铺。她说，当年，宿县城里谁家都用过旷家打的菜刀、锅铲或其他工具。妈妈说，外公的铁匠铺生意红火，收了几个徒弟，外公对每个徒弟都像自己的儿子一样。每当晚上收工时，外公会从放钱的铁盒子拿出几十文钱给徒儿们，让他们打酒买肉加加餐。妈妈自豪地说，每到逢年过节，周边的一些铁匠都会给外公送礼，他们敬重外公，把外公当作他们行业的老大。妈妈说，家里堂屋案台上的几个大糕点盒子，总是装有满满的好吃的，外婆经常会拿些给左邻右舍的孩子们吃。外婆说：给人吃传名，自己吃填坑。多么朴实而又善良的老人啊！外婆虽不是大家闺秀，也不认字，但把家打理得整齐干净，针线刺绣样样精通。外公打铁，外婆管家，日子过得很踏实。

小时候我还见到过外公的两个徒弟，我们管他们叫舅舅，他们叫妈妈四姐，关系很亲。记得这两个舅舅后来在县城一个厂子里上班，从事和打铁相关的工作，都是厂里的技术骨干。外公有四个女儿，妈妈是最小的一个，是四姐妹中唯一读过书的。妈妈特别心疼外公，知道这钱来之不易，所以从小就勤俭好学，外公给的零花钱从不乱花，都是交给外婆保管，留作日后交学费或买学习用品。妈妈成绩优秀，后又被推荐上了当时的徐州女子师范学校，毕业后成为一名老师。她把年迈的父母接到身边，养老送终都是自己一手操办的，没有让三个姐姐花一分钱。

如今每次回到妈妈身边，她都会给我讲外公和外婆的故事，有时妈妈还会久久望着二老的画像掉眼泪。妈妈说："谁的恩情都好报，唯独父母的恩情报不完。"外公75岁去世时，十个手指都伸不直，妈妈说那是外公一辈子打铁出苦力累的呀！

（发表于 2020 年 4 月 2 日《皖北晨刊》）

我跟大姐学蒸灯

正月十五，家家户户蒸面灯是家乡民间传统的习俗，流传已久。以前在老家我都是坐享其成，到合肥后虽然每年春节回家过年，但元宵节早已回来，自己没有时间也不会做面灯。随着年龄的增长，对家乡的怀念越发强烈，我迫切想学习并传承家乡传统节日里特有的饮食文化。

大姐退休后到合肥和孩子一起生活。前天大姐说快到十五了，要做些面灯，我一听来了兴趣，想拜大姐为师做面灯。我们相约第二天下午开工。因为要准备原材料，尤其是制作面灯需要的豆面，现在市场上很难买到正宗的豆面，超市里的杂粮面吃起来总感觉口味淡，和记忆中的味道相差甚远，大姐说她有办法，把黄豆泡上几个小时，再用果汁机打碎即可。我听了半信半疑。

第二天下午我如约来到大姐家，大姐已经和好了面。一切准备就绪，姐俩开始做面灯。揉面、切段，我感觉大姐和的面比较软，记忆中妈妈准备的面是非常硬的，妈妈说面硬做出来的灯好看。大姐说，她是用发面做灯的，这样蒸熟的灯吃起来比较柔软，容易消化。我一听有道理，学着大姐的一招一式做起了面灯，虽然没有大姐做得漂亮，但总算做成了一盏盏小面灯，心里美美的，很有成就感。接着大姐做了两条龙：钱龙和仓龙。做龙的程序复杂了许多，我先观摩：只见大姐擀了一个面皮做龙座，又团了一些圆圆的小面团充当龙蛋放在面皮的周边，表达兴旺美好的寓意；接下来做龙身，把面揉成长条，再把它盘在一起放在刚才做的龙座上面，中间放一盏小小的面灯，用剪刀在龙身左右剪出龙鳞甲；又找了两根短粉丝做龙须，用黑豆做龙眼，一只像模像样的龙灯就做成了。我边学边做，基本上掌握了要领，真是会者不难，难者不会。身怀六甲的外甥媳妇欢喜地一直在帮我拍照，我也作秀积极配合，正好女友睿一直想学做面灯，可惜人在外地，遗憾错过，发几张现场照片算是直播吧。

二十分钟后，厨房的蒸锅里飘出浓浓的豆面香。打开蒸笼，面灯的形状已非当初模样，因为是发面做的，细长的龙身变得白白胖胖，成为很富态的一条龙，灯窝也已接近平面。姐俩不禁相视大笑起来，看来大姐改良的蒸灯技术没有达到应有的效果。可发面灯吃起来口感特别好，浓香柔软，是那种久违的味道。

听说现在即使在老家，做面灯的人也不多了，更不要说身在他乡的人了。快节奏的生活失去了原有的过节的氛围，传统的风俗正慢慢地被遗忘、消失。从前一家人围坐在妈妈身边做面灯的场景依旧历历在目，手巧的妈妈会根据家人的属相用面捏出相应的鼠灯、牛灯、兔灯、猴灯、鸡灯、猪灯等，个个惟妙惟肖。除此之外，妈妈还做三条龙灯，它们分别是钱龙、水龙和仓龙，每条龙都有说法，即希望新的一年生活过得殷实，有钱、有水、有存粮。三条龙要到二月二那天才能吃，民间有二月二龙抬头的说法。二月二，吃龙肉，喝龙汤，扒龙皮做衣裳。那时没有冰箱存储，面灯要放到二月二才能吃，所以面灯的面要相当硬，这样面灯水分少，蒸熟后不变形，不发霉，易保存。

正月十五的晚上，妈妈找出带有家人属相的灯，在中间灯窝处倒上麻油，再插上一根火柴杆，并在火柴杆上绕上一根棉线搓成的灯芯。点亮面灯，我们七兄妹端着自己的属相灯，跟着父母屋前屋后转一圈，寓意是驱虫害，照亮家，期待一年的日子红红火火。我们端着灯，香喷喷的麻油馋得自己会边走边掰面灯的边缘，偷偷蘸着灯窝里的油吃起来，等转一圈后，灯边已经都吃光了。那是童年幸福的回忆，温馨无限。

我跟大姐学蒸灯，虽然没有妈妈做灯的品种多而精致，但已经算是略知一二了。师傅领进门，修行靠个人，以后每到正月十五自己要坚持做面灯，让更多的人了解家乡这具有特色的面灯文化。周边的一些朋友，正是看到我发朋友圈才知道，原来除了闹花灯外，还有一种可以吃的面灯呢！

（发表于 2018 年 3 月 4 日《合肥日报》）

正月十五话面灯

话说去年的正月十五，拜大姐为师，学做家乡的面灯，转眼一年过去了，今年的正月十五又到了。昨晚和大姐视频，大姐说，今年妈妈在她家，妈妈是制作面灯的高手，咱姐俩一起陪妈妈蒸面灯。我一听自然欢喜。

一直有个心愿，想学习制作面灯。儿时的记忆中，在家乡，正月十五除了用五彩缤纷透明的彩纸扎纸灯笼外，家家户户还要做一种面灯。记得去年在朋友圈晒面灯时，好多微友留言，他们都是第一次见到可以吃的面灯，包括近邻怀远的一位朋友，这让我没有想到。真是一地一风俗，看来制作面灯的区域应该不广泛。

面灯，通常是用豆面制作的。豆面比其他的面粉有硬度，做出来的面灯不易变形，但光豆面比较散，也捏不成灯形，所以要少放一些麦面掺和在一起。在那以吃粗粮为主的年代，豆面特有的香味，我还是比较喜欢吃的，如今一想起它，仍旧馋虫四起、回味悠长。豆面灯的面要硬，硬到几乎按不动，再把它捏成栩栩如生的十二生肖，这样蒸出来的灯形状才能完好如初。蒸熟的豆面灯，黄灿灿的，寓意一年人寿年丰、五谷丰登、风调雨顺。

大姐一切准备就绪，请妈妈出场。妈妈系上围裙，来到案板前坐下，我和大姐，还有外甥媳妇抱着她7个月大的小宝，一共4人围在妈妈左右，观摩妈妈做面灯。外甥媳妇也是第一次见到这场景，很好奇。小宝伸手抓了一团面揉着玩，似乎是要跟着太姥姥学做面灯。祖孙四代，场面很隆重，也很温馨。妈妈一拿起大姐和好的面，就说面太软了，我捏了一下，其实面已经很硬了，可能还没有达到妈妈的要求。妈妈说先做龙，只见她把面团揉成细圆长状，拿来剪刀开始剪一片片龙鳞，在龙头上用黑豆做了两只龙眼，一截粉丝贯穿作龙须，很快一条龙活灵活现地展现在眼前。接着妈妈又做了龙盘、两个龙珠，把龙卧在龙盘和龙珠上，再在龙背上捏一个简易的小面灯，正月十五在里面插上灯芯倒上麻油，即可点亮龙灯。妈妈说至少要做两条龙，钱龙和仓龙，以前在钱龙身上的龙鳞处要放一些硬币，仓龙要放粮食，表示钱粮满仓，现在没有这么讲究了，也是怕钱放在上面不卫生。

　　钱龙和仓龙做好后，按照惯例，要根据家庭成员的属相，每人做一个属相灯。正月十五，各自端着自己的属相灯，照亮屋前屋后和院子里的每一处，这是传统的习俗，为的是驱赶邪气，预示着一年的日子亮亮堂堂、红红火火。说实话，今年难得在妈妈身边，我和大姐最想跟妈妈学做的是十二生肖。记忆中，妈妈做的生肖面灯，尤其是我们兄弟姐妹 7 个人的属相，牛、兔、马、猴、鸡、猪、兔，一个个惟妙惟肖，特别俊俏。接下来，妈妈做了一只鸡，怎么看都不像鸡，而像一只鸟，后面的其他属相妈妈说忘了，想不起来怎么做了，但妈妈捏制的一个个简单的面灯还是非常漂亮，有一个面灯还捏了花边。想想也是，妈妈已经 97 岁，年事已高，今非昔比，心里感触颇多……

　　正月十五点面灯，是家乡的传统民俗。随着快节奏的生活，过年过节的仪式感越来越淡，年轻人没有时间，也没有兴趣学做面灯。面灯正在慢慢淡出人们的视线，面临着失传。我想，我要每年坚持做几盏面灯，把家乡做面灯的习俗继续传承下去。任重而道远啊！

（发表于 2019 年 2 月 19 日《新安晚报》）

孙宝做我的小向导

　　时隔四年，再次来到波士顿，是应女儿的一再邀请。2014 年我曾两次往返于此，陪伴并照顾女儿和刚出生的孙宝，如今小家伙四岁多了。这次正好赶上了幼儿园放假十天，带娃的任务自然落在了我的肩上，开启我全职陪同的新里程。

　　说实话，自己能否称职地带好娃，心里没有底。自从女儿长大成人，就没再带过小孩，虽然外婆已经当了四年两个多月，但对孩子的了解并不多，因为我们相隔万里，相见难，相处更难。这次机场相见，小宝贝对我没有一丝的陌生感，立刻扑到我的怀里，轻声地叫着外婆，此刻的我心都要被融化了。路上宝宝拉着我的手，很兴奋，小嘴叽里呱啦说个不停，中英文相结合。我发现她的性格变了，走路蹦蹦跳跳的，一刻不停。这哪像个小姑娘，比我见到的同龄男孩子还调皮，从前的文静全无。

　　第二天，女儿给我们安排任务，去图书馆还碟片。图书馆十点开门，这两天波士顿气温回升，天气炎热，女儿说外出要给宝宝戴帽子，涂防晒霜。我说打伞省事了，女儿说妈妈千万别打伞，这边没人晴天打伞的。哦，好吧，入乡随俗。

　　女儿告诉我图书馆离家不远，步行只需十分钟，并把地址发到我手机上。初来乍到，人生地不熟，宝宝说她知道怎么走，主动当起小向导，为此还认真地画了一张只有她自己看得懂的地图，我半信半疑。路上小宝领着我，手里拿着她画的地图，边看边走，看她认真的小模样好可爱。祖孙俩一路上看花赏景，我告诉宝宝这是绣球花，那是萱草，又叫黄花菜，外婆家的园子里有的。小宝突然说：外婆能教我种吃的菜吗？我说当然可以了，原来她还记

116

得两岁回国时在外婆的园子里摘黄瓜和西红柿吃呢。

路过有几辆汽车并排的楼前，小宝告诉我这里是消防局，并用英文教我说了几遍，我说好的记住了，外婆谢谢你。我们边走边玩，感觉似乎走过了，应该不会有这么远，拿出手机找出女儿留下的地址，街道上除了车还是车，终于等到一个路人，赶快上前咨询，那人说了半天我也没听明白，小宝说她听懂了，让我们返回到前面的路口转过马路就到了。果然，往回走大约500米，看到了图书馆的标志，孙宝高兴得直蹦，不能轻视孩子的智慧。

图书馆刚开门。小宝先去还碟片，我看没有刷卡的程序，就提醒她先询问一下管理员。她们对话一番，宝宝翻译告诉我：还碟不用刷卡，借碟再刷卡。接着，小宝又挑选了三盘新碟，都是她喜欢看的动画电影，刷了卡，我把它们放在包里。小宝选了一本书，熟练地走到儿童活动中心，让我读给她听。这是一本全英文的儿童绘本，我告诉她说，外婆读不了这本书。她自己翻看一会，径直来到一位奶奶的身边，奶奶家的小朋友自己在玩积木。宝宝拿着书，请那位奶奶给她读书听。谁知她家一岁多的小不点不乐意了，哭着过来吃醋争宠，真有趣。

孙宝做我的小向导，今天领教了一个四岁孩子的聪慧和机智。

（发表于 2018 年 12 月 13 日《皖北晨刊》）

俺家那口子

　　早上七点多，老公在朋友圈里发表了短文："文学给我们温暖、智慧和力量"，并配上去年十二月中旬在涂山登高而望拍摄的一张照片，碧蓝的天空下，一条蜿蜒曲折的淮河静静地守候着那片寂寞的土地。

　　看到这篇图文的瞬间我被感动了，毫不犹豫地转发："向挚爱文学的老公致敬！"微友纷纷留言："志同道合！这种敬仰和挚爱是发自内心的。写得太感人了！""还是小董有眼力，一下子就逮到绩优股。"我回复："他太痴迷了，深深地感染着我，真不是作秀，学习的榜样啊。"说真的，我没有半点煽情的成分在里面，因为目睹了老公几十年来对文学的执着和酷爱，以及他做出的一些常人所不能理解的决定。

　　要说绩优股，当初他如果不弃政从文，早就是一只名副其实的绩优股了。回想上世纪80年代初，大学刚毕业的他，分配到令人羡慕的政府机关工作，做市长秘书，入了党。就在大家都觉得他仕途无限好的时候，人家主动请调到刚刚成立的文联去上班，市长不同意，他就天天缠着市长，下班到市长家里闹着要调动工作，市长虽不舍，也没有办法，最后只好签字同意。那时的我虽不能完全理解他的"所作所为"，但还是给予他支持的态度，我最懂他对文学的热爱。

　　到了文联，从事专业创作，他经常徒步走乡串镇，那时的交通很不方便，有时去一个地方要十几天或更长的时间。孩子小，我一个人在家很辛苦，要说没有埋怨那是假话。通信不发达，没有电话，只能靠书信了解他的踪迹，有时人都回家好些日子，信才收到。信也基本上是地图式的，画一条线说明要到达的目的地、现在到哪里了、预计多少天后到达哪里。

118

　　有一次，他沿濉河步行去洪泽湖，历时一个月。当时是寒冬腊月，妈妈特地为他缝制了一件薄薄的小棉袄，穿着舒适便捷。他一路风餐露宿，等回到家里棉袄已经不像样子了，这种苦不是常人吃得消的。有一年去广西、云南一个多月，紧接着又去上海领奖，我在家生病发烧，得了肺炎，当时打电话要专门到县以上邮电局挂号排队，一时也联系不上他。女儿上学需要照顾，我不能住院，只好每天上午去医院吊水。为了中午早点回家给孩子做饭吃，自己经常偷偷地把吊水调快。那时已到合肥，亲人们都不在身边，单位领导看我一个人生病无人照顾，派了一位同事陪护。同事看到我把吊水滴得很快，说这样非常危险，心脏会承受不了的。可我有什么办法呢！现在想起此事心里依然酸酸的。清晰地记得那次，他好不容易到县城找到邮局（邮局才可以打长途电话），打了一个电话回家，我接到电话委屈地放声大哭……回来时我带着女儿去火车站接他，女儿看到他直往后躲，生分了。

　　女儿从小学到高中所有的家长会，老公一次没参加过。这几年，女儿求学工作在外，家里就我们两个人，我慢慢地尝试着写点文字，书房里女儿的写字台现在归我使用。我们俩经常各自忙碌，我写小文，他写大作。老公依然是两耳不闻窗外事，他对书柜里万余册书哪本放在哪里都摸得门清，但家务活却是甩手掌柜。每次做好饭请他帮忙，等他过来时，我早已摆好了碗筷，实在是指望不上。老公单纯，心地善良，他会尽自己所能去帮助别人。大姐说，老公的头脑还和大学生差不多，不会迎合，骨子里透着文人的那股傲气。

　　现在只要没有活动和事务，他都抓紧时间去另一处书房安心写作，一般我不会打扰他，有时看到他发微信什么的，知道他休息了，我们再联系，这种状态感觉非常好。他去年埋头攻读老子，完成并出版了"淮河人文系列丛书"的第一部《涡河边的老子》。今年还有几本书也会陆续面世。正如他在《文学给了我们温暖、智慧和力量》一文中所说："文学给了我们温暖、智慧和力量，文学也必将继续给我们以温暖、智慧和力量。2015年我出版了读《道德经》的感悟随笔集《涡河边的老子》。除了《道德经》以外，许多年以来我也一直断断续续地、不间断地读《论语》，读《庄子》，读《孟子》，读《淮南子》，读《墨子》，读《管子》。说它们是哲学著作，是思想著作，是社会学著作，是科学著作，是经济学著作，是百科全书式的著作，都没错，说它们是文学作品，也完全是有道理的。从中国古人的这些作品里，我们读得到温暖，读得到智慧，也读得到力量。读得到温暖，是读了这些作品，我们有回家的感觉，我们能感觉到回家的温暖和安全，这是我们的文化认同、我们的文化源头、我们的文化标准。"

　　这就是俺家那口子，他从文学和文化中找到了人生的价值和生命的意义。在他的影响下，我和女儿也写了一些生活类的散文，刚出版了一本家庭合集《咱家三口的三种生活》。通过出版这本书，我发现我们一家三口的三种生活虽不相同，但各有千秋又相辅相成、相互关照、相互欣赏、共同进步。过一种有目标、积极向上的生活，是需要家庭每一个成员的努力和支持的。

（发表于 2016 年 3 月 19 日《新安晚报》）

回到母亲身边

早春季节，那天回到老家宿州看望 95 岁的老妈妈。当时已是下午三四点，回到家后，我突发奇想，想和大姐一起去野外挖荠菜。考虑到外面有风，气温还比较低，大姐怕妈妈受凉不想让她去，于是我们姐俩打算偷偷地溜出去。当时妈妈正在睡觉，当我们刚要出门时，妈妈突然醒了，自己迅速地穿衣下床，一定要和我们一起挖荠菜去。我有些不忍心，看着大姐，希望大姐能让妈妈同行，但大姐自有道理，说下午天气越来越冷，天也越来越暗，妈妈走得慢，挖荠菜要去较远的地方。我一听也是这个理，就帮大姐一起劝慰妈妈。我笑着哄起她来："妈妈最乖了，乖乖地在家等我们，我们快去快回，明天上午再带您去挖荠菜，上午天气好，时间也充足。"妈妈看我们俩都不支持，虽然有些失望，但还是答应了。

差不多一个小时，我和大姐挖了一小篮荠菜，因为怕妈妈着急，急匆匆地赶回家，开门看到妈妈就站在门后，估计她老人家一直都是站在这里等着我们呢。妈妈接过我们的篮子，认真地摘起荠菜来，大姐忙着和面、拌馅、擀皮、包饺子，大家忙得不亦乐乎。我们娘仁的年纪加起来有两百多岁了，姐俩还有幸能陪着老母亲一起动手包荠菜饺子，真是在菩萨面前都求不来的福气。

刚开始动手，想不到妈妈对大姐擀的饺子皮就很不满意。妈妈一板一眼地说，饺皮要小，最好是椭圆形，中间稍厚，四周要薄，这样饺子边捏在一起不会太厚，口感好。饺子不要样，来回捏三趟。妈妈说着便拿过擀面杖亲自示范起来。不一会，三个人就包了满满一大拍子饺子。拍子是用高粱秸串成的，记得以前家里的锅、水缸、面缸、馍筐、盆盆罐罐的盖子都用它，尤其在上面放刚包好的包子和饺子不会粘连。现在拍子越来越少见了。

在妈妈看来，我们姐俩包的饺子都不合格，而她包的饺子馅多皮薄，很俊秀，下到锅里还不容易烂。

俗话说，老小孩，老小孩，家有一老，如有一宝。妈妈现在越来越像个孩子，非常可爱，我写过几篇有关母亲的文章，比如《母亲的康复》《牵着妈妈的手》《母亲》《扎根》，记述我眼中和心中的妈妈。

还记得上世纪 90 年代，每次我回老家，见同学，会朋友，天天跑得不沾家，晚上回到家里累得眨眼工夫就睡着了。大姐告诉我，妈妈说想和你说说话都没时间，妈妈是既心疼又有些失落。经大姐这么一说，我才意识到自己难得回家一趟，陪妈妈的时间真是太少了。从那以后，回老家一般我都隐身，不再联络家乡的同学和朋友，怕没完没了的聚会减少我和妈妈在一起的时间。

每次回到妈妈身边，我都会协助大姐帮妈妈洗澡、剪发、剪指甲，俩闺女把妈妈服侍得舒舒服服。晚上我会和妈妈睡在一张床上，很踏实，睡眠也出奇的好。妈妈一般都会第一时间拿出她新写的文章读给我听，这次读给我听的是《我和我的孩子们》，将近六千字的长稿。我发现里面有很多珍贵的历史资料，如当时大人和孩子分别供应多少斤粮和油、多少钱一尺布、日本人哪年进入宿县城关并进行烧杀抢掠等，数字和时间精准，这对一个 95 岁高龄的老人来说十分难得。

妈妈说，有一次她在路上发现一卷钱，大声吆喝谁的钱掉了，这时旁边单位看大门的老人出来说是她的。妈妈说，你说是你的就给你，反正不是我的钱，不是自己的钱拿在手里不踏实，外财不能花。

小时候有一次我的棉裤潮了，放在炉子边上烤，妈妈不知不觉睡着了，发现时棉裤已经烤糊焦不能穿了。那时也没有多余的衣服可以替换，妈妈只好连夜找出旧衣服赶制了一条棉裤，等把衣服缝制好，天已亮，顾不上休息便赶去学校照看学生上早自习。再忙，妈妈也不会耽误工作，常常都是第一个到学校的老师。

那时的老师隔三岔五地要去学生家家访，经常很晚才能回家。妈妈跟着当地人学会了纺线，后来用自己纺的线还织了一块粗布呢。这块布至今还在使用着，妈妈床上的海绵垫就是用它包裹的，特别结实耐用。

大姐上中学时学生兴穿黄军装，大姐回家说同学都有黄军装穿，自己也想要一件。买成品的贵，妈妈就买来布，两毛钱一尺，让大姐借一套军装回家，按照式样自己裁剪做了一身，大姐穿得得体漂亮，同学都问是从哪里买的。小时候我们戴的帽子、手套，穿的毛衣、袜子也都是妈妈用自家喂的兔子毛捻线打成的，很暖和。妈妈手巧，我们春夏秋冬的衣服都是妈妈亲手缝制的，即使有的是旧衣服改制的，兄弟姐妹永远都穿得干干净净、整整齐齐。

妈妈常说，谁的恩情都好报，唯独父母的恩情报不完。在她的言传身教下，家族中的 37 个成员，都团结在妈妈的周围，孩子们都孝敬长辈，互敬互爱，逢年过节孙辈们纷纷给奶奶或外婆发红包，四世同堂，充分享受天伦之乐。妈妈说现在自己的任务就是把身体锻炼好，年轻的时候因为生活困难，自己和孩子们都吃了不少苦，现在条件好了要把身体调养好，生活自理，尽可能少地给孩子们添负担。妈妈自编了一套健身操，每次我回家妈妈都是苦口婆心地让我跟着学习，这里按摩一百下，那里按摩一百下，我实在是坚持不下来，总是心不在焉地应付几下而已。

如今的我慢慢地也注重养生保健了，所以这次格外认真学习。妈妈的养生秘诀不是每天吃什么高档补品，而是坚持按摩相关穴位，简单易行。妈妈说，其实最好的药都在自己身上。每晚的泡脚最重要了，泡脚时要按摩相关穴位，从足三里到脚心、脚面及每个脚趾头各按摩一百下，这些是长寿穴位；梳头也很重要，早上两边各梳一百下，晚上再各梳一百下，梳理好按摩头顶一百下；每天用头、脖子"写"长寿两个字，活动脖颈，对保护颈椎非常好；还有按摩鼻梁、耳垂、手指等。这些健身保健操，是妈妈健康的保障。

在老家的几天，我每天陪妈妈下楼散步，妈妈走路的速度和以前差不多，但这次我还是发现了一些小变化。外出时妈妈紧紧地抓住我的手，一刻也不松开，妈妈现在真的像小孩一样了，她是那样依赖着我，这一举动让我心酸，眼泪不自觉地流了出来。想想以前妈妈从来都不让我们牵她的手，她喜欢自己迈开步伐甩着胳膊往前走。她自理生活，尽量不给儿女添麻烦。我和妈妈一样不愿承认她年纪已经很大了，妈妈始终用她那年轻的心态感染着我们、影响着我们。

妈妈住大姐家，大姐心细，对妈妈的照顾无微不至。妈妈每天生活规律，过得很充实。她性格开朗乐观向上，思想敏锐，喜欢和人沟通交流，穿针引线都不需要戴老花镜，视力比我还好，这也正是她长期锻炼的结果。谁家若是添丁，她就为重孙缝制棉衣、编织衣物，忙得不亦乐乎。妈妈最喜欢看报纸了，看到报上的生活小常识、健康保健知识就抄下来，足足抄了几大本，见到我们再传授给我们。一些小毛病妈妈就对号入座让我们去做，身体很快就能康复，少吃了很多药，既省钱又健康安全。闲暇时她还写了几万字的回忆录和很多与时俱进的诗词。妈妈说脑子要经常用才灵活，《三字经》《百家姓》《木兰辞》，她能全背下来。只要家里来了客人，妈妈就会背诵这些给大家听，看她认真的模样特别像个小学生，大家听后很是敬佩，自叹不如，纷纷拍手表扬，这时的妈妈也是最开心的。

妈妈还特别爱美，只要说给她拍照，马上就换上漂亮的衣服，摆出各种姿势配合。照片拍好后，妈妈要先审片再让我们发朋友圈，妈妈经常会对照片中的自己不满意，边看照片边自言自语地道：脸上有皱纹了，真老了。我就会笑着说：妈妈呀妈妈，您多大了呀？您以为自己才18岁呀，哈哈。

妈妈说做梦也没有想到自己现在这么健康，年轻时身体可差了，经常走着路晕起来，只能站在原地不敢动，怕摔倒。有几次挑水都晕倒在井沿边，应该是严重的营养不良吧。妈妈说她很感恩，从上世纪40年代开始教书育人，可以说桃李满天下。每年的教师节是她最开心的时候，曾经的学生们纷纷向老师表达节日快乐的问候，学校每年这一天都邀请退休教师聚餐、联欢、发过节费。此后的几天妈妈会兴致勃勃一遍遍地说给我们听，高兴得就像孩子一样。每次我们都认真地聆听，分享母亲的快乐心情。

谁言寸草心，报得三春晖。我们七兄妹都会抽时间回家看望妈妈，会牵着妈妈的手下楼散步或开车带着妈妈游览，尽可能多地陪陪母亲，听她讲那些过去的事情。

（发表于2018年第10期《湖南文学》）

时间都去哪儿了

时间都去哪儿了？转眼间妈妈已是 98 岁高龄了。随着母亲年岁的增高，家人越发想为老人家过一次生日，可妈妈一直不同意。每次说起此事，妈妈都是果断地反对，说自己父母在世时没有过过生日，她也不能过，不能欺祖。这也是让我们七兄妹最为犯难的一件事。

一日我去看望妈妈，大姐和我陪妈妈唠嗑。妈妈说，自己现在最喜欢回忆从前的事情。妈妈讲述了许多我们小时候的趣事，尤其说到十几年前，每到逢年过节，孩子们各自带着家人回去的幸福时光。是的呀，我迎合着，像我这样离开故乡多年的孩子，那时最期盼的就是节假日能够回到父母身边团聚。我和大姐相视一笑，彼此心领神会，心照不宣：不如这次趁妈妈生日，召集家人大聚一场。于是，我们哄着妈妈说准备以她的名义聚会，实则想偷偷为妈妈过生日，没想到妈妈竟爽快地答应了。

大姐让我赶快通知兄弟姐妹，征求他们的意见，哥姐们都是秒回信息：非常期待，完全赞同！确定人数后，虽然离日子还差半个月，小外甥和媳妇第一时间在网上预订了酒店，包下了可以容纳三十一个人的大包厢；晚上他们又开车，带着一岁多的宝宝到专卖店订制了一个双层大蛋糕，并设计了图案。大外甥女找出老相册，挑选出一张张老照片，制作 VCR 专题片，要在现场播放。片子的配曲，选用了妈妈喜欢的一首歌曲：《时间都去哪儿了》。此歌也较为贴切，抒发了浓浓的亲情。正如歌词里唱的："时间都去哪儿了？还没好好感受年轻就老了。生儿养女一辈子，满脑子都是孩子哭了笑了。时间都去哪儿了？还没好好看看你眼睛就花了。柴米油盐半辈子，转眼就只剩下满脸的皱纹了……"说实话，一张张老照片从眼前掠过，配上这首暖心又有一点点伤感的乐曲，真是让人心潮澎湃、感慨万千啊。接下来，妈妈开始练习《木兰辞》，她要背诵给孩子们听。《木兰辞》是妈妈上小学时的课文，她到现在还能一字不落地背诵下来，这对一个 98 岁高龄的老人来说，也是超级棒的。

2019 年 12 月 14 日（农历十一月十九日），妈妈生日这天，家人们从各地赶来给老太太祝寿。二姐和姐夫从天津来了；小哥一家 4 口从宿州老家来了；大姐、三姐、小姐、侄女也都携家人早早来到了酒店；另有 13 位亲人因工作或其他原因缺席。女儿一家 3 口因为在异国他乡，特地录制了一个祝福视频，我家 5 岁的孙宝在视频中说长大也要做老师，因为太姥姥是老师呀，还用双手比画了一个大大的爱心，多么讨人喜爱的小宝贝，赢得了大家热烈的掌声。31 位家人在此欢聚一堂，围聚在老太太身边，先拍全家福；再以各自小家为单位，分别和妈妈合影；我们五姐妹以五女拜寿的方式，也和妈妈单独拍照留念；全场同唱生日歌，温馨满屋。

大姐宣布寿宴开始。老寿星站起来发表了热情洋溢的讲话："我非常高兴，我心里的高兴是用笔墨不能描写出来的。谢谢你们来，谢谢孩子们！孩子们都孝顺，我走到哪里都要夸。你们要好好念书、工作，积极向上，回馈国家，把国家建设好，希望做长辈的好好教育自己的孩子，多做好事，千万不要做违法的事和不合适的事，就说这几句。"妈妈的发言，满满的正能量。为老妈妈点个大大的赞。

四世同堂，令人羡慕的大家庭。妈妈含辛茹苦地养育了我们 7 个儿女，如今安享天伦之乐。亲人们难得一聚，其乐融融，妈妈高兴，大家开心。我们相约争取每年都这样相聚一次，亲情无价，亲情万岁。时间都去哪儿了？它在我们的幸福记忆里……

（发表于 2019 年 12 月 27 日《新安晚报》）

陪 伴 母 亲

98 岁的老母亲，辛勤养育我们兄弟姐妹七人，劳累了大半辈子。那日，把妈妈接来合肥的家中，开启了我全日制、全身心陪伴妈妈的生活新模式。

妈妈爱种植，所以这次坚持要住在有菜园子的房子，虽然楼层高没有电梯，妈妈却一口气上到了七楼，七十多岁的大姐也第一时间赶来看望妈妈，老人家特别开心。

妈妈参观园子并摘下了几个已经成熟的无花果。妈妈说最爱吃无花果了，无花果软糯甜蜜，无籽无核，是老人的最佳水果，营养价值高，况且还是自家的绿果呢。妈妈说以前我婆婆在世时经常送自家的无花果给她吃，老姐俩处得可好了，妈妈常常怀念亲如姐妹的好亲家。

妈妈看到了我摘下的两个大丝瓜，就一手拿一个细看。妈妈见我要拍照，马上直起腰杆，摆起了造型。妈妈爱拍照，可配合了，每次拍好还要亲自审片，不满意的会要求重拍，超级可爱。

妈妈本该好好歇歇了，可她依然闲不住，每天忙个不停。清晨早早起来先打扫卫生，给阳台上的菜补补水，饭后再看看书报，读一读自己写的文字，背背儿时学的《木兰辞》《百家姓》《三字经》等。

妈妈爱做针线活，虽然现在没有什么需要缝补的了，偶尔发现哪里有一点破损处，妈妈往往会"小题大做"，顺便缝个花呀、朵呀、人物呀，每个后面都还能演绎出一个故事，特别有趣。

我每天陪着 98 岁的老妈妈早起早睡。8 月 13 日，清晨 5 点 16 分，窗外的朝霞绚丽多彩，赤橙黄绿青蓝紫，美妙绝伦，难得一见，便拿起手机抓拍一张此刻的晨景，真是早起的人儿见奇观。

早餐，蒸自家金黄的南瓜，面甜面甜的，吃到口里还有些淡淡的清香，这是新鲜食物的味道。妈妈和我吃了不少，最后还剩下一些，妈妈说吃饱了，不能再吃了，我劝妈妈再吃点，娘俩分匀一下就不要剩下了。妈妈说，按说每顿吃八成饱最好，今天都有十成了，一口也不能吃了，吃多了对健康和身材都有影响的。哈哈，好吧，我也不吃了，向妈妈学习，时刻注意，科学饮食，保持好身材。

妈妈说，想活九十九，饭后百步走。自己到这个岁数，与一辈子的勤劳是分不开的。我的小菜园，妈妈每天都要逛一逛，体验田园生活，享受悠闲自在的慢生活。我和妈妈都有院子情结呀。

常常妈妈和我各自捧一本书看起来，都好专心，读书氛围不错吧！妈妈生活规律，上午水果，下午牛奶和点心。我经常陪妈妈走一走，活动活动，说说话。

妈妈说，早知道不来你这了，你看你现在什么事都不能做，天天陪着我。我说妈妈，我当前最重要的事情就是陪伴您，您啥都不要想，好好享受小女儿的关爱和陪护吧。妈妈望着我露出了甜美的微笑。

妈妈说，给我找几只粉笔，在墙上的黑板上练练字。妈妈把客厅墙上的平板电视当成自己当年教学的黑板了，我已经解释过几次，转眼妈妈又忘了。妈妈越来越像个孩子，现在只记得过去的事，但还是时刻为子女着想，传递给我的永远都是正能量。

傍晚，五点多给妈妈洗澡。妈妈说，我好感谢你，天天这么尽心照顾我。我说妈妈呀，您可不能这么说，这都是女儿应该做的。妈妈说没有谁应该不应该的，做人不能实不足。我问妈妈实不足是什么意思、是哪三个字。妈妈说，实不足，就是别人对你好，你却永远不满足，不懂得感恩，认为一切都是应该的、理所当然的。实是实在的实，不足是不满足的意思。

哈，每天跟着妈妈学习做人、做事的道理，很受益。当我在记录这些文字时，妈妈舒舒服服躺在床上，嘴里唱着"赞美诗"，一会又背起了长篇《木兰辞》，可爱的妈妈，安享天伦之乐。

陪伴妈妈的这些日子里，我已记录了一万三千多字和妈妈在一起的点滴趣事。妈妈虽平凡，但平凡中见幸福、平凡中见伟大。常言道：平平淡淡才是真，安安乐乐才是福。祝老母亲福如东海、寿比南山！

（发表于 2020 年 8 月 14 日《新安晚报》）

百岁老妈和她的铁杆闺蜜

新年第一天，明媚的阳光透过玻璃窗照进房间。老妈坐在书桌旁，边晒太阳边翻看十多年前写的《我的自传》，并自言自语道："现在自己再也写不出这些文字了，当年多亏茜茜（我女儿）的一直鼓励。"听老妈这么一说，我也是深有同感。是的呀，当初在外求学的女儿每次回到姥姥身边，都会鼓励姥姥坚持写自传。女儿的目的很简单，就是想让姥姥闲来无事多动笔、多用脑、多思考，这样有利于老人的身心健康。女儿从小就跟姥姥亲，老妈也最疼爱她的这个小外孙女。此刻，我和老妈都沉浸在幸福的回忆中……突然手机视频铃声响起来，抬头一看，是老妈的闺蜜张姨打来了。

张姨名叫张敬英，和老妈以前在同一所学校教书，比老妈小14岁，后任校长。常听老妈说，张姨从小没有母亲，继母对她很不好，刚参加工作的张姨得到了妈妈的帮助和疼爱。张姨也常说，她每次到我们家，即使再困难，旷老师（老妈姓旷）都会做一些好吃的给她吃，哪怕不让自己的孩子吃，也要让她多吃些，所以张姨打心里早把妈妈当成了亲人，这种友情一直延续至今。老姐俩要是一段时间见不到面，老妈就会不停地念叨。记得前年夏日的一天，我回老家正好遇见张姨拄着拐杖冒着酷暑来看妈妈，手里还提着一盒牛奶和两袋自认为宝贝的小零食。老姐俩从见面就手拉手不肯放下，像孩子一样亲密无间、可爱至极。

我们兄妹都和张姨亲，小时候经常去她家玩。如今百岁老妈需要子女的照顾，我们七姊妹轮岗每人2个月，有的在老家照顾，有的接到身边一起生活，所以张姨的手机里存有我们的号码，方便联系。自从老妈来我家，不到一个月，张姨已打来了5次视频，其间还邀请过一位91岁的老同事共同视频。虽然老妈的记性大不如从前，一些新近发生的事情常常转眼就忘，但没想到的是，老妈竟然马上叫出了老同事的名字，我简直惊呆了！

前几天给老妈过百岁生日，当把拍摄的生日视频发给张姨时，张姨马上打视频过来，送来祝福。老姐俩相约明年生日一起过。我开玩笑说，你俩真是一对铁杆闺蜜。我也会经常给张姨发过去一些老妈的照片和视频，比如老妈背诵《木兰辞》《百家姓》的视频，张姨也会把它们分享给同事们。

每次她们视频，我就站在旁边充当起传话筒，毕竟都是高龄老人，听力下降，时常听不清对方的言语。视频一接通，老姐俩都会异口同声地表达对对方的思念之情，然后就是一番嘘寒问暖。老妈见视频里满头银发的张姨说："你头发全白了，咱们都老了。"张姨说："是的，我今年86岁了。"老妈立刻反问道："你说我多大了？"张姨说："您永远都18。"接着老姐俩开怀大笑。望着眼前的这对活宝，我也跟着乐起来。更好笑的是，因为她们聊天的内容经常会来回重复，尤其是老妈的思维是跳跃式的，一会说从前，一会是现在，一会唱，一会又很感叹的样子，老姐俩有说不完的话，一聊就是半天。张姨在老妈面前总觉得自己还是小妹妹，有时还撒个娇。今年元旦，视频中老姐俩互祝新年好，我也忙和张姨打招呼。老妈感慨地说："几十年来，咱俩的感情胜似亲姐妹。"张姨常给老妈带来学校的新消息，如单位发过节费、礼物、教师节的慰问金等。这次张姨又异常兴奋地告诉老妈，说年底政府增发了3个月工资，已打到工资本上了。老妈自然又是高兴万分！

时光荏苒，老妈和张姨长达半个多世纪的友情犹如陈酿老酒越来越浓，这份美好的情感令人感动。愿时光不老，岁月静好，老姐俩友谊长存，健康长寿！

（发表于2022年1月5日《新安晚报》）

百岁母亲的慢生活

百岁母亲的慢生活，这里的"慢"，取"慢"的字面意思，而不是引申比喻义，不是平日大家所谓的"慢生活"。现如今101岁的母亲吃饭慢，做事慢，读书看报慢，走路更慢，对于我这个急性子来说，每次轮到自己值班，至少要有大半个月的适应期。

前几天，先生发现我一侧的鬓角处有根刚长出来的短白发。一直令我引以为豪的黑发中竟然长出了一根白发？我想，这应该是我近来生活突然从快到慢的极大差异而急出来的吧？但还是心生一惊。古有伍子胥过昭关一夜急白了头的典故，当务之急是立刻调整好焦虑状态，让心情急躁的自己合上母亲越来越慢的节奏。

母亲的慢，可不是一般意义上的慢，是非常缓慢。比如吃饭，至少需要一个小时，而且喜欢边吃边用餐巾纸擦桌子。假如餐桌旁有报纸或书，母亲时常会忘记吃饭，转而认真翻看起文章来。我只有耐心地劝说，告诉母亲吃饭要专心，不能三心二意。母亲会义正词严地回怼："吃饭不能催，要细嚼慢咽，要一口口地把饭吃完，浪费是极大的犯罪。"

母亲一天的大多数时间都在反反复复地做两件事，一是铺床叠被子，被子要叠成豆腐块状，床单要平整对称，不能有一点点褶皱，这时的母亲上下床也出奇的利索。二是饭后抹餐桌，每次望着母亲长时间地在桌面上来来回回擦拭，我都会委婉地跟母亲说，已经很干净了，不用再擦了，桌面都被您擦秃噜皮了。母亲表面上答应了，可她老人家转眼即忘，下回照做不误。

母亲也有一快，那就是入睡快，睡眠质量超好，这一点是我所不能及的，让我羡慕不已。尤其是午睡，母亲更是快睡快醒，当我还处在迷糊中时，母亲已经快速起床了。所以，每次在陪伴母亲的两个月时间里，能有一个香甜的午休，对我来说简直是一种奢望。事实上，母亲是不能离开家人视线的，因为拄着拐杖，走路颤颤巍巍的，不知道会发生什么。有时我到家门口的超市补给生活用品，首先要将她安顿好。母亲爱看自己写的自传，自传在手，母亲坐在沙发上就不会到处走动了。就这，我也都是来去匆匆，片刻不敢耽误。

母亲常说自己以前做事麻利，性格刚强，现在不行了，不服老都不管了。母亲所言极是，养育我们姊妹七人容不得半点拖拖拉拉。如今母亲年迈，日常生活中的洗漱、穿衣、上卫生间等都需要子女的悉心照料。母亲的好奇心极强，有时，我开电脑想写点东西，她会站在身旁，一字一句地对着电脑读起上面的文字，作为资深的语文教师还时不时地给出评语要我修改。其实，我知道，母亲特别依赖人，像小朋友一样黏人，希望我能心无旁骛地陪护着她。

母亲是个讲究的人，也许是教师出身的缘故吧，到现在衣鞋都要干净整齐，尤其是上衣的扣子每一个都必须扣上，连封扣也不能例外；每次吃饭或喝水前要先漱口；饭前饭后要洗脸，还要擦上自己用了大半辈子的雅霜。

晚餐时，我习惯看一会儿电视，由于母亲基本上听不见电视里的声音，她会根据画面演绎内容，一般都是驴唇不对马嘴，令人啼笑皆非。母亲最喜欢看蹦蹦跳跳、花里胡哨的广告，每次都会喊我赶快看，说这个节目好。我必须马上过去装模作样看一眼，不然她老人家会不高兴的。晚上早睡的母亲，一定要我陪她一起，还不允许玩手机，所以每每我只能假装睡觉，实则偷偷开启听书功能。

清晨，母亲一般五点左右起床，典型的早睡早起。虽说是好习惯，但对于不能午休的我来说，一天的疲倦可想而知。母亲常说，我不该来你家，天天陪着我你啥都不能做。我说，您千万别这么说，您养我小，我养您老，这是女儿应该做的。母亲最开心的是我牵着她的手散步，母亲会一首首唱着记忆中的老歌，尤爱一遍遍地说唱她喜爱的《木兰辞》。这时的母亲浑身是劲，手舞足蹈，表情丰富，仿佛置身于花木兰替父从军的情境中。母亲说："花木兰是个大孝女。"我赶快迎合道："是的，花木兰是女儿学习的好榜样。"母亲望着我会心一笑……

（发表于 2023 年 6 月 14 日《新安晚报》）

陪百岁妈妈包粽子

　　清晨，我准备好包粽子的原材料，问 101 岁的妈妈可会包粽子了，妈妈很自信地说：怎么能不会包粽子，吃的东西都会做！只见妈妈拿起粽叶，熟练地卷成漏斗状，然后放入糯米和枣子，很快，一只粽子成了形。望着妈妈手中俊秀的粽子，还是记忆中的模样，心中一阵窃喜，原来妈妈还记得呢！我打算放手让妈妈包粽子，自己做一回甩手掌柜。

　　可我发现妈妈在用线绳扎粽子时遇到了困难，她老人家一直把线绕来绕去，就是系不上结，我赶快过去帮忙。看来妈妈完成一个粽子所用的时间不可估量，这样下去估计到晚上都包不好这些粽子。望着妈妈，瞬间我的心里酸酸的。真是岁月无情催人老，当年那个做事麻利、又快又好的超人妈妈也未曾绕过岁月的洗礼。事实上，如今的妈妈，眼前的许多事早已记不清楚，就连一些常吃的蔬菜也叫不出来名字了，毕竟老人家已年逾百岁。好在妈妈还记得她的七个儿女，基本上不会叫错我们的小名，已经相当不错了。

　　我包的粽子可不能和妈妈的比。妈妈包的粽子排场、漂亮；我的粽子属于捆绑式的，松松垮垮，很不像个样子，全靠线绳来捆扎。不管怎样，过节要有仪式感，虽说端午节的礼盒粽子颜值高，但里面多数都是咸味粽，我们并不爱吃，口感远不如自家包的苇叶粽子香。因为我在家排行老七，是最小的一个，妈妈又特别能干，上面还有四个姐姐做事，所以我从小什么家务都不做。以前每逢端午节，妈妈或姐姐们会送来她们包的粽子，自然也不需要自己动手包粽子，所以我包粽子缺少了童子功。近两年自学成才的包粽子技术实在不咋的，包出来的粽子都是袖珍型的，歪歪扭扭。虽说外观很丑，但还是记忆中熟悉的味道，心里有了些许的安慰。

在我包粽子的过程中，妈妈一直围在我身边，说古论今，对我讲她小时候学习好，教书先生都喜欢她等一些旧事。紧接着妈妈又补充一句，女子学校的教书先生都是女的。妈妈过一会就问我："你在做什么？"我说："在包粽子。"妈妈说："可要我帮忙？"我说："您坐在旁边看着，我一个人包就可以了。"就这样，我们娘俩有一句无一句地聊着天。我看看时间，上午十点钟，到妈妈喝果汁的点了。望着眼前还未完工的粽子，打果汁太耽误时间，我转身到冰箱里拿盒酸奶替代一下。妈妈喜欢用吸管喝酸奶，边喝边念上面的字："益生菌，风味发酵乳，红枣味。"一杯酸奶，妈妈能喝上大半个小时。慢生活，在妈妈这里淋漓尽致地体现出来。

妈妈说，端午节民间流行很多习俗，最为重要的便是吃粽子。是的，记忆中，小时候每到端午节这天，妈妈比平时要早早起来，先把头天坐在煤球炉上煮了一晚上的一大锅粽子端下来，香喷喷的粽子把我们兄妹馋得不行；接下来，妈妈开始和面炸糖糕、炸油条，再煮大蒜头和鸡蛋，一人一个，没偏没向。

妈妈说，粽子越煮越好吃，我也向妈妈学习，把粽子放在电饭煲里温上一夜，苇叶的清香和糯米的软烂还有红枣的甜蜜都融合在小小的粽子里，吃上一口，唇齿留香，满足感爆棚。陪妈妈包粽子，一种味道，一段记忆，幸福满满，永记心间。

（发表于 2023 年 6 月 21 日《新安晚报》）

美　食

雨后才有的美食

世间万物真奇妙，地皮就是其中的一种，它是雨后才有的美食。

记忆中，儿时每当雨后，妈妈会让我们几兄妹提篮郊外拾地皮。在物资匮乏的年代，地皮是大自然馈赠给人们的野味"补品"。

来合肥后很少再吃到地皮，偶尔在酒店的餐桌上遇到过。也曾多次下乡寻找，每次都是一无所获。因此猜想，地皮可能是皖北家乡独有的产物吧？慢慢也就放弃了拾地皮的想法。近日突然看到朋友圈里有人在周边拾地皮，童年的记忆汹涌而来，重新唤起了这缕念想。心动不如行动，一路寻寻觅觅，终于在一处僻地发现了少许地皮，就像巧遇久别的好友，令人欣喜若狂。

没想到拾地皮是一项考验耐力、眼力和体力的劳动，少时拾地皮的辛劳早已忘却。地皮紧贴在地面的表皮而生，通常隐藏在草丛中，色泽和小草、绿苔十分接近，轻易发现不了，需要完全蹲下身子拨开草丛细细地找寻。拾地皮是需要技巧的，软软的、滑滑的地皮，先小心翼翼地捏起边缘的一角，随即掀起来。就这样，不时地蹲来起去，一会的工夫，腿也酸了，腰也疼了，眼睛也瞅花了，再加上雨后高温湿热的天气，实在没有毅力再坚持下去，打道回府。好在这一趟总算没有白跑，收获了小半斤的地皮。感觉这里的地皮没有家乡的厚大，不过已经很知足了。

隔日，又一波大雨过境，再去拾地皮。这次本想在家附近看看有没有地皮，结果大失所望。开车一路向东，走走停停，发现和上次拾地皮相似的地貌，赶快下车查看。不知不觉已远离市区，终于在一湖边发现了地皮的踪影。上一次回家后，查过相关的资料，了解到地皮是一种菌类野生菜，生长在无污染的环境中，对周边自然环境要求很高。果然，此地湖光山影，绿草片片，人迹鲜至，放眼望去，草地里的地皮可真不少。

时间就是地皮，我赶紧在草地里蹲下来，从野草鲜绿的叶子下把一片片肥嫩的地皮拾进袋子里。

正当我聚精会神拾地皮时，旁边景区的一位门卫师傅走过来和我搭话。他说，这里草多环境好，一下雨，地上就会拱出来许多地皮，就在前两天，有一位老太太，半天在这里拾满一篮子。民间的语言接满了地气，生动又形象，一个"拱"字，叫我感慨了半天！

门卫回了值班室。半小时后，又有一位穿黄马甲的中年女环卫工过来和我聊天。她告诉我，她下班后也拾过几次地皮，家人都爱吃，就是很难清洗。我说，就是的，是个功夫菜，就是图个心境。她可能工作时难得遇见停下来的路人，于是站在那里，和我拉起了家常。她说，家里的儿子今年27岁了，技术工人，收入挺高的，就是还没有女朋友，自家在附近长临河镇上有两套拆迁房，都已装修好，现在的女孩子要求在市区要有房子，眼看着儿子年龄大了，着急啊。我安慰她说，可以让孩子参加一些学习培训类等积极向上的集体活动，说不准能自谈到可意的女朋友。她说，这倒是一个好办法，回家就给儿子说。她说她现在最大的心愿，就是儿子能早点成家，等有了孙子就在家带伢，每个月3200元的工资也不挣了。真是可怜天下父母心。我说，你们的工资比我想象的要高一些。她说，还好，就是从早到晚时间比较长，不过早上管一顿饭。是的，她们一年到头，风吹、日晒、雨淋，很辛苦，但她们用勤劳的双手美化清洁着城市，值得称赞和敬重。

拾地皮难，清洗地皮更是难上加难，因为地皮上面沾满了密密麻麻的枯草碎末，还有卷在里面的细小泥沙，需一遍遍地漂洗、逐个清理。回到家里，也是拾到的地皮太多了，足足有两斤多，忙碌了一下午才打理干净。想当年，少不更事的我们，只负责把地皮拾回家，往厨房一丢，就急吼吼地疯玩去了。晚上一大盘地皮炒鸡蛋，鸡蛋黄澄澄的，地皮吃起来肉乎乎的，味道鲜美，让人顿时口舌生津。现在又重现了过去的味道，那叫一个爽啊。其实地皮的吃法有很多，做汤、炒食、凉拌均可，最经典也是最常见的一道菜，就是地皮炒鸡蛋。

地皮又叫地木耳、地衣、地卷皮、地踏菜、雨菌子，学名叫普通念珠藻。地皮多生长在枯草沙石间，喜欢扎堆生长，是雨后才有的一种美食，一旦太阳高高升起它便会迅速干燥、枯萎，直至消失，真是一种很有想象空间的食材。资料上介绍，地皮的营养价值很高，含有多种维生素和磷、锌、钙等各种人体需要的矿物质，含铁量高于其他菌类。地皮还有许多药用价值，可降脂明目、清热降火、补充营养、滋补身体。

六姐说，前两天，她在市场上偶遇地皮，自己也贪这口，8元一斤，虽然个头不大，价格也不菲，还是毫不犹豫买了一些。现如今，拾地皮，对我来说是一种童年的记忆，一盘地皮菜，会撩拨起我味蕾深处的记忆，让我怀念逝去的青春，勾起对亲人美好的回忆，和那一抹对故乡深深的眷恋！

（发表于2021年8月12日《文学报》）

苋菜面筋汤

　　苋菜面筋汤，是家乡餐桌上最常见的一道汤，深受家人的喜爱。儿时记忆里，每到夏天，妈妈总会在早上或中午做一大锅苋菜面筋汤，再调制一碗醋、麻油和少许酱油（现在用生抽）三合一的汁，我们放学或玩耍回家，盛上一碗汤，舀一勺料汁拌匀，一口气喝下去，解渴、解饿又解馋。

　　这道汤最麻烦的，也最有含金量的是面筋的制作。家乡的方言叫 nuǒ 面筋，非常形象地把制作面筋的过程通过一个字体现了出来，暂不知这个字怎么写，只好用拼音替代了。nuǒ 出来的面筋好吃，汤好喝，至今我也没有学出师，步骤相当复杂，大致如下：首先，抓一把面粉，放点水，用筷子不停地搅拌，据说要朝着一个方向搅拌，直到搅拌成一个面团团，面不能硬，也不能稀软；再用手抓起面团，反复地在碗里甩打，这样和出来的面比较筋道，容易多出面筋；然后用湿抹布盖好，醒上半小时后，双手反反复复在清水里 nuǒ 面，nuǒ 去面粉中的淀粉和其他杂质，直至出现一小团面筋，放在清水里养着备用。面筋汤，一定要用 nuǒ 面筋的面水做才地道好喝。为了更精准，我特地打电话咨询了大姐，妈妈九十有七，年事已高，怕老人家记不清。大姐说，汤要先用葱、姜、花椒和八角炝锅，兑上清水，烧开后，面筋用手拉扯成一张大大的网状，下进滚开的水里，用筷子快速搅动，直至面筋变成一个个薄薄的小片，放入其他食材，比如虾仁、肉丝或花生米等，再倒入 nuǒ 面筋的面水，用勺子不停地搅拌，防止面水稠煳锅底，最后放入苋菜，泼上鸡蛋花，撒上胡椒、香菜、盐，一锅鲜美爽口的面筋汤就大功告成了。

　　前些天，回老家看望妈妈，妈妈的阳台上一盆青苋菜碧绿浓密，长势喜人。妈妈已经晒干了几串苋菜，说留着包包子吃。本来好想再喝一碗妈妈做的苋菜面筋汤，那是妈妈的味道，但想想妈妈这么大的年纪了，实在是不忍心张口，那可是一个体力活啊。我知道，但凡我提出来，妈妈一定会做的。苋菜是我爱吃的一种蔬菜，尤其是红叶苋菜，记得小时候，当医生的父亲常说，红苋菜补血最好。那时因为物资匮乏，身体营养不足，很多人会贫血，所以家里的园子里，妈妈总会撒些红苋菜籽。民间有"六月苋，当鸡蛋；七月苋，金不换"的说法。

据《中药大辞典》记载，苋菜清热利窍，可治赤白痢疾、二便不通。苋菜的叶、种子和根均可药用。苋菜又被认为是蔬菜中的瑰宝，有"长寿菜""补血菜"的美称。民间传用鲜苋菜捣汁或水煎，服后可治咽喉肿痛、扁桃体炎。

可能是从小养成的饮食习惯，一直深爱着苋菜。除了苋菜面筋汤外，苋菜蒜蓉素炒、苋菜合子、凉拌苋菜都是我的菜。苋菜是叶类菜，娇嫩，不易存放，为了吃上新鲜的苋菜，早几年，我会买些苋菜种撒在园子里，可总是种不好。为此我也咨询过卖菜种的老农，他们说很简单，把菜种撒在土里就可以了，我也是这么做的，虽百般呵护，可无论是发芽率还是后期生长都不理想，苋菜也常常长着长着就消失了。自称城市农夫的我，十几年来，一年四季在自己的小小自留地里种植应季蔬果，可谓经验丰富，算得上资深"农夫"了，不知为什么苋菜总是种不好，百思不得其解，变成了我的一个小心结。曾有人告诉我，说她家人都是用洗澡水浇苋菜，长势好，我也试过，没成效；也有人说，在撒过种的土上放些松软土和干草叶，有利于发芽，我试了同样没用。我猜想，可能是苋菜味甜，幼嫩的苋菜早已成为绿色园中蜗牛或小鸟的美食了吧？

现如今我已放弃了种植苋菜，近两年反而在书房花架的花盆里陆陆续续发现了一些红苋菜，意外惊喜。中午我掐一把苋菜的嫩头，做了一碗苋菜汤，苋菜的红瞬间染透了汤汁，出锅前再泼一个土鸡蛋，放点香菜，一道高颜值的苋菜汤出锅了，替代复杂的苋菜面筋汤，也是一道不错的美味。炎炎夏日喝上一碗，营养、美味、养胃、养眼又养颜。

（发表于 2019 年 9 月 7 日《文汇报》）

偶遇雪里蕻

熟悉的朋友都知道，年年入冬我都会亲手腌制两种小菜：雪里蕻、萝卜干。萝卜是餐桌上的家常菜，市场上供应充足，白、红、青萝卜都可做萝卜干的原材料。雪里蕻却不是那么容易寻得，可能是小众菜，又需要腌制后才能食用，消费群体小，价格上不去，种植的农户越来越少，每年想买到一捆雪里蕻基本要靠碰运气。

近几年，为了解决购买雪里蕻之难，春、秋两季我会在自己的园子里栽种一些，过过腌菜瘾。我知道吃腌制食品是不健康的生活习惯，所以就好这口的我，每年只腌制十多斤，控制总量，也就咂咂嘴。其实我身边也有一些好友和我一样，好这口，他们会提醒我又到腌菜季了，当然心领神会，我懂的，哈哈。今秋因为去美国看望孩子们两个月，错过了自己种植雪里蕻的季节，回来已是深秋，虽说第一时间补种了雪里蕻，无奈时间短，秧苗小，达不到腌制条件，购买雪里蕻又提上了日程。

霜降、立冬、小雪，眼看大雪节气即将到来，依然没买到雪里蕻，偶尔在朋友圈或路上看到有人晒雪里蕻，羡慕得不行。前两天陪96岁高龄的妈妈去医院看牙齿，走出医院大门，看到路边的手扶拖拉机上放着一捆雪里蕻，真是众里寻他千百度，今日偶遇雪里蕻。我掩饰不住内心的激动，顾不上此刻携带不便，先买下再说。谁知卖菜的人却说，这捆不卖，是给人留着的，我好说歹说价格随他开，终于得偿所愿，此时的我就像中了大奖一样开心。趁着好天气，洗净晾晒，入坛腌制。很享受制作过程，拍照发朋友圈，大家纷纷点赞留言：雪里蕻炒肉丝，肉丝最好勾点小粉；雪里蕻烧鱼烧肉那是绝配，鱼一定要是鲫鱼；雪里蕻烧冬笋；雪里蕻烧大肠；雪里蕻炖豆腐；雪菜炒饭；腌制后的雪里蕻晒干，变成梅干菜烧肉；等等。都是美食家呀！更有朋友知道我爱吃家乡的手工粉丝，说等到腊月下纯红薯粉丝时，拿粉丝来换，看来喜爱雪里蕻的食客真不少。我喜欢清炒雪里蕻，雪里蕻切碎，放点红尖椒和葱姜烧透，最后放点红糖提味又上色，炒干水分，雪里蕻特有的鲜香味弥漫满屋。这是自家腌制的菜香，早晚喝粥当小菜，特别下饭，多吃一个馒头不在话下。望着眼前一小坛雪里蕻，想象着 20 天后就可以开吃了，心里美滋滋的。我像是完成了一件大事，感觉浮躁的心一下变得安静踏实了。

想想这些年，每次偶遇雪里蕻，都很有趣。记得有一年到了隆冬，雪里蕻还没着落，一天中午外出赴宴的路上，突然看到对面路边的三轮车上在售卖日思夜想的雪里蕻，立刻调转车头，买一捆，后被朋友发现还遭取笑了一番。还有一次，在外地，雾霾严重，能见度不足五米，隐约看见有人在卖雪里蕻，那捆雪里蕻跟着我们辗转了几百公里。还有时为了购买雪里蕻我会连续多次下乡赶集，直到买到为止。说来也怪，每年到了这个季节不腌点雪里蕻心里总感觉空落落的，这是多年养成的习惯使然吗？也或者，一年年，我精心腌制的不仅仅是雪里蕻，而是对生活满满的爱吧？

（发表于 2018 年 12 月 1 日《市场星报》）

大白菜里有乾坤

日前在朋友圈发了几张冬阳下晒大白菜的照片，获得了女友大赞，并建议以"大白菜里有乾坤"为题作一文。虽然"乾坤"二字有点大，但想想也挺切合的，那就借题发挥吧。

99 岁的妈妈常说："大白菜实在好，浑身都是宝，多吃身体好，赛过灵芝草。"大白菜有丰富的营养价值，富含维生素、钙、纤维素和矿物质等，被誉为"天下第一菜"。也许是从小养成的饮食习惯，家人都好这口，自己更是无它不欢。皖北家乡把冬季包成一大团的白菜叫大白菜，合肥好像叫黄芽白或黄芽菜，重庆一文友说他们那里叫黄秧白。大白菜是北方冬季饮食中最为常见的大众菜，平民价格，上得高档的宴会，下得百姓的餐桌。平常烹制不需要高超的厨艺，甚至有时都不用动刀，用手撕一撕即可下锅，想怎么吃就怎么吃，醋熘、做泡菜、做酸菜、做馅都行，牛羊肉汤或火锅里的配菜更是非它莫属。最经典的吃法则是大白菜炖粉条，久吃不厌。

前两天，看到邻居一楼的院内晒了一溜排的大白菜。从平时他们家遛狗唤狗声中，听得出我们是老乡。晒白菜，在异乡看到这熟悉的一幕，久违了的乡情，令我激动，旧时的记忆历历在目。上世纪 70 年代前后，还处在计划经济时期，买什么都需要凭票采购。每到冬季，家家户户都到专供点去买大白菜，好像是按人头供应。我家里人口多，白菜也多，哥姐会借来一辆平板车去拉。我也跟着去过几次，每次都要排很长的队。记得白菜是用大麻袋装的，拆开一袋，摊到谁家不论大小，一颗颗堆在大磅秤上称重量。称好后，我们把大白菜快速地抱到板车上拉回家，趁着好天气，再一颗颗码在自家门前晒太阳。早晾晚收，直至把外面的那层鲜叶晒干，这样可以存放到春季，以补给严冬带来的蔬菜短缺。家里有了这些大白菜，大人心里踏实了，即使是冰天雪地出不了门也不怕，一日三餐，妈妈会变着花样做给我们吃。印象最深的是早餐用鲜白菜叶放点盐、油、醋、辣子或酱凉拌一碟，当小菜，脆生生，甜丝丝，还有点微微的酸辣，很是下饭。写到这里，特想再吃那款凉拌白菜叶，明早做一份，尝尝是否还是往日的味道。

个人认为，白菜最好是按季节吃，到了夏季，我不再购买，因为随着气温的升高，耐冻怕热的大白菜在自然条件下是难以存储的。所以在冬季我会多买多吃，过过白菜瘾。有一年冬，我们开车路过五河，见菜农正在田间收割大白菜，赶忙下车，到地头买了十元钱的。厚道的农家大姐，一下给了我们六七颗，每一颗足有十斤重。我们要加钱，她说什么都不要，车子启动后，我才又丢下十元钱。以前，我的平台小菜园也曾种过大白菜，只是盆小土少营养缺，大白菜往往长成了白菜苗。

也许是怀旧，也许是乡愁使然，每到冬季我都会买些大白菜。去年初，疫情肆虐，家里的几颗大白菜金贵得很，解了燃眉之急。乡味难改，乡情缠绵，记住这一缕乡愁，牢记老妈妈的教诲：白菜豆腐保平安！

（发表于 2021 年 1 月 8 日《合肥晚报》）

忙碌的腊八节

　　早在前些天，我就在台历上记下了腊八节的日子，盘算着腊八这天要做的几件事：一是熬一锅腊八粥，二是制作腊八菜，三是腌制腊八蒜。

　　去超市里买好了熬腊八粥的材料，主要是菠菜和千张，其他的材料家里都有，又买了几斤胡萝卜制作腊八菜用，蒜还是初夏时小哥在老家帮买没吃完剩下的，淮北老家的蒜辣，吃着过瘾。

　　记忆中家乡的腊八粥有米、黄豆、绿豆、菠菜、粉丝、千张丝、葱、姜，出锅前再放些盐和油即可，为此我特地打电话咨询了妈妈，妈妈说基本正确。现在我还依稀记得小时候喝腊八粥的情景，那时候能够喝上一碗腊八粥应该算是美食了，早早就盼着呢！当妈妈把一碗碗热气腾腾的腊八粥摆放在每个孩子面前时，我们这些小馋猫恨不得一口喝光，筷子都来不及使用，双手捧着碗，边焐手边转着碗边一圈圈地喝粥，家里难得的安静，只听得孩子们埋头呼噜呼噜的喝粥声，有时喝急了会被热粥烫得直伸舌头。现在回想起来非常有趣，令人难忘。

　　忙好腊八粥，开始张罗腊八菜。先把洗好的胡萝卜切丝，再把蒜瓣切成薄片，葱切丝，少许的醋和盐拌在一起，封闭在坛子里。春节期间吃腻了大鱼大肉，抓一把腌制好的腊八菜入碟，滴几滴小磨麻油，香香的，那是极好的开胃、下酒菜。

　　腌罢腊八菜，接下来腌制腊八蒜。把厨房剩下的蒜通通地剥去皮，一股脑地洗好控干水分，再把一个个蒜瓣的根部切掉一些，露出里面的芯，这样有利于醋汁更快地浸入。根据自己的口味把装入容器里的蒜上撒些精盐和糖，将醋倒入，醋一定要漫过大蒜，封闭，个把月即可享用。根据多年经验，买回家的大蒜，腊八节过后会慢慢地变软、变空直至不能食用，所以每年我都会在腊八这天，把家里剩余的大蒜腌制保存起来，吃多久都可以，不会浪费。经常吃蒜或腊八蒜，对人身健康十分有益，既杀菌又解毒，尤其是腊八蒜，翡翠般绿色的蒜儿看着养眼，解腻祛腥，助消化，酸甜微辣又可口，年三十就饺子吃是一大享受。说来也怪，据说只有腊八这天腌制的蒜才会变绿。

俗话说"腊八祭灶新年到"，"吃罢腊八粥，就把年来盼"。腊八节后，人们开始置办年货打扫卫生，拆洗被褥，以崭新的面貌迎接新年的到来。我盼着年的到来，盼着开吃自己腌制的腊八菜、腊八蒜。

（发表于 2016 年 1 月 17 日《淮河晨刊》）

时 令 小 菜

　　小菜，是腌制过的菜品的总称。在我生活的城市合肥，当地人都是这么个叫法，在我的家乡皖北一带则统称为咸菜。时令，字典上的注释是"古时按季节制定有关农事的政令"，现如今则已经成为网络热搜词，有时令水果、时令蔬菜、时令养生、时令海鲜、时令花卉等。把时令和小菜两个词结合，是我的活学活用，指的是自己在不同季节，用自然成熟的蔬菜腌制成的各种应季小菜。

　　记忆最深的是妈妈制作小菜时忙碌的身影。小时候家里人口多，每年妈妈都会腌制一些小菜，寒冬腊月里补给菜品的不足。这些腌制好的小菜能存放很久，可供家人慢慢享用。妈妈腌制的小菜，春季有糖蒜，夏季有蒜薹、酱豆，秋冬季有雪里蕻、萝卜干，还有腊月里腌制的腊八蒜和腊八菜。腊八蒜和腊八菜必须要在腊八节当天腌制。据说只有这天腌制的腊八蒜的蒜瓣，颜色才能绿如翡翠。腊八菜是用胡萝卜丝、大葱丝和蒜片一起，放入少许盐腌制的。春节期间，吃腻了大鱼大肉，一盘这样的小菜端上桌，解腻祛腥、开胃、养胃、助消化，最受欢迎，尤其年三十就饺子那叫绝配。

　　这些传统小菜，随着人们物质生活水平的日益提高以及快节奏的生活方式，已慢慢淡出餐桌。但也许是从小饮食习惯使然吧，现在的我依然好这口。成家立业后，离妈妈越来越远，想起这些小菜，总是让我垂涎三尺，于是自己便学着做一些。这些年除了妈妈做的酱豆没有尝试过，其余的小菜，通过多年的摸索均已掌握了要领，做出来的口感也是越来越好。不是自吹自擂，我腌制的糖蒜、萝卜干、雪里蕻和腊八菜的味道，放多久吃到嘴里都口感好，嘎巴脆，深受家人和朋友的喜爱，常常供不应求。这也激发我一年年坚持做下去的决心。这不，又到一年的腌菜季，趁着晴朗的好天气，将二十斤萝卜洗净晾晒腌制，拌上自己碾制的花椒、红辣椒、八角粉，入罐封存。萝卜干很快所剩无几，多数都被亲朋讨要了去，只好又去市场补货，再腌十斤。

萝卜是家常菜，因而市场上供应充足，可雪里蕻因为是小众菜，种植的农户越来越少，这两年市场上难觅它的踪影，就不是那么容易买得到了。为了一饱口福，也为了过把腌菜瘾，于是在自家的三园里给它留了一席之地，买来小苗，自己移栽，反正也吃不了多少，按照合肥话说，也就是咂砸嘴。我爱吃脆生生的雪里蕻，从坛子里拿出几根，切碎拌上麻油，早晚喝粥配上，鲜嫩爽口又下饭。雪里蕻还可以制作成各种菜肴，像雪里蕻炒肉丝、雪里蕻烧五花肉、雪里蕻烧冬笋、雪里蕻烧大肠、雪里蕻炖豆腐等，都是舌尖上的美味。

糖蒜的制作是跟婆婆学的，蒜头也是自家园子生产的。通常是上年入冬栽下蒜种，第二年春末收获蒜头，这期间用鲜嫩的蒜苗烧肉，成熟的蒜头则留着腌制。腌制时，先把一层层的蒜衣剥去，保留最里面的两三层，料汁用香醋、红糖、少许的盐搅拌均匀，汁要淹过蒜头，封闭二十余天即可开坛食用。这样腌制的糖蒜，酸甜适中，先生和女儿都爱吃。

自制时令小菜，追随季节，不越季，新鲜又好吃，因而每到腌菜季，我多少总会动手腌制一些。这是怀旧还是乡愁？可能二者皆有吧。一方面，我很享受制作的过程；另一方面，我想大概还有自己对生活和季节的期盼。

（发表于 2018 年 12 月 28 日《世界日报·纽约版》）

又到一年腌姜季

　　往年，从未有过腌生姜的念头，虽然自己很爱吃。

　　在我的印象中，只见过，也只吃过铜陵酱香姜和糖醋姜。铜陵姜是当地农特产中的一宝，它因块大皮薄、姜指饱满而名扬四海，古时曾被列入朝廷贡品。铜陵腌姜，汁多渣少，肉质脆嫩，香辣爽口，深受消费者的青睐。

　　前几日逛超市，货架上摆着一排排淡黄的嫩姜，个个形如佛手，鲜嫩诱人，一下勾起了我的馋欲。正犹豫不决要不要买些回去，旁边一位挑选生姜的大姐抬头望见我，笑着说："我年年都买一些鲜姜腌制，早餐当小菜，开胃、下饭，还养生。"经她这么一说，我赶快上前讨秘方。大姐是个爽快人，毫无保留地告诉了相关步骤：先轻轻地刮去外表的薄皮，洗净、控水、切片，再根据自己的口味放入盐、醋、糖，入坛后，不日可食。

　　如此简单？我不由得心动不已，跃跃欲试。可眼前的生姜是否产自铜陵呢？此刻的我也顾不了那么多，先买两斤，试做一次。我除了按照上面那位大姐的方子，又根据自己的口味进行了改良。令我没想到的是，第一次尝试，首获成功，味道好极了，和铜陵产的糖醋姜有一拼，后又买了两次如法炮制，留作慢慢享用。

　　平日里，我喜欢腌制一些当季的小菜。虽然市场上的各种酱菜和糖醋腌制品繁多，但自制的小菜更新鲜、更卫生、口感更好，且没有任何添加剂，吃起来更放心。每天早晚的餐桌上，几乎不可或缺一碟自制的小菜。小菜是合肥这边的叫法，家乡叫咸菜。个人觉得咸菜一词更为恰当，因为它们都是以盐为主要调味料腌制而成的咸菜品。来合肥三十多年，入乡随俗，日常生活中也已习惯把它们通称为小菜。在一年四季的时令蔬菜中，自己腌过蒜头、蒜薹、萝卜干、雪里蕻、豇豆、辣椒等。我做的小菜鲜脆，放多久都不变味。唯有生姜从未腌过，这回又学了一招。

"冬吃萝卜夏吃姜，不劳医生开药方。"自古以来中医上有生姜治百病一说。早上吃姜，胜过参汤，营养又保健。姜属多功能食用植物，它药食同源，不仅是一种调味品，能给食品增味、增香、增鲜，还能治疗伤风感冒等。小时候，兄弟姐妹谁要是受凉感冒或肚子疼不舒服，妈妈会熬一锅姜汤给我们喝，治疗和预防两不误，有奇效，屡试不爽。

我的小小自留地，每年都要种植一盆或几盆生姜，既有观赏性，又有食用性。成长中的姜秆看上去如初生的竹笋，叶片貌似小竹叶，浑身上下散发着淡淡的姜辣味。也许因为姜那种独有的辛辣味，鸟、虫都远离它，不需要精心护理，是一种很省事的农作物。待到收获季，刚出土的鲜姜，浅红色的表皮点缀着胖乎乎黄嫩嫩的姜身，犹如一群刚出生的小动物紧紧地拥抱在一起，栩栩如生，模样可爱至极。有一年竟然收获了十几斤生姜。自家种植的一点也舍不得浪费，我会把姜叶晒干收藏，红烧鱼时放几片干叶，去腥效果好；白嫩的根须，放糖醋汁里浸泡，吃起来脆生生、甜丝丝，也是下饭的美味。

今年计划着把种植的生姜全都腌制起来，纯天然的"农家菜"，要吃出新鲜、吃出健康、吃出快乐。

（发表于 2022 年 12 月《巢湖》）

自 制 茶 饮

生长在皖北的我，小时候不知茶叶为何物。在自己的认知中，茶水就是白开水。若干年后，家乡开始流行喝一种带有茉莉花香味的茶，我们叫它茉莉花茶。这种茶闻起来有茉莉花的淡淡清香。

定居合肥后，发现当地人对喝茶很是讲究，专供人们喝茶的茶楼、茶社随处可见。茶楼里把泡茶称为沏茶，沏茶是道功夫，包括烫壶、置茶、温杯、高冲、闻香、品茶等。茶叶又分成绿茶、红茶、白茶、黄茶、乌龙茶、普洱茶等，以绿茶为主，很是繁杂。开始我也跟着大家学喝茶，再好的茶对我来说，喝到嘴里总觉得有种苦涩味，辨不出它的好与差。茶叶里的茶多酚、咖啡因有提神作用，刺激大脑神经，喝多了直接影响当晚的睡眠质量，有时一晚上睡不着。所以每当友人约去喝茶，很小资的氛围，自己只能蜻蜓点水，不敢贪杯。

如今的我，平日基本上不再喝茶，但会自制一些个人化的茶材用来泡饮，一来为了去除自来水特有的味道，二来也给每天的饮水增添一些特别的风味和情趣。这些所谓的茶材或茶饮，可以说是五花八门，有在园子里就地取材的薄荷叶、水芹根、枇杷叶、银杏叶、金银花，有切碎晒干的柚子皮、橘子皮、苦瓜片和山楂片，也有在野外挖采的蒲公英、荠菜、刺刺芽、蛤蟆菜、柳树芽、槐花等。这些自制的茶饮，极大地丰富了口感，增加了饮水量。有资料显示，山楂片泡水，对胆结石有很好的疗效；蒲公英既能清热解毒，又能消肿散结；金银花是非典和新冠疫情期间中医推荐的一味重要药材，市场上常常是一药难求（自家有两棵金银花，每到开花季，我会摘下含苞待放的金银花苞，将它们晒干，一年四季备用）。它们多数是药食同源，各有各的功效，有病可辅助治病，无病可积极防御。是药三分毒，饮用要适度，一般我会隔三岔五地变换着茶饮的品种。

我比较关注医道健康类知识，可能是受百岁母亲的养生法影响。印象中，家人一般的头疼脑热，母亲会用生活中常见的原材料，用最简单的法子给予调养，竟能使症状迅速消失。有次，在电视上看到一档节目，介绍霜桑叶茶的功效。桑叶味甘、苦，性寒，归肺、肝经，具有一定的疏散风热、清肺润燥、清肝明目的作用，也可用于治疗水肿、糖尿病、化痰等，经过霜打的桑叶功效更佳。为此，霜降后，我们多次到乡野去找寻桑叶，回家洗净焯水晾干，制作茶饮。根据经验，大多数野生植物茎叶焯水后再晒干泡水，口味更佳，也更安全卫生。

自制茶饮也要与时俱进。众所周知，这两年因为新冠疫情，药方茶饮满屏飞。如鼻塞发热喝电解质水，即柠檬切片加少许盐和冰糖，45 度温水冲泡，每天一杯；花椒蒸雪梨，梨子加冰糖加 12 颗花椒煮水，可平咳润喉；发热喝红糖、葱白、姜汤茶；止咳可喝枸杞枇杷叶及苹果水；等等。它们的制作程序比较复杂，需要慢火炖煮，据说既能滋阴、补气、润喉、去热，也能防病治病。我现在对自制茶饮越发上瘾，虽不能治病，但茶材易得，操作简便，且不管医用疗效如何，权当日常的饮品，制作时是一种愉快，品饮时是一片情趣，不亦乐乎！

（发表于 2023 年 1 月 8 日《合肥晚报》）

又到满城粽香时

小时候我最盼望过各种节日，那时物资匮乏，家里人口多，只有过节才能吃到平时吃不到甚至见不到的美食，端午节也不例外。端午节的早饭，妈妈会为我们准备粽子、白煮蛋、亲手炸的油条和糖糕，告诉我们以此纪念屈原；插艾草，佩香囊，小孩手腕上要系上五颜六色的彩绳，传说有辟邪驱瘟之意，很有仪式感。

记忆中，每到端午节的前两天，妈妈就会领着我们去芦苇塘打几把芦苇叶，回家清洗，浸泡，拿着粮本去粮站买回为端午节特供的几斤糯米，再去副食品商店买一斤红枣，运气好的话有时还能买到蜜枣。这些都是包粽子要准备的原材料。糯米同样需要浸泡半日，到端午节的头天晚上，妈妈把盛包粽子原材料的锅和碗一一摆在糯米盆前，搬来小板凳开始包粽子，我们兄弟姐妹围在妈妈的身旁看热闹，只有大姐会帮妈妈捋粽叶、递捆扎粽子的线绳。只见妈妈拿起一片或两片粽叶先折叠成一个小三角，放上糯米，中间放一个枣子，上面再覆盖一层米，用手淋点水进去，使米和枣间没有空隙，把剩余的粽叶对折包裹捏实，用线绳扎紧，线头系成活结，方便吃时解开，动作娴熟，很快一个粽子就完成了。看似简单的过程，直到现在我依旧包不好，不是把粽叶折断，就是包得不严谨四处漏米，煮出来的粽子口感不好。

妈妈包的粽子个头不大，一个个大小相近的三角形粽子，看起来很整齐，很俊俏。粽子一排排摆在一个大锅里，先大火烧开，再小火煨，通常在煤球炉上闷上一夜，第二天早上糯米软软的，粽香四溢。条件好一点的家庭会买些白糖，白糖拌粽子简直是味美无比，直到现在吃粽子我依然喜欢在上面撒些白糖，认为它们在一起是绝搭，每每勾起儿时的回忆。

"节分端午自谁言，万古传闻为屈原。"吃粽子是为了纪念屈原。端午节是我国传统节日，大姐每年都要包些粽子，为了买到正宗的粽叶，和大姐夫跑到大铺头才买到两斤多芦苇叶，而且价格不菲，八元一斤。这不，刚包好，大姐就打电话让我去拿煮好的粽子，人未进屋，已闻粽香，久违的清香，这是其他任何叶子不能比的。我一直以为粽子有两种，糯米白粽或糯米枣粽，到合肥居住后才知道粽子馅的品种多样，有鲜肉馅、咸肉馅、杂粮馅的等，粽叶是那种南方特有的宽宽的箬竹叶，真是开了眼界。大姐说，今年包的还是家乡的红枣粽子，其他口味的吃不惯，我自然很是欢喜。

现在包粽子的人家已不多了，超市里各种各样的粽子应有尽有，便捷又省事。再说年轻人不会包，上了年纪的人嫌麻烦，家里人口少，反正也吃不了几个。好在端午吃粽子的习俗依旧，这不，又到了满城粽香时……

（发表于 2018 年 6 月 19 日《合肥日报》）

⚘ 户　外

赶　集

　　打小生长在城市中的我，早年对赶集十分不屑，自己都不清楚是从何时喜欢上赶集的，且近几年这一兴趣越来越浓厚。

　　细想想，应该和爱逛集市的先生有关。常听他说起或在他的相关文章中了解，青少年时期就爱赶集的他，经常会一个人步行赶小城周边村镇的一个个大大小小的集市，没有任何目的性，不买也不卖，纯粹是兴趣使然。结婚后，他依旧我行我素。说真的，开始我挺抗拒的，想象着集市上脏乱差的环境、此起彼伏的嘈杂声，提不起一点兴趣。

　　随着年纪的增长，兴许是受家人潜移默化的影响，主要也是孩子立业成家后，空闲时间多了起来，再加上自己接管了家中的露台花园，并逐渐把它改造成四季菜园，每到春播秋种之际，当务之急是要采购各种应季秧苗和种子，逼着自己去赶集。并不是每次赶集都能买到所需的物资，通常一段时间内要往返多趟集市。都说兴趣是最好的老师，这话不假。我从一个不爱赶集的所谓"城里人"到经常会不由自主地下乡赶集，转变之大，真是始料未及。

　　俗定日期赶大集，一直延续着旧时农历日子。有的集逢五排十，即每月农历带五带十的日子就是集日；有的集逢一三五七或逢二四六八，并有大集和小集之分。相邻两地会达成默契，错开集市。我则会根据合肥附近的小镇逢集日，去集市上买些当季的绿蔬秧苗或种子，比如辣椒、茄子、西红柿、黄瓜、梅豆、有架豆、无架豆、苦瓜、莴笋等。由于受条件限制，种植空间小，每一种秧苗只能买几棵，常常被有地的主戏笑，这时我也会自嘲回应：姐种的是心情。

除了乡镇上的正规集市外，有些村庄的农人会自发地聚集在家门口，或村镇的街道边，摆上刚从地里采摘的还挂着露水的鲜嫩蔬果售卖。这些临时集市，叫露水集。所谓露水集，顾名思义，就是太阳还没有升起时的集市，太阳出来，露水干了，集市也就像露水一样消散了。对我来说，这种集市往往是可遇不可求的，属于碰运气的小集市。掌握了相关规律后，我们每次都能乘兴而去，满意而归。

据我观察，一年中的早春集市最热闹。一般惊蛰过后，万物复苏，冬闲的农人会不约而同地去赶集，在集市上进行各种买卖交易，为春耕春种做准备。发现一有趣的现象，假若农人在这里遇见熟人，都会大老远地互打招呼，待到俩人走近时再亲热地拉着手，一番嘘寒问暖。亲切又温馨的画面会久久在脑海中萦绕……

这几年，除了在家门口赶集外，倘若在外地，只要遇到当地逢集，我们都会进去逛一逛。最远的一次赶集，是在万里之外的异国他乡，当我得知女儿家附近小镇周末有集市，激动的心情无以言表。一大早，孩子们陪我去赶集，远远地望见平日冷清的街道热闹非凡，街口有警车把守，道路两边和中间的摊位上摆满了形形色色的物品，这点和国内很相似。不同的是，有些摊位不对外销售，而是免费发给路人，比如南瓜、糕点、糖、茶杯、布艺购物袋，还有小朋友的各种玩具，可以说是无奇不有。女儿说，这种集会在秋季，小镇一年举办一次，秋收后，农户们会用这种方式和大家分享自家的特色物产。

如今，我对赶集有了新的认识，觉得它是最接地气的生活方式，有着很浓的烟火味。自己也会时常一个人下乡去赶集，在早点摊上买一根爱吃的油条，喝一碗豆腐脑或辣糊汤，很过瘾。当然买一些需要的秧苗是此行的目的，吃饱喝好再买好秧苗，打道回府，趁着新鲜移栽秧苗，接下来就坐等收成了。

（发表于 2021 年 11 月 16 日《新安晚报》）

捋　槐　花

　　又是一年槐花香。从朋友圈看到满屏槐花开，对于槐花控的我来说，早已垂涎三尺，似乎隔屏闻到了槐花香。

　　次日，我们去往郊外一路寻觅，终于在一条偏僻小路附近遇见了心心念念的槐花树，满心欢喜。由于雨后不久，槐花的花瓣上还滚动着一颗颗晶莹剔透的小雨珠，阵阵清香沁人心脾。我忙上前捋一串洁白如雪的槐花捧在手心，先尝为快，鲜嫩的槐花香醇甘甜，让人回味无穷。

　　这是一片刺槐树。先生告诉我，刺槐又叫洋槐，之所以叫洋槐，是因为它是一两百年前从国外引进的，当时人们常把从国外引进的东西冠以"洋"字，例如洋车子（自行车）、洋枪、洋油等，所以人们把引进的这一树种称为洋槐。又由于这种树的枝条上布满尖尖的硬刺，人们通常也称它为刺槐。刺槐树树干较高，槐花多开在枝头上，所以低矮处寥寥无几，徒手很难够得到，再加上树枝丫间的一根根坚硬无比的尖刺，让人难以下手。望着一簇簇高高在上诱人的槐花，也只能望花兴叹了。好在先生个子高，在他的协助下还是收获了一些。看到不远处有两位女士把树枝拉扯下来捋槐花，很是轻松。可是先生坚决不同意我这么做，还讲出了一二三条所谓的"大道理"，只好作罢。其实，这里的槐花树是野生的，杂乱无章地生长在茂密的野草、树林中，似乎也没什么价值。

　　先生说，刺槐树除了槐花可以食用外，槐叶也是宝，下放农村那会，槐叶晒干能卖钱，好像是几分钱一斤，据说是将它们出口到国外的。晒干的槐叶，由生产队统一收购，自己负责过秤，记录每一笔的斤数。先生自豪地说，凭经验就能判断出谁家在装槐叶的麻袋内掺了假，还能准确无误地把混在其中的石块或砂礓疙瘩找出来，不让生产队的利益受损。

　　捋槐花，一个"捋"字实在是妙不可言。一串槐花，用手轻轻捋下来，生动又形象。作为吃货，我知晓含苞待放的槐花口感好。这次捋的槐花有两种，区别在于花的尾部，一种为绿色，一种为淡粉色。奇怪的是，将它们放进锅里焯水后，颜色全都变成了绿色。很神奇！

　　槐花开在仲春、暮春交替间，正值万物复苏时，一些冬眠的小动物开始苏醒，一个人置身荒野，一定要做好安全防护。那天先生看到了一条小蛇卧在草梗上晒太阳，吓得我赶快"逃离"此地。

　　槐花的吃法多，几乎百搭，最简单的做法是槐花炒鸡蛋或做槐花汤，仅需几分钟，一道时令美食就能端上餐桌。小姐说，用槐花做包子和饺子也很好吃，只是过程太复杂。记得小时候，妈妈蒸槐花作为全家人的一顿主食，现在看来够"奢侈"的，真是此一时彼一时。也许是怀旧，自己一直喜欢吃蒸槐花。多年前，先生下乡恰巧碰到槐花在乡集上市，买了一大袋回来，我将吃剩下的槐花放进冰箱冷冻起来，陆陆续续地吃了很长时间，过足了槐花瘾。

　　自认为蒸槐花是最古老、最经典的吃法。蒸好的槐花即使不放任何调料，原汁原味，那独有的软糯清香也完全让人停不住筷子，唇齿留香。假如再将它们拌上蒜泥和麻油就更锦上添花了，那简直是一道人间美味，且乡情浓郁，记忆满满。

　　　　　　　　　　　　（发表于2022年4月26日《市场星报》）

阳春时节咱去"撮"

　　我的这篇文字里，所谓的"撮"字有三层意思：一是我们去的地方是撮镇下面的一个村，周末走出城市，走进大自然，放松一下身心；二是真正意义上的撮了，一群文友欢聚一堂，想借此宝地撮一顿；三是饭后大家四人一组再撮一把，掼蛋或打麻将。按照大家的说法，这日子过的！嘿嘿嘿。

　　汇聚地是撮镇振兴村平姐家的一处老宅，每隔一段时间，就会有人提议到此一聚，每次都是一拍即合。说好了日子，一般也就一周左右吧，性急的已经等不及了，天天掰着手指头倒计时，开始张罗着要带去的美食，通常每人会带一个菜。到乡下吃是次要的，疯玩是目的。

　　阳春时节，春意浓浓，这次的由头最充分，踏春、挖荠菜。带上我心爱的小篮子、朋友送的考古的小铲子，挖荠菜的装备备齐了。买了家门口的风味小吃、百十元的红油辣牛肚和牛筋，又买了二十块卤干子，一路飞奔目的地。大家在约定的时间内相继到达，有的拖家带口，更有甚者带上了自己的宠物狗。女士们个个打扮得花枝招展，男士们穿着休闲潇洒，我也穿上为活动特意添置的玫瑰红羊绒衫，系上鲜亮的丝巾，在绿色的春天里显得格外抢眼。

　　现在正是荠菜飘香的季节。树荫下、田地间、沟渠旁，这里一簇那里一簇碧绿鲜嫩的荠菜，实在是喜人，连我家那位事先说好的只负责陪同、自己任意游手好闲的先生都情不自禁地加入了挖荠菜的行列。我不怎么认得荠菜，去年入冬自己的园子里撒了大姐给的荠菜种，长出了许多，因为认不清是否是荠菜，一直不敢吃。这次下乡挖荠菜，最大的心愿就是一定要学会、认清、记住荠菜的模样。虚心请教专家，哦，原来荠菜有两种，一种是叶子带齿的，另一种是叶子不带齿的。我家的那个品种就是不带齿的荠菜，终于搞清楚了，心里那个乐呀，回家可以在自己的小小自留地里挖荠菜了，想想都开心。

大家徜徉在和煦的春光里，走走停停，挖荠菜、拍照、合影、摄像，一路欢歌笑语，好不热闹。天气预报的雨水今日也没了踪影，再次印证了女友的那句名言：好人好天气。一会的工夫，挖了一篮子和一袋子荠菜，有好几斤重呢。初春的荠菜赛人参，不仅味道美，而且营养丰富。荠菜的吃法很多，做汤、炒鸡蛋、包饺子和包子，在家乡用荠菜做菜合子是我的最爱，这是后话。

开饭啦！一大桌美食都是许大厨的杰作，土鸡汤、春笋炖排骨、萝卜烧黑猪肉，还有园子里刚剪下的一把春韭菜炒鸡蛋，再加上每人带来的一道菜，摆了满满一大桌子，丰富极了。大块吃肉，大口喝酒，站着吃饭，颇有些笑傲江湖的感觉。土锅柴火灶做出的米饭远远闻着香香的，焦黄酥脆的锅巴是下午的零食。

酒足饭饱，这边碗筷还没有收拾好，那边的一桌牌局已经开战，可真够抓紧时间的。另一桌干脆搬到了大门口，在暖暖的春阳下，享受着春风拂面神仙般的生活。酣战到深夜，意犹未尽，回到家里依旧兴奋不已。这一天"撮"日子过的，和谐、温馨、美滋滋的。

（发表于 2016 年 3 月 10 日《淮河晨刊》）

寻找记忆中的那棵桑葚树

这两天一直念叨着桑葚要熟了，言外之意，你懂的……

今日先生中场（创作）休息时，突然提议去郊外摘桑葚，说十几年前自己下乡到三十头附近采风时，偶遇过一棵桑葚大树，正值这个季节，从树干披挂下来的层层枝叶铺满了乡间小路，人走在下面要撩起它们才能弯腰通过，地上落满熟透了的桑果，他还摘了一大袋子带回家。是的，我当然记得了，那些桑葚个头大，一颗颗乌黑发亮，吃到嘴里肉厚、汁多、油润又甜蜜，好解馋。也许从那时起，自己就记住并喜欢上了它。

好！来一场说走就走的寻桑果之路。即刻启程，开车一路向北，到达三十头附近，先生凭着记忆左拐右转，来来回回地好一番找寻。现在乡村的变化太大了，周围早已今非昔比。说实话，初夏正午的阳光直射到身上，还是热燥燥的，我俩早已是汗流满面。其间几次我都提出打道回府，一贯做事认真执着的先生没有听从我的建议，坚信自己一定能找得到。功夫不负有心人，终于在一条泥泞小路的尽头，他发现了那棵似曾相识的桑葚树。树位于一条小水渠和大水塘中间的道路旁，要想接近它，需要过一个窄窄的、两边没有栏杆、长约三四米的简易小桥，我忙把手机放进背包里，担心会一不留神掉到水里去，然后颤颤巍巍地走了过去。先生说，旁边的大水塘应该是后期开挖的，有几个人正在塘边垂钓。

当年树影婆娑的桑葚树已被修剪瘦身，向空中生长，四周没了那些低矮的枝丫。眼望着高高在上的桑葚熟果早已是垂涎三尺，只能望洋兴叹。好在先生凭借身高的优势，总算采摘到了一些，此刻的我已经很满足了。

桑葚看起来很饱满，也很干净，因昨晚刚下了雨，树的两边都是水，又

160

是野生的，想必不会打药的。但看到周围有一些小虫飞来飞去，想想还是坚持回家清洗后再入口吧，毕竟安全卫生最重要。其实前些日子，我就在市场上看到有桑葚在卖了，先生说那些是大棚里生长的，自然成熟的还要些时日。果然，今天来摘正当时。

下午，我"葛优躺"在沙发上，享受着用盐水浸泡过的桑果，顺便上网查询相关资料。不查不知道，原来桑葚被誉为"民间圣果"，营养价值很高，既可食用又可入药。桑葚果实中含有丰富的葡萄糖、蔗糖、果糖、维生素及人体需要的矿物质和稀有元素，营养价值是苹果的五倍。常食桑果有助于消化，有助于美容养颜，还能补血清血、抗癌、降血糖血脂、补肝护肾、从根源上治耳鸣、滋养黑发、补脑益智等。这么好的食物可不能浪费了，晚上用剩下的那些半黑半红的桑果煮了粥，酸甜可口，味道不错。听说用桑葚榨汁，口感更佳，无奈本次采摘的太少，无法尝试。

友情提示，桑葚最好不要在公共场所吃，否则手和牙齿上会沾满紫黑的桑果汁，尤其是爱美的女生，既不文雅，也会影响自身的淑女形象呢！

（发表于 2021 年 6 月 6 日《合肥晚报》）

大圩的葡萄熟了

又到葡萄成熟季。来大圩多次，当然都是奔着葡萄来的，每一次都能感受到这里的变化，这里的新农村建设用日新月异来形容不为过，道路越来越宽敞，零距离与合肥城区连接，从市区开车或乘公共交通非常方便。导航显示我家距离大圩十四公里，从马鞍山路高架左转花园大道进入大圩旅游景区，半小时的休闲路程。

8月2日，骄阳似火，应《新安晚报》之约，参加全省乡村文化振兴研讨会暨中国·合肥"绿色大圩"第十六届葡萄文化旅游节的开幕式。两个活动都十分有意义，探寻"圩"美文化，助推乡村振兴，据说这是安徽首例乡村文化振兴的研讨会；把葡萄做成了葡萄文化旅游节也是让人刮目相看的，且一办就是十六届。

炽热的天气，没能阻挡比它更热情、来自四面八方的游客，大家争相前来体验"华东吐鲁番"。休息室里，大家品尝着刚采摘下来的葡萄。"醉金香！"我脱口而出。大家看我如此肯定，以为我是葡萄种植专家，纷纷询问其他葡萄的名字，我不好意思，坦白自己只认识醉金香葡萄，因为家里有这个品种。摘一颗尝一尝，这里的醉金香更甜蜜，甜得甚至有点夸张，竟然还是无籽的。难道醉金香分无籽和有籽？我得意地说起自己种植葡萄的那点经验，种葡萄最实惠，葡萄苗当年即可结果，没有大块的土地，花盆里种植也可。醉金香应该属于早熟品种，每年我家的醉金香从七月初就可以吃了。每天去园子给植物浇水，我会随手摘一串，酸酸甜甜的，很享受。现在看来又酸又甜是没有完全成熟的味道，还没到火候。

大圩位于巢湖之滨，土肥水美，种植葡萄有着得天独厚的地理优势。人们说大圩葡萄和新疆的葡萄都有得比，它皮薄、肉厚、汁多，吃一串还想吃第二串。大圩人因葡萄而致富，它带动了大圩绿色农产品的热销，同时带动了周边农家乐生意的兴隆。镇领导自豪地说，这里没有贫困户，人均收入突破了两万六千元。大圩的葡萄园很壮观，一座座长宽高大的葡萄大棚里果实累累，醉金香、夏黑、阳光玫瑰、红地球、白玫瑰、美人指等，光看这名字就足以让人陶醉了。这些早中晚成熟的优新品种次第结果，能够长时间地满足人们品尝美果的需求。葡萄长廊有新意，碧绿的细枝上挂着一串串成熟的葡萄，如玛瑙、翡翠，晶莹剔透，唾手可得。一块宣传牌非常醒目："每亩六棵葡萄，稀植高效栽培。"我很不解，是不是太浪费土地了？为此咨询了相关人士，他们告诉我，这样做通风好，采光足，减少病虫害，在控制葡萄产量的同时，提高了葡萄的品质和售价。

大圩葡萄糖分高，品相好，早已成为闻名遐迩的优质品牌，荣获了国家生态原产地保护标志。每年的葡萄节，历时两个月，它带动了一座城市的狂欢，满心期待的不仅仅是广大的食客，更是一千两百余家辛勤耕种的葡萄种植户。为了让更多人足不出户就能吃到正宗的大圩葡萄，大圩人与电商合作，合肥市区实现了"上午下单、下午送达"的快速度，市民既吃到了新鲜的葡萄，还免去冒着酷热采摘的辛苦，真是方便！

大圩的葡萄熟了。吃葡萄当然是大圩的，因为它是家门口的绿色水果。为防在市场上购买假冒的大圩葡萄，你可来葡萄园现摘现吃，饱了口福，赏了风景，还陶冶了性情。大圩是合肥市民的后花园，这里有万吨优质葡萄等你来摘，三十余种香甜爽口的葡萄，总有一款适合你。让我们以葡萄为约，带上亲朋好友，开启吃喝游玩摘的乡村大圩一日游。友情提示：现在正是葡萄的采摘季，越快越好哦！

（发表于 2018 年 8 月 9 日《新安晚报》）

蒲公英的春天

　　"草地上，风儿吹，蒲公英，打瞌睡，梦见怀里小宝宝，变成伞兵满天飞。"蒲公英是儿时的玩伴，喜欢把它放在嘴边轻轻吹，白色的绒花飞呀飞，飞向远方，美妙的镜头定格在童年的记忆中。

　　这是孩子眼中的蒲公英。其实早春的蒲公英鲜嫩味美，是餐桌上的一道野味，只是它的风头被荠菜抢了去。每到春季，人们说道最多的是荠菜，辛弃疾的那句词"春在溪头荠菜花"深入人心，家喻户晓，荠菜似乎成为春的代言物。当然，蒲公英也是春的使者，它的食、观、药用可与荠菜相媲美，甚至更胜一筹。它们都是春季可食的上等野菜，在酒店的餐桌上有时能见到。不过虽然吃过几次，但那都是加工过的，对加工前的蒲公英却不识其真面目。

　　近日春游，从三十岗赏桃花返回的途中，看到一位戴着头盔的摩托哥在路边小树林里挖野菜。上前询问，原来开着小黄花的竟然是蒲公英。这位小哥本来是到滁河干渠钓鱼的，却被眼前一片片的蒲公英吸引了，头盔都来不及取下。难得遇见"专家"，让我欣喜若狂，赶快找来工具，边挖边请教，一会的工夫挖了一大袋子。摩托哥可能急着去钓鱼，起身要离开，我赶快把袋子里的蒲公英倒在地上，请他再把把关。野菜可不能乱吃，有些毒性很大，千万不能掉以轻心。

　　回家后，我急不可待，摘、洗后用开水焯一下，根据自己的口味加入盐、麻油、蒜末、姜丝、醋和少许的糖，凉拌了一盘。虽然有些淡淡的苦涩，但还是很可口的，刚端上餐桌还没正式开饭就被一扫而光。晚上和五花肉一起又烧了一盘，味道也是相当好。因为它苦甘、微寒，一次不敢多吃，总有些意犹未尽。大姐说可用蒲公英做馅包饺子、做菜合子、做春卷、蒸熟拌着吃，都是不错的选择。菜合子是我的最爱，看来是挖少了，于是决定择日再挖。

阳春三月，春光融融。昨夜一场春雨，想必野地里的蒲公英更加肥美。带着竹篮和铲子，再次来到滁河干渠的岸边，准备大显身手。这次挖的蒲公英除了食用外，还准备晒干一些，留着以后泡水喝。女友说，蒲公英泡水对女性非常好，有养颜、养生作用。因为夜里刚下了雨，河堤上有些松滑，经验不足，不小心摔了一跤。顾不上疼痛，早已被眼前一朵朵鲜艳的小黄花吸引了，这一片蒲公英肥而嫩，四周的草还没发芽，只有蒲公英亭亭玉立的小黄花是那么醒目。我发现蒲公英喜在树根旁或枯叶间生长，可能是汲取它们的营养吧，而且都是成双成对地相拥在一起，两支花朵乍一看像一对并蒂莲，择洗的时候才会发现一个蒲公英的根上分出两株或三株，其实是两棵或三棵生长在一起，很有趣的现象，看样子它们喜欢抱团生活。蒲公英名字的由来有不少传说，都与爱有关。成熟的蒲公英随风飘散，它们四处流浪，落在哪里，哪里就是它的家，来年春天在此发芽开花，生生不息。

蒲公英又叫黄花地丁、婆婆丁等，头状花序，种子上有白色冠毛结成的绒球，花开后随风飘到新的地方孕育新生命。黄花地丁最形象，有着充满朝气的黄色花朵，向往着自由。蒲公英可生吃、炒食、做汤，是药食兼用的植物。医书上说，蒲公英有着极高的药用价值，清热解毒，对疔疮肿毒、急性结膜炎、感冒发热、急性扁桃体炎、急性支气管炎、胃炎、肝炎、胆囊炎等都有治疗功效。春天人们理应多吃些大自然馈赠的时令蔬果，同时挖野菜成为诱惑人们走出家门、游春踏青的最好由头。不知不觉，一个多小时挖满了两竹篮和一大袋子蒲公英，收获颇丰，真喜人。

过些时日，我准备到野外收集些蒲公英种子，撒播在楼上自家的三园里和大别山的溪园中，待到明春日暖黄花开满园，将是一幅早春最美的田园风光图。

（发表于 2017 年 5 月 12 日《新安晚报》）

打　粽　叶

　　临近端午节，突发奇想：今年到郊外寻找芦苇，自己动手打粽叶去。

　　记得小时候每到这时节，我会跟着哥姐们去家附近的小河边打芦苇叶，用来包粽子，所以粽叶在我的认知中非它莫属。

　　迁居合肥后，市场上售卖的粽子，被另一种短而宽的叶片包裹着，咨询当地人得知，这是箬竹的叶子。查资料，箬竹生于山间，喜湿润，和芦苇的生长环境较为接近。尽管如此，二者包的粽子的味道，还是有很大区别的：箬叶粽有山水气息，但对我来说，少了苇叶粽那股特有的田园清香味，那种清香味才是我小时候的味道。

　　在合肥生活了三十多年，见到售卖芦苇叶的次数屈指可数，且价格高于箬竹叶一倍之多。虽然我包的粽子不如妈妈和姐姐们包的俊美，但每次碰到芦苇叶却舍不得错过，会买些回家自己包粽子。粽子还是现包的好吃，我打小爱吃红枣粽和蜜枣粽，吃时再撒些白糖，软糯香甜，那是舌尖上的享受。

　　苇叶粽好吃，但芦苇叶难买。最近下乡，注意到一些空旷的荒地上和沟、渠、湖边，生长着一片片芦苇，这些随处生长的旱、水芦苇都是野生的，貌似也没甚用，何不捎带些回家包粽？虽说超市里的粽子应有尽有，但大多是箬叶粽，且以咸味居多，不合自己胃口。想到这，我顺手从车里拿把剪刀，就近来到一处芦苇丛。这是一片旱芦苇，叶子不大。一般我会在一棵芦苇上剪两片叶子，这样，不影响它们后期的生长。忙活了一阵，感觉用剪刀费力又费时，效率低，对我而言似乎还显得有些矫情。想起小时候徒手打粽叶的情景，于是，收起了剪刀，手拿苇叶轻轻往上一提，果断向下打去，一片叶子到手，干净利索。打粽叶，一个"打"字，具体、形象又生动。这是劳动人民从生活中提炼出来的动词，就像捋槐花的"捋"字、摘豆角的"摘"字、挑荠菜的"挑"字等，它们充分体现了汉字的精准形象和博大精深。不知旱芦苇和水芦苇的味道是否相同？回到家，我迫不及待地把它们放进大盆中，撒上盐和面粉浸泡，然后一片一片地刷洗，再放锅里小煮，彻底清洁。水煮过的苇叶韧性好，叶片不易裂开，贴合度更好。一时间，熟悉的粽香透过锅里逸出的水蒸气弥漫开来⋯⋯

包粽子是个技术活。我包的粽子品相差。苇叶细窄，包不了大粽，只能包小粽。每个粽角包不严实，松松垮垮的。为了防止漏米，只好另加粽叶补丁，然后，用棉线一圈圈地绕起来。粽子包不严，全靠线来缠，不然，粽子下锅就会煮成一锅粽子粥，我曾有过这样失败的教训。我包的粽子个头小，我管它们叫"袖珍粽"，一口一个，好在粽味依旧，口感不错。老妈爱吃粽子，赶紧送给百岁老妈尝一尝。老人家很高兴，夸我手巧，说这是亲闺女做的，亲闺女吃啥都能想到母亲。受到老妈的表扬，心里美滋滋的。

端午节吃粽子，是长久以来的习俗。找到了粽叶的来源，以后再也不用为买不到中意的粽叶发愁了，想吃粽子，就自己动手去打粽叶。

（发表于 2022 年 5 月 23 日《新安晚报》）

有"艾"的日子

　　"艾"即艾草，它是一种菊科蒿属多年生草本植物，是含有奇异香味的草类。民谚有"清明插柳，端午插艾"的说法。插艾草是端午节的习俗，既可辟邪祛病，也可防虫驱蚊。

　　今年自开春以来，闲暇时，踏青去郊游，我会顺便挖一些时令的野菜，比如荠菜、蒲公英、小根蒜等，它们都是大自然春天赋予人们的美食。这些应季而生的野味大多是药食同源，美味可口的同时，又能养生、养胃、养颜、祛病。临近夏初，有一天突然发现野外有许多类似艾草的植物，叶面略小，走近闻一闻，一股艾草自带的特有香味阵阵袭来。附近整地的农人告诉我，这些是野生艾草，香味比种植的家艾更浓郁。

　　我知道，艾草对于驱除蚊虫有非常好的效果。随着气温的逐渐升高，各种毒虫纷纷出动。家中的绿植多，每次给它们浇水，花盆里都会飞出一些小虫子，于是剪一些艾叶带回家，顺便把它们放入那些花花草草的盆里，很快，盆土里的那些小飞虫都匿了踪影，真是神了。往年偶尔在房间会受到蚊虫的叮咬，尤其在夜晚，哪怕有一只蚊子在耳旁嗡嗡叫，都会严重影响睡眠，只能早早用上网购的简易蚊帐，把蚊虫挡在外面。现在好了，这些艾草的加入，不仅使室内充满了清透肺腑的香气，更主要的是驱赶走了那些常见的讨厌蚊虫，家中也不再需要蚊帐了。

　　有"艾"的夏天，真好。清净！

　　现在，艾草在我们家，不再是端午的"标配"，而是日常遇见就会采一些，端午前后还专门去野外采了两次艾叶回来。我也像端午前售卖艾草的农人一样，用红绳子把它们扎成一把把，摆放在不同的地方，看起来有模有样的，感觉很爽，吉祥感满满的。以后再也不用为买不到艾草而发愁了！记得有一年，端午节已到，却一直买不到艾草，只好剪了几根家里的金银花枝条来替代。

因为艾草，我们遇到一件很蹊跷的事。那是前年冬日的一个傍晚，可视门铃突然响起，透过镜头看到一女子慌慌张张地来到门前，迅速拿走了门口的全部艾草。开始我很惊讶，也有点气愤，这人怎么能随便拿别人家门口的东西呢？等她离开后，我顺着一路掉落的干艾叶寻到了取草的某户。站在这家门外，我本想敲门把艾草要回来，不是为了那一把艾草，而是为了一种社会道德。可是转念又想，一般人家如果没有急用，谁又会冒着内心的不安，急急慌慌地去人家门口偷拿一把不值钱的艾草呢？我猜这家人一定是急需此物，但假如她能提前告知一声，我们会很乐意送给她的。我知道艾草有着较高的药用价值，具有祛湿、散寒、消炎、止咳等功效。尤其是产妇满月洗一次艾草浴，能及时排除体内湿气，还能达到清洁皮肤、促进血液循环、除湿散结的作用。也许她家就有满月的产妇？这个季节市场上应该是买不到艾草的。这样一想，觉得那些艾草帮了人家的大忙，急人所需，解人之难，对她之前的行为也就放下、释然了。

艾草是一种传统的中药材，民间有"家有三年艾，不求郎中来"的说法。中医常见的有艾熏、艾灸、艾贴，它们能去脂排毒、消炎杀菌、散寒止痛、增强免疫力，哪里不舒服就治疗哪里，还没有副作用。关于艾草的药用价值，我深有体会。往年脚周围很容易干燥起皮，丝袜几乎是一穿就破，时常要涂抹润肤油滋养。自打用艾草泡脚后，现在脚面光滑，皮肤彻底改善。还有我99岁老母亲有老年皮肤瘙痒症，听说艾草煮水洗澡能去痒，去年小侄子在网上买过两瓶，量少不实用。于是我们剪下很多野生艾草，晒干后供母亲专用，以实际行动略表女儿的一份孝心，老人家很高兴，儿女的爱母亲最懂。

艾是爱的谐音。艾叶，爱也。有"艾"的日子，满满的幸福荡漾在心间。小时候端午节，母亲会给我们七兄妹缝制一些艾草香囊挂在身上，驱虫防蚊的同时，更是寄托了母亲对孩子们的爱和期望。

（发表于 2021 年 8 月 26 日《安徽经济报》）

其　他

溪　园

　　盼望着，盼望着，中国·月亮湾作家村开村了，沉寂了三十多年的霍山县东西溪乡沸腾了。各大媒体纷纷报道，快手作家们的一篇篇美文足以见证那一壮观时刻，此番场景自不必多说。

　　今天我要说的是中国·月亮湾作家村的小菜园，先生给它起了一个很文艺的名字：溪园。熟悉我的朋友都知道，酷爱点瓜种菜的我，自封城市农夫，在自家平台上的花盆里根据四季更替种植些瓜果蔬菜，时常收获少许绿色果蔬，也会情不自禁地拍照发朋友圈，分享自己愉悦的心情；闲暇时会在园中观察植物的开花结果，享受闹中取静的悠闲时光，并写下一系列城市农夫手记，不亦乐乎。

　　生活在都市高层楼房里的我，特别羡慕有院落的人家，看到闲置的土地，会心疼得不得了，恨不得在此安营扎寨，从此过上梦寐以求的田园生活。如今这个愿望实现了，作家村的小菜园，十三个菜畦已经种上了适宜冬季生长的乌菜、香菜、大蒜等。遥想寒冬腊月时，披衣走进溪园，扒开厚厚的雪层，从雪中拔一抱青菜和蒜苗，高高举起还带着泥土芳香的时蔬，与暖阳、山林、小溪来一个美美的合影，返回工作室，点燃土灶松木，炒一盘蒜苗土猪肉，炖一锅乌菜羊肉汤，煮一锅带焦黄锅巴的山乡白米饭，邀各位驻村作家共享，啧啧，那是怎样一种有滋味的山乡岁月！我一定舍不得离开溪园，舍不得离开中国·月亮湾作家村，舍不得离开那个天然氧吧，舍不得离开那种悠远的生活！

说来不怕大家笑话，我最大的梦想就是能有一块接地气的土地，哪怕是弹丸之地。我现在的小小自留地是在高高的七楼之上，所有的植物都生长在大小不一的花盆里。夏季，经过一天炽热阳光的照射，到了傍晚，植物和盆土分了家，需要慢慢补水滋养，因此我深切感受到"锄禾日当午，汗滴禾下土"的辛劳。园子里的枇杷树、柚子树、枣树、葡萄树、柿子树、花椒树，由于太不方便，十几年没给它们换过盆土，使得它们严重营养不良。虽然我尽心浇灌呵护，每年它们也都是铆足了劲开花结果，回报我们，可果实还是一年比一年小，口味一年比一年淡。现在好了，待到春来时，我要把它们带到溪园中，让它们在那里扎根落户，汲取山中土壤里的养分和甘泉，相信可以长得高大粗壮、枝繁叶密、硕果累累、青春焕发。游客也可以在树下纳凉歇息，伸手摘下一颗成熟的果子放在口中，果香美味定会让他们赞不绝口、流连忘返。

作家村，顾名思义是作家们读书写作之地，这里有目前已知全国最大最美的乡村图书馆——淮河书院，可以藏书六七万册。书院广场的西侧是可供垂钓的小鱼塘，里面放养了一批既可食用也供观赏的红鲤鱼。一溪之隔的对面是作家村的小茶园和广阔的草坪。书院东侧的溪园，是作家们在此生活的后勤保障之地，也是一块休闲养心的好去处。溪园会源源不断为大家提供丰富而又新鲜的时蔬。又可手捧一本心仪的小书，在溪园边的山石上吟诵，或在旁边的茅屋下默读。读书倦乏时，走进溪园，顺手摘下一根带着黄花的嫩黄瓜，再摘一个红沙瓤的西红柿，不需要清洗，在手中擦一擦，山泉溪水滋养的瓜果，味道一定是极好的。

春天我会在园子周围种下一棵棵向日葵。向日葵又叫朝阳花、转日莲、向阳花、望日莲、太阳花，它象征着阳光与上进，代表着明朗、开放，时刻面向太阳，性格健康而积极。我也将从城市农夫华丽转身为真正的农夫。为打理好溪园，我专门准备了胶鞋、草帽，再从乡里的集市上买些农具，虚心向老农请教，拜他们为师，相信劳动之余，自己一定会写出更多贴近自然、更为精彩的农夫手记。与溪园为伴，日出而作。

（发表于 2016 年 12 月 11 日《合肥晚报》）

我向往的山居生活

    英国作家彼得·梅尔所著《山居岁月》，是我新年读完的第一本书。本书以一年十二个月份为轴线，详细地记录了作者初到法国普罗旺斯和新邻居们的相处、每月农事、节日及一年中美好而又难忘的趣事。

    读完这本书用了一天半的时间。当我合上书本时，心里别提有多高兴了！本书反映的内容，和我平日里养花种菜的生活很贴近，从中受益颇多。

    为了督促自己新年坚持读书，不半途而废，读完后，我第一时间发了一个朋友圈，一是鼓励自己，二就是想增加一道约束。其实以前每年也会陆陆续续读一些书，多数都是一目十行，记忆不深，同时也感觉缺少了一点仪式感。所以今年为此特地准备了一个厚厚的笔记本，边读边记一些好词、好句，写下心得体会，来提高阅读的质量。

    《山居岁月》共 277 页，书中的信息量和知识点可真多，我恨不得都抄录下来。如记录一月，沉睡的山谷："山谷冬眠了，天气对普罗旺斯居民有明显而迅速的影响。寒冷的一天别具情趣，地面空旷宁静，空气清爽干燥，有一种普罗旺斯冬天特有的气息，随风忽隐忽现。薄暮时分在狗儿簇拥下回家，我总爱站在山上俯瞰山谷，看农舍屋顶弯曲如丝带的缕缕白烟。这景象让我想到温暖的厨房和汁浓味厚的肉汤，而饥肠辘辘起来。"又如描写三月，春季到来农夫忙："杏花怒放……普罗旺斯人以一种难以言表的抖擞精神迎接春天，仿佛大自然给每个人都注射了一针兴奋剂似的。市场面貌急速改变。摊位上原本摆的钓鱼用具、子弹带、雨靴和清理烟囱用的长柄刷子等物，现在被各种各样形状狰狞的农具所取代；镰刀、铲子、锄头、耙子，还有农药喷洒器……繁花似锦，新生的蔬菜遍野，咖啡馆把桌椅都摆到人行道上来。空气中洋溢着一种活跃而果断的气氛……"再如记述九月，收获季节："采收葡萄是一年农事的高潮。我们土地上的葡萄，在九月的最后一个星期收摘。"等等。这些来自生活体验的乡居记事，读来令人兴味盎然，处处体现出山居的宁静、安详和幸福，散发出一种生活中最原始、最朴素的气味，却是城市人久违了的，读起来自然，尤其令人轻松、愉快。

葡萄藤需要修剪？是的，这是我从书中了解到的。想到自家三园里的那棵葡萄树，从未对它进行过修剪，怪不得产量不高呢！葡萄藤要在它的修剪季里，即在春天生机复发之前，修剪主干以外的枝丫，剪过枝的葡萄藤冬季进入休眠期，这样才能保障春天以饱满的精神结出更多的果实。看到这里，我赶快拿着剪刀来到园中，按照书中的描述，对其修剪一番，但愿今年能够硕果累累。

我曾写过一篇名为《秋季到来农夫忙》的散文，和彼得·梅尔的《春季到来农夫忙》有着异曲同工之妙。自封城市农夫的我，深知人勤地不懒。春、秋都是繁忙的季节，春播、秋收，要遵循农时，生活处处皆学问，马虎不得。遗憾的是《山居岁月》没有写到蔬菜的栽培，只描述了他的葡萄园，而且是雇人打理的。但他那通篇田园诗般的描绘，让人仿佛身临其境，这正是我所向往的生活。

（发表于 2019 年 1 月 20 日《合肥晚报》）

坐在书桌旁观斑鸠筑巢

　　周日上午，灿烂的冬阳透过玻璃窗，照射到书房里。我坐在书桌旁，沐浴着暖阳，很惬意，心情大好。

　　孩子们一大早邀请视频，女儿在给家人准备晚餐（有十二个小时的时差），我则通过视频帮忙带娃。小宝贝喜欢和外婆聊天，她尤其喜欢偶尔冒个泡的外公，只是外公每天太忙，视频带娃的工作基本都是我一个人完成。有时小宝贝从视频后面的背景里看到外公走过，马上兴奋起来，大声叫着外公外公，这时外公就会赶紧过来跟小宝打个招呼。小家伙会叮嘱外公写书不能太累，要经常起来活动活动，喝点水，走一走，这样休息一下就不会太辛苦了。六岁的小宝贝是不是很贴心呀？我都有点妒忌他了。

　　女儿博士在读，学习任务很重。为了不打扰孩子，都是等她闲暇时主动联系我们。每天我会刷新她的微博，看可有最新消息，争取第一个点赞，也不留言，只是默默地关注，彼此心领神会，是向女儿传递来自父母关爱的信息而已。凌晨又看到女儿的一条最新读博记录："寒假第三门网课结束。这周跟谷歌的一位 research scientist 聊，一见面她就问：我们是不是在哪里见过？后来发现，她也是哈佛毕业，我们有六七年重叠的时间可能在学校的某处偶遇过。听她聊人机交互和 AI，竟然发现一些专业知识我可以听懂了。寒假每天学习相关课程+很长一段时间在 CS 组做 volunteer，这些时间和精力的投入总算没有白费。"女儿利用寒假选修了三门跨专业的课程，虽然学起来很辛苦，但对以后的发展会有帮助，自己咬牙坚持了下来。哈，看得出女儿今天的心情格外快乐，所以当我看到窗外花架上的斑鸠，第一时间向女儿报告，又有鸟儿在咱家窗外的花架上筑巢了，同时发去了几张远距离偷拍的照片。

因为怕惊动它们，照片有些模糊。以前女儿在家时，最喜欢窗台上的斑鸠，尤其喜欢观察它们从孕育到小斑鸠破壳而出、生长，再到离巢的过程，还写过可爱呆萌小斑鸠的作文呢。

我也曾写过一篇文章《有一种爱叫放手》，并用它作为自己一本散文集的书名，借斑鸠父母狠心逼迫可以生存的小斑鸠独立飞翔的感悟，放手让有远大志向的女儿远走高飞，去实现自己的梦想。现如今，女儿越飞越远，其实放手正是一种对子女的爱和支持！

我脑海里像放电影似的回想着过往，眼睛紧盯着窗外的斑鸠。这是一对珠颈斑鸠，个头和鸽子差不多大，因颈部有一圈黑白相间、酷似珍珠的环羽而得名。它们分工明确，一只斑鸠飞来飞去寻找合适的筑巢材料，然后用嘴一根根衔来交给另一只后，再快速地飞走。因为我的小菜园里有很多植物和杂草，斑鸠衔草的速度很快，一般一两分钟一个来回，原地等待的斑鸠负责搭建鸟巢。有时，飞出去的斑鸠回来稍迟些，巢里斑鸠会咕咕咕地呼唤同伴，外出的斑鸠便很快地飞回，即使还没有寻到草枝，就像回来报平安似的，再转身离去，非常温馨的一幕。我猜想，这应该是一对恩爱的夫妻，负责寻找搬运材料或输送食物的是丈夫，而在巢里或以后孵育幼鸟的是妻子。通过观察又发现了一个有趣的现象，假如草枝太长，斑鸠会把它绕在脖子上，嘴衔着枝头的一端运回来，真是一只聪明的鸟儿。

说到斑鸠聪明，让我想起了一件事。二十年前，在我们搬到这边住的第二年，每年都有一对斑鸠在书房花架上的鸟巢里繁殖子女。女儿最是欢喜，每天上下学都会跑过来跟斑鸠打招呼，它们是孩子儿时的好伙伴。斑鸠一般是在每年的初春后或秋末前哺育小斑鸠的，一年可孵出两三窝，一窝有两只小斑鸠。有一年，立冬季节已过，发现窗外的斑鸠窝里有两枚斑鸠蛋，考虑到日后的气温会越来越低，这两枚斑鸠蛋是孵不出来小斑鸠的，关键是斑鸠夫妻已离巢而去，担心鸟蛋这样放在外面冻坏了很可惜，顺手把它们拿回了家。从那以后，斑鸠就再没来过，我猜它们可能是感觉到了危险，另寻他处了。为此，我后悔不已，心里有个结，一直在谴责自己当初的错误行为，鸟儿是有灵性的……

时隔多年，斑鸠又来我家窗台上筑巢了，心灵总算有了一种释然的感觉。今天是个好日子，我忙向家人报喜。我想它们的到来，也许和自己不久前帮助过一只斑鸠有关吧！记得那是去年的 8 月 16 日，天气非常炎热。傍晚时分，我发现花架上有一只斑鸠，身上的羽毛还没有长好，看来是一只幼鸟。它是在此歇息还是在寻找食物或水呢？靠近它拍照也不躲闪，放点食物和水，也没有要吃的意思。因为心里一直惦记着它，所以后半夜我特意起来，它还在那里，这么热的天，真是为它担心。第二天清晨，我早早醒来，第一时间再去看望那只小小斑鸠，发现它还在原地，但精神气比昨天傍晚明显好多了，放在旁边的食物和水似乎少了些，它身上的羽毛好像也丰满多了。我拿起手机，想靠近拍张特写，它竟然展开翅膀飞走了。哈哈，太令人高兴了，自己悬着的心终于放下了。其实，这是鸟类哺育下一代的方式，鸟父母会在它们认为幼鸟可以独立生活的时候，狠心离开，逼迫它们自己练习起飞。这看起来很无情，实则是培养锻炼幼鸟的生存能力，真是良苦用心啊。

几天后的一天，正好是七夕节，那只小斑鸠又飞落在花架上。我们对望了好一会，目光充满了温柔。小斑鸠的翅膀硬朗了，羽毛更加丰满了，飞停自如了。我轻轻地对它说：是借今天特殊的日子来感谢我的吗？斑鸠自古为传统吉祥鸟，据说是皇帝的福星鸟，寓意长长久久。斑鸠还是一种象征着友情、财运的鸟，寓意友人间的情谊深厚、真诚永恒、财运旺盛。

上午我一直端坐在书桌旁，边写下这些文字，边隔窗关注着这对繁忙的斑鸠，它们经过辛苦的劳作，爱巢已初具模样。查看日历，今天是五九的第五天，根据节气，虽说五九六九河边看柳，大地渐渐回春，但此刻天气依然寒冷。都说早起的鸟儿有虫吃，看来勤劳的斑鸠还是个急性子，这是在为春季的入住做准备吗？它们安在花盆和空调外机缝隙处的家，看起来很牢固，足以遮风避雨。但愿斑鸠只是提前筑巢，待到春暖花开再相会。

在此借助吉祥斑鸠，祈祝 2021 年风调雨顺，国泰民安，全球新冠疫情早日结束！

（发表于 2021 年 2 月 21 日《同步悦读》）

卧龙茶园里的一堂公开课

　　时隔一年多，跟随"回望历史，重走刘邓大军路；文艺聚焦，全国名家看潜山"活动再次来到天柱山。来自全国各地的名家们入住卧龙山庄一栋栋造型精致的小木屋，这里也是安徽作家村的所在地。天柱山我来过多次，夏秋冬的美丽风光早已领略，唯独缺少了春天，这次活动正好弥补了这一遗憾。

　　春光明媚、草木吐绿的天柱山，山上山下树新绿、花绽放，翠绿的山峦，清澈的溪水，处处呈现着一派生机盎然的景象。尤其那金黄色的油菜花比市郊的油菜花越发显得鲜亮，这是远离雾霾、没有污染的植物的本来面目，放眼望去金灿灿的一片，给人视觉上的冲击，让众人陶醉其中。活动第二天，大家正在水吼镇采访，快到中午时，卧龙山庄的葛庄主悄悄地对我们说，卧龙茶园来了一群中学生，他们是潜山三中 2015 级 13 班的学生，正在卧龙茶园研学，主题是"一径书香一路歌"，想请许辉老师给孩子们讲一堂读书和写作方面的课。尽管活动安排得满满的，先生却二话不说就答应了。为孩子们做事，他是最愿意的。

　　卧龙茶园是从葛庄主以前发布的朋友圈里得知的，它在大山深处，离天柱山大龙窝索道不远，新开辟的天柱山卧龙峡谷也近在咫尺。只见四周的山坡上布满了一层一层茶树，中间一块较为宽阔平坦的山坳，几顶帐篷搭在其间，游客们正在广场上野炊，很是诱人。一直想到茶园看看，也想体验一下采茶人的感觉：电视镜头中采茶姑娘头扎兰花巾，唱着采茶歌，腰系小竹篓，嫩嫩的茶叶绿莹莹，灵巧的双手舞蹈般摘个不停。这美好的画面，一直让我心驰神往。

　　到茶园讲课虽然错过了另一个早已安排好的活动，但心里却偷着乐，终于可以见到梦寐以求的茶园了，终于可以实现我这个小小的心愿了。选日子不如撞日子，难得的机会！午饭后，葛庄主驾车带我们穿越他新开辟的幽深的卧龙峡谷，每到一险峰处，他就自豪地向我们介绍开山辟路的细节及艰辛。想当初，他自己想方设法筹集资金修路，在那段修路的日子里，他每天和工人一起日出而作、日落而归。山高险峻，安全第一，他默默地做好后勤工作，防范一切安全隐患，历经千难万苦，道路终于贯通了。我们由衷地为庄主高兴！这是一项有梦想的工程，它成为又一条进出天柱山的道路，节约了附近村民进出山的时间，也为各地的旅行者提供了新的旅游景点。说话间车子到达了茶园，只见场地内红旗飘扬、人头攒动，孩子们你追我赶，好不热闹。看到我们到来，同学们马上围成一圈，讲课还没有开始，有性急的学生已经开始请教问题了。

　　讲座安排在茶场那片开阔的广场上，这是一堂别开生面的公开课。许辉老师着重讲了写好作文的五个基本方法。初学写作一是要多模仿优秀的文章，模仿不是抄袭，而是要活学活用到自己的作文中，提高写作水平；二是适当地引用名言名句，把平时所学的名言名句恰到好处地引用到文章中，可以提升作文的高度和思想；三是多练习，平时多写多练，熟能生巧；四是要善于观察生活，生活处处皆学问，多观察才能获取更好的写作素材；五是勤思考。一个个问题深入浅出，学生、家长和老师坐在长条凳上认真听课，仔细记着笔记。三月的茶谷间，山风扑面，文香四溢。最后和同学们交流互动，同学们的问题也像山谷里的茶叶一样多：亲情类的作文怎么写？心里有话写不出来怎么办？看哪些课外书才能提高作文水平？等等，许辉老师都一一给予有针对性的精彩回答。现场气氛热烈，看得出孩子、老师和家长们都受益匪浅。

　　我到茶场转了转，满山坡的茶树，很壮观。看那春风染绿了的茶园，香溢山野。昨夜的一场春雨，嫩茶的叶片上还滚动着晶莹的雨珠，一季春茶即将开摘，卧龙野山茶就出自此地。每次入住卧龙山庄，木屋里都放着一盒卧龙野山茶，特别的清香回荡在木屋中。我一般不喝茶，但这里淡绿色的野山茶我是必喝的，它是大自然馈赠的珍品，融进了山野间一年四季的花香、雨露和阳光，多喝多受益，既养颜、养心、养胃，又安神、快乐、享受。

　　这堂室外公开课不是刻意安排的，它让同学们在游玩中学习，轻松自然，芬芳韵致，看得出大家意犹未尽。讲课刚结束，山谷中突然传来阵阵鞭炮声。庄主笑言：这是在庆祝讲课成功。同学们纷纷过来合影留念，大家依依不舍地挥手道别。这不正是送文艺到基层的最好体现吗！

　　　　　　　　（发表于 2017 年第 2 期《天柱山文艺》）

端午的香包

打开端午粽子礼盒，一款彩丝三边形香包映入眼帘。香包的三边是三只可爱的卡通小兔子，它们形态各异，灵动灵巧，栩栩如生，做工精细，外形新颖，具有时尚感，有别于传统的荷包式香包，给人耳目一新的感觉。

端午的香包，瞬间激发了我的写作灵感。没成想家里停了电，询问物业，几天前已发通告。突然没了电，手机的电量不足，电脑又不在身边。重操笔杆？好！我忙找来纸和笔，开始手写此文。久违的手写稿，出奇顺利，我突然感受到停电的种种好，不再依赖手机，浮躁的心也安静了下来。今天，除了手工完成了这篇小文，还细细地品读了一沓报纸上的好文章，它们是平日没时间看而特意留下来的。

端午节是中华民族古老的传统节日。记得小时候，每到端午这天，大人们首先会在门沿下插上一大把艾草。早餐也一改平日里的稀饭和馒头，变成了香喷喷的糯米粽子、白煮蛋、蒸蒜头，还有炸油条和炸糖糕。妈妈早早地帮我们在手腕上系上亲手编织的五色彩绳，胸前再挂上一个小香包，这些都是当时过端午的标配。现在看来，满满的仪式感。其实，每一个环节都有它的深刻的寓意。就拿佩戴香包来说，既是传统的民俗，安神辟邪，为孩儿们祈福，又能起到防范蚊虫叮咬的作用。小孩子人手一份，到学校后，女同学会聚在一起比一比谁的香包最美，这些细节，时至今日，我依然记忆犹新。

有了孩子后，我把这一习俗和情结传承了下来。端午时节，我会在市场上给女儿买香包，有时也会自己缝制香包，虽然自制的模样丑一点，但意义相同，体现了母亲对孩子浓浓的关爱和暖暖的祝福。再后来，香包出现在一些粽子礼盒中和药店的柜台上。香包也越来越精美、艳丽，有的还配上红彤形的中国结和漂亮的流苏来点缀，看起来典雅美丽。我会在每个房间门把手的正背面分别挂上一两个香包，驱蚊、祈福两不误。但这些香包的造型大多是荷包式的，比较单一。现如今，香包的款式呈现了多样化，我见过的有生肖形、心形、多边形等。前两年，因为疫情，绿色安康码简称"绿码"，是人们外出的健康通行证。香包也与时俱进，出现了绿马形香包，取其谐义"绿码"，祈祝人人平安健康，可谓用心良苦。

我参加过一场"浓情过端午，包粽子，缝香包"活动，第一次跟着老师系统地学习缝制香包。组织方配备了制作香包的各种原材料，我挑选了一块喜欢的彩绸布。香包缝制好装入特制香料，最后用一颗小珍珠串在彩绳上，一个像模像样的小香包完成了。赶忙拍照发朋友圈，晒晒自己亲手做的小香包，立刻得到了不少微友的赞美，大家纷纷夸我心灵手巧。这个香包一直挂在客厅最显眼的位置。

我从小就对香包情有独钟，不仅因为它好看，尤喜闻它散发出的沁人心脾的淡淡香草味。香包又称香囊、香袋，一般是用艾叶、香草等一些中草药填充的。端午戴香包是一种习俗，更是一种文化的传承。端午的香包，勾起了我对儿时佩戴香包的点滴回忆，一种温暖、温馨、幸福、甜蜜的感觉久久荡漾在心田……

（发表于 2023 年 6 月 22 日《今晚报》）

为了忘却的记念

2014 年 10 月 8 日的午后，突然发现"小不点"乌龟趴在那里一动不动，心里一惊！难道？果不其然……

在过去这一年多的时间里，我刻意回避着，不愿意提及它。这次清明前夕，心中猛然有想写一篇有关它文章的冲动，希望让压抑在我心中很久的悲伤情结能够得以释怀，也是为了忘却的记念吧。

这是一只养了十几年的小土龟，当初是一个朋友送的，因为它的个头比其他三只雌龟都小很多，所以一直称它为"小不点"。我曾经写过几篇家有乌龟的文章，比如《我家的小乌龟们》《我家的宠物是乌龟》《家有乌龟欢乐多》，"小不点"都是文章里面的主角，记录了很多和它朝夕相处的点滴趣事。有一次报纸上还用了一张"小不点"在园中和它最喜欢的龟友一起悠闲散步的照片呢。

家养乌龟十余个年头了，从开始的一个、两个，到鼎盛时期最多养过 48 只大小土龟。44 只"同父异母"的"兄弟姐妹"是一个龟爸和三个龟妈妈的后代。我经常打趣地说，俺家的乌龟"一夫多妻"啊。

"一夫多妻"的龟爸，别看它的个子最小，在这个乌龟家族中的地位绝对是老大，可霸气了，经常欺负比它大几倍的雌龟。平时它们在花园散步时，走着走着，"小不点"就会跑到前面，拦住它们的去路，逼着它们一点点地后退，有时还会爬到它们身上晒太阳，很会享受的；吃东西时也会挤进去跟它们抢食，三只雌龟让着它、护着它，天天围着它转，争爱夺宠。雄龟似乎情有独钟，在我们所看到的情形里，它一直都陪伴在最大的一只雌龟身边，它们散步，吃食，形影不离。每年乌龟冬眠前，我们寻找到躲在隐蔽角落的乌龟们，它们俩也是肯定相依在一起。唉，现在"小不点"不在了，它的三个伴侣及它们的孩子们该有多伤心啊。

今年三月上旬，虽然冬眠的乌龟还不该苏醒（每年到谷雨，它们才会出来活动），但是我发现那只最大的雌龟，已迫不及待地要从木桶里钻出来，可能又在想念"小不点"了，自己想早点出来去寻它吧。

我一直认为"小不点"是被一个庸医害的。本来它只是脱肛，我到裕丰花市养龟处咨询，一位大姐告诉我说用消炎药水泡，再用头孢和红霉素眼膏涂，10 天左右应该会好的。10 天后，见还没有好转，考虑到马上它们要冬眠了，再不抓紧治疗会影响的，于是我们决定带它去宠物医院治疗，跑了几家医院都因为没有治疗过乌龟，不敢接收。晚上转到了合作化路上的一家宠物医院，值班的医生看了看，说把脱肛塞进去就可以了，说着开始用手撕去肛周围的有些硬肿的外皮。我双手拿着小龟，看着它特别疼，脖子伸得好长，一定是非常痛苦。先生不忍心看下去，悄悄地离开了。

我一边让医生动作轻点，一边抚摸着小龟让它坚持一下。写到这里，我心里依旧是难受得不行。只见那个医生又用长长的温度计，把脱肛的部位往肚子里狠劲地塞，一下，二下，三下……最后又缝了几针，终于处理好。医生给我一些碘酒和药棉，告诉我回家要经常擦涂，防止感染。我们小心翼翼地把乌龟带回家，按照医生说的把它放在一个干燥的地方。夜里我起来看了几次，小龟还好，当时它看到我，还伸了伸头跟我打招呼。乌龟通人性，谁对它好，它可清楚啦。我给它涂药，喂了点水，又和它说说话，要它一定要坚强！

第二天中午，我发现小龟不太好，缩着头趴在那里，很安静。我继续给它涂药、和它说话，希望可以渡过这一关。下午再去看它，已经没有反应了，我脑袋蒙的一下，心里难过极了，拿起相机拍几张照片纪念，找来一块绸缎布，把它包好装进盒子。我默默地下楼，心情沉重，提着盒子走了很远。最后来到了包河公园的一处高坡，这里的松柏四季常青，有树有水，把小龟安葬在这里应该是个好地方，希望它喜欢。我拿出随身带去的铲子，挖了很深的泥土，然后慢慢地把它放了进去。我心痛不已，坐了好久才起身返回。

隔段时间，总会不自觉地走到那个只有我一个人知道的地方，我不想告诉任何人，然后自己默默地站上一会，心里默默祈祷着：愿小龟安息！我常常后悔，如果那天不去治疗，或没有碰到那个医生，也许它可以自愈或就一直那样应该还是可以存活的。可是，没有可是……

　　从那以后，我从不提起它，更不愿意触及这个话题。有几次先生无意中说起，本来高高兴兴的我会突然变得沉默悲伤起来，吓得他赶快转移话题。今天我终于鼓起勇气，含着泪水书写此文，想谨以此文祭奠逝去的小龟。为了忘却的记念，愿自己的心从此可以放下。

　　　　　　　　　　　　（发表于 2016 年 4 月 15 日《安徽青年报》）

遇见"桃花源"

"初冬，唯有竹子依然郁郁葱葱。竹林深处有木屋，漫步在宿松县石莲洞国家森林公园里，仰望高挑秀美的竹，呼吸着这里清新的空气，岂是一个'美'字能够概括。"这是我 2016 年 11 月 21 日发在微信朋友圈里一组竹林照片的配文。

多次住过山里的小木屋，但住在石莲洞国家森林公园这样被竹林围抱的小木屋还是头一次。《宿松报》的刘总编领我们走近竹林，首先映入眼帘的是一条曲径通幽的竹林小道，路的深处参差错落着一排排悬空而建的小木屋，每个小木屋门前高高挂着的两个红灯笼显得格外雅致和温馨。竹影下的小木屋掩映在秀竹之间，很吸引眼球，形成一道独特的风景，画面美极了。工作人员告诉我们，由于这里生态环境好，晚上可能有小野猪"来访"，千万不要开门。果不其然，第二天一早，有姐妹报：昨晚遭遇野猪骚扰，似乎还有其他动物，小木屋的门窗和屋顶响个不停，吓得两位美眉花容失色。还好我们一夜无事，酣睡到天明。

清晨打开房门，一股淡淡的竹清气味扑面而来，让人神清气爽、精神倍增。我喜欢竹，喜欢它那高洁的气节与情操，宁折不弯把身挺。在中国传统文化中，竹是君子的化身，竹外直中空，襟怀若谷。竹虽有竹节，却不止步，竹枝悄然节节高，给人一种蓬勃向上的感觉。也许是爱屋及乌吧，一切与竹相关的食和物我都喜欢。竹笋是我的最爱，凉拌、红烧、清炒、油焖都超爱吃。竹笋，即竹的嫩茎，柔嫩清香，滋味鲜美，历来被誉为"蔬中第一品"。它是低糖低脂肪高纤维食物，含粗纤维较多，有促进肠道蠕动、帮助消化的功能，是绿色山林里的生态食品。餐桌上有了这些笋，仿佛自己已置身于山水之间。一直想体验一次亲手挖竹笋的感觉，但每次进山不是太早就是迟了，未能如愿，这次也是如此，听说冬笋出土还要些时日。我曾经养过一盆竹子，后来因为痴迷于种菜而忽略了它，现在那盆早已枯萎的竹子仍放在园中的一角，希望哪天它可以再吐新芽。每年我都会种两盆生姜，因为生姜的叶子和竹叶相像，拍出的照片经常可以以假乱真，当然我说的是那种矮小的观赏竹。竹子浑身都是宝，除了可供人们食用外，还可以制作竹席、竹筷、竹签、竹笛、竹椅等，和人们的生活息息相关。

竹林的一头，靠近五祖禅院附近，有一块不大的菜园，不知是谁开辟的，有白菜、萝卜、香菜、菠菜、雪里蕻，都是些可以自然越冬的蔬菜，品种和我自留地里的差不多。一向热爱种菜的我对菜地情有独钟，兴奋地马上跑向菜园，哇，咋还没有我种在花盆里的菜水灵呢？萝卜打眼一看就是没有移栽过的，个头比我种的小多了，显然是对它们关爱不够。据说石莲洞森林公园里的果菜园子有二百多亩，四季时蔬应有尽有，可惜未能一饱眼福，只能想象着它的壮观。遥想要是自己能在这里有一亩三分地，一定会把它们打理得绿茵鲜亮，可以和不远处的翠竹相媲美，养眼又养胃。

这里还有一处与众不同的，就是随处可见的苔藓。木屋旁、竹林里、山道间、岩石上、石洞内，就连古树上也长满了苔藓。网上的资料说：苔藓属于最低等的高等植物，它们无花，无种子，以孢子繁殖，能作为监测空气污染程度的指示植物。苔藓还可以防止水土流失，它们一般生长密集，有较强的吸水性，因此能够抓紧泥土，有助于水土保持。它们还可以作为鸟雀及哺乳动物的食物。它们分泌酸性代谢物来腐蚀岩石，促进岩石的分解，形成土壤。我家以前盆景表面的苔藓都是从山里移植的，放置在松石周围，因为水分充足，它们会慢慢地扩展，看起来很有沧桑感。因此苔藓是许多花友的首选，易成活，省空间。

竹林、木屋、菜地、苔藓，尽显田园风光，使我久居都市的浮躁心平静下来。这里正是我梦寐以求的"桃花源"、心灵的"后花园"。

（发表于 2016 年 12 月 11 日《合肥晚报》）

在那梨花盛开的地方

　　每当在电视或报纸上看到一年一度的梨花节开幕式，总会情难自禁地哼一首经过自己改编的歌曲：在那梨花盛开的地方，有我可爱的故乡，梨树倒映在宁静的水面，梨花环抱着秀丽的村庄，啊，故乡，生我养我的地方，无论我在哪里，总是把你深情地向往。啊，故乡，终生难忘的地方……

　　对梨花有特殊的情结，是因为我的家乡宿州砀山盛产酥梨，且驰名中外，百万亩连片果园获吉尼斯世界纪录。梨花年年开，可与故乡的梨花一直无缘，每每擦肩而过，只在梦里多次相会。遥想一下目睹那百万亩怒放的梨花，该是怎样的一幅美丽壮观的画卷？

　　机会终于盼来了。阳春三月末，我陪先生到砀山参加一个文学讲座：文学与梨花共绽放。真心希望这次赶上梨花绽放时节，圆我多年来的梨花梦。但按照往年规律，梨花开放还需近一周，这次赏梨花的可能性微乎其微，心中自然是既期待又担心的。车行在砀山的大地上，路边的大幅宣传标语写道：四月三日梨花节开幕。见我忧心忡忡的样子，活动主办方李主席高兴地开玩笑说：董老师不要再纠结了，因为你们的到来，今年的梨花提前开放了，明天，就是今年观赏梨花的最佳时机！我一听兴奋极了，哈，老天爷真是太给力啦！

　　入住后，我们迫不及待地绕过湖边，来到对面的大片梨园，真的呢，梨花已经绽放，精神气十足，真是选日子不如撞日子，难逢的好时机。梨花的花期短，这次因为提前开放碰巧赶上了，太幸运了。我完全忘记了旅途的疲劳，在梨园与千姿百态的梨花近距离合影留念，摆了一个个姿势，第一时间发了一组与梨花亲密接触的照片到朋友圈，和大家分享此刻愉悦的心情。这

187

只是一小片梨园，精彩、惊喜应该在明天的游园中……

第二天阳光明媚，大家的心情和这天气一样美，一行七人向百万亩梨园出发，陪同我们的还有两位专业摄影师。这一天是周五，距离梨花节开幕还有五天时间，也不是周六周日，游客应该不多，车子进梨园的道路大概不会封闭吧。没想到远远地看见警察在维持交通，一辆辆大巴上下来不少游客，听说有一年在梨园里堵车四五个小时，所以现在开通了园区游览车，游客可以换乘。梨园间的小道已修成石板路，不是从前的沙土路，没有了尘土飞扬，方便了老人、孩子及推婴儿车游客的通行。

梨花如雪，一望无际，白茫茫的梨园，太壮观了，完全出乎意料。真是一夜春风，千树万树梨花开，淡雅的清香弥漫在整个梨园。我顾不上矜持了，飞奔在一棵棵梨花树下，请摄影师拍下一张张美照，我要把美丽的心情留在这美丽的风光中。一位年轻靓丽的女教师带着一群可爱的小学生在自拍，为了不打扰他们，大家停止了前进的脚步。同行的两位摄影师岂能错过这动人的场面，忙拿起相机把他们都收进了自己的镜头里。梨树王前想拍张照可真不容易，游客不是自行排队拍照，而是看谁迅速抢占地盘抓拍照片。爱美的人更是拍个不停，相机拍过手机拍。看样子在这里要礼貌谦让，一天也拍不成照片，我们也加入了秒抢的队伍，终于拍了一张合影，镜头里还和许多游客同框。

这一大片梨树树龄都在百年以上，枝撑如伞，花繁如雪。陪同的朋友告诉我们，梨树树龄越长，结果越多，有一棵梨树神，300多年的树龄，在丰收年竟然收获了4800斤，它的树枝上挂着一条条红带子，游客借此祈福祝寿。每棵梨树上都挂着一个绿色的小牌子，牌子上写着：砀山县古树名木——逾百龄梨树，编号003××，砀山酥梨，梨属，蔷薇科，树龄100年以上，管理单位：县园艺场，县酥梨保护区，砀山县人民政府2016年1月制。还有二维码和监视器呢！我很好奇。同行的老师告诉我，监视器可以24小时了解果树生长过程，咱们的酥梨销往世界各地，通过二维码就能知道这个梨是从哪棵梨树上摘下来的、是否使用了农药，因此咱们砀山酥梨采用生物防虫，是无公害绿色梨果，尽管放心吃，现在果农可以在手机上查看果树的生长情况，连什么人到过树下都一清二楚。哦，真是了不起的现代农业科学。

梨园处在盛花期，正是给梨花授粉的好时机。果园里到处可以看到手拿长棍小刷或站在高高的梯子上给梨花授粉的果农。花粉很珍贵，要从提前开放的黄梨树上采摘花蕊，烘干后存储在小瓶子里备用。果农用刷子沾上一点花粉，小心翼翼地一朵朵授粉。同行的云妹说，她家的梨园，以前每到梨花授粉时，全家齐上阵，昂着头，高举长棍，那时棍子上绑着的是一只橡皮，用橡皮头沾花粉，避免了浪费，从早到晚，一个姿势，腰酸背痛，现在回想起来依然历历在目，非常辛苦。现在条件好的家庭请工人授粉，虽然出资高，却很难请到人，因为授粉是要赶工期的，人工授粉的最佳时机是梨花开放的当日和次日，以三天内为宜。如果错过了时间就耽误了一季的收成，时间紧，任务重。云妹说，最开心的是收获季节，采摘一个个大而甜的酥梨，想到是自己的劳动成果，再苦再累都值得了。

我以前在大平台的花盆里也栽过一棵梨树，最多结过六个大酥梨，是那种改良过的细酥梨，脆而甜。体会最深的是，梨树结果非常不容易。有两年遇到暖冬，它不合季节提前在冬季开花，第二年春天没有了花蕊，自然也结不了果实；或春天梨花刚刚盛开，一场倒春寒，寒风和寒雨把梨花一扫而光，那一年也就结不成果实了。缺乏耐心的我们，最后只好拔掉了梨树。梨农的收成受到多种因素影响，天气只是其中的一种。听梨农说，去年丰产，梨子价格低，每斤酥梨只卖到四毛钱，成本都不够。今天我们看到大片盛开的梨园无人授粉，大家猜测应该是果农放弃了，觉得划不来。虽然不授粉也可以结果，但产量低，果子卖相不好，我们只能祈愿这片梨园日后能有个好收成。

鳌头观海景区，位于砀山县良梨镇杨集村张何庄北坝头黄河故道南岸，是主要梨花观赏点之一。站在观景台上远眺，居高临下，四周是白色的梨花海洋，浩瀚无边，花香袭人，占尽春色。砀山县酥梨销售每年几十个亿。梨子中的果胶含量很高，是雅诗兰黛等知名化妆品的主要原材料。砀山因为酥梨的销售已形成一个大型的物流中心，当地年轻人通过网上销售一年可挣几百万。我曾在电视上看到一个报道：砀山县残疾人李娟，患有脊髓空洞症，肢体一级残疾，通过做电商在网上销售家中滞销的梨子，用嘴巴咬住笔头，在手机上接单、销售，被誉为"用嘴叼起电商脱贫创业梦"的坚强女性，成为"2017年全国脱贫攻坚奋进奖"10名获奖者之一。

宿州砀山县是中国酥梨第一县，砀山酥梨是闻名世界的中国水果品牌，它果实金黄，皮薄多汁，肉多核小，甘甜酥脆。这里每年都举办盛大的梨花节，前来经商、赏花的客商和游客络绎不绝，带动了当地旅游、餐饮、宾馆等行业的发展。据说梨花节开幕那几天，酒店和宾馆爆满，到酒店就餐都是

1000 元的桌餐，没有时间点菜加工，后面很多顾客排队等候着呢。当地老百姓的钱袋子鼓了，生活富裕了，砀山再也不是从前那个贫困落后的小县了。砀山县城也越来越漂亮了，高速、高铁建到了家门口，这次我们就是坐高铁来的，快捷省时又方便。晚上，我们漫步在梨花广场，它以五瓣梨花为造型，突出了梨乡的特征，听说在高空俯瞰更加迷人。花瓣下的音乐喷泉，五彩缤纷，一首首欢快的歌曲回荡在广场上空。广场上跳舞的、耍剑的、走模特步的、穿旗袍走秀的、散步的，还有孩子们穿溜冰鞋穿梭在行人中，好不热闹。梨乡的夜生活丰富多彩，幸福的笑容荡漾在人们的脸上。

　　这就是我可爱的家乡，欢迎大家在梨花盛开的季节前来观花、赏景、踏春，一定会不虚此行、收获满满的。

　　（发表于 2018 年 4 月 13 日《安徽广播电视报》，获"2018 年安徽省报纸副刊好作品"评选二等奖）

长丰草莓，草莓长丰

说起长丰，自然和草莓连在一起；同样，说到草莓也自然和长丰连在一起。这里的小草莓，大作为，成就了一张响亮的名片，那就是：长丰，中国草莓之都。

初秋来长丰，没有一丁点儿的秋意，炽热的阳光依然熨烫着大地。来长丰当然要摘草莓、品草莓，但很遗憾草莓季已过，没能再次体验草莓园里采摘忙的那份喜悦。走进草莓博物馆，草莓区利用 VR 技术真实地还原了长丰草莓种植大棚，让观众身临其境，一览草莓园的风光，望"莓"止馋。展厅的展板上，详细地记录着草莓主栽品种、草莓的采摘和存储、草莓的再加工等；展图上着重介绍了红颜、甜查理、丰香、幸香、章姬、俏佳人等主要草莓品种，它们果实色泽鲜艳，体大而多汁，尤其是红颜首屈一指，让人看了垂涎欲滴。通过草莓馆的介绍，我们了解了草莓种植由九十年代以前露天露地栽培、竹竿制小拱棚、水泥杆制大棚、钢架大棚发展到现在的钢架大棚连栋、高架栽培的发展过程。在草莓博物馆转悠一圈，对草莓有了一个较为全面的认识，这也不失为一次难得的学习好机会。

我家种植过一次草莓，那是上世纪 90 年代末，当时的长丰草莓已小有名气。一日，先生乘车来这里采购草莓秧，我说的采购不是需要大批的秧苗，而是准备种植在自家楼上平台的花盆里的。他来到种植草莓的地头，欲向莓农购买几棵草莓苗，憨厚淳朴的庄稼人说要什么钱，随手抓一把拿去栽吧，至今他说起这事还挺激动的。为此先生还专门买了两个栽草莓用的长方形的塑料筐，塑料筐没有漏水洞，植物栽进去不易成活，又买了一个打洞的工具，前后花费成本七十多元，终于把宝贝似的草莓苗安顿好，接下来就坐等收成了。秧苗很给力，长势好，很快开花结果。女儿最欢喜，每天都要到秧苗前观察记录草莓的生长过程，当然草莓秧结的每一个果子也都被她抢先吃了。女儿自豪地说自家的草莓真好吃，甜中带点稍微的酸味，还偷偷带过两个到学校给同学们炫耀。草莓陆陆续续收获了小半斤，典型的高成本、低产值。新鲜劲过了，没能延续种下来，但有了这次种植体验，对草莓多了份情结，平日多了些对它的关注。

去年初春，长丰一学校邀请先生给当地的老师讲文学课，课程安排在下午。到达长丰后，朋友说不如先去草莓园摘草莓，太好了，我拍手叫好，顾不上矜持了，当年家种草莓没能过采摘草莓的瘾，今天来圆吧。大棚内，草莓悬在一层层的高架梯上，我第一次看到，原来草莓还可以这样种植，既节约了土地，又方便了采摘，免去了劳作弯腰的辛苦，对爱穿裙子的美女更是贴心。初春正是草莓花的盛开期，黄、粉、白、大红、浅红等五颜六色，璀璨无比，花美果肥。那天我们采摘了较为早熟的红袖添香、俏佳人、白雪公主，大饱了口福，美名、美果，诱惑着你的到来、你的胃口……

长丰草莓大道，多么霸气的路名，是国内唯一一条以草莓生产、文化氛围营造为主题的主干道路。它交通便利，以合淮阜高速入口为起点，全长 12 千米，大道两旁有 17 处百亩以上门楼别具特色的草莓精品园，并建有 50 亩集中展示草莓培植新技术、新品种、新材料的展示园，收集了 276 个国内外草莓新优品种。长丰草莓种植始自 1983 年，草莓节也由 2001 年 12 月举办至今。政府为了帮助当地农民尽快脱贫致富，搭草莓台，唱草莓戏，念草莓经，提着草莓走遍全国，使草莓走出了安徽，走进了北京人民大会堂、钓鱼台国宾馆、中央电视台、远销日本、韩国。一届届草莓节扩大了长丰草莓品牌的知名度、影响力，招来了全国各地的草莓客商，为草莓推广、推销立下了汗马功劳。草莓深加工的产品，草莓丁、草莓片、草莓罐头、草莓酱、草莓醋、草莓汁、草莓酒、草莓粉等大量出口，赚取了外汇，莓农的生活也像芝麻开花节节高。

长丰是合肥的城郊县，最适合草莓采摘乡村一日游，让我们以莓为媒，以节会友，体验采摘乐趣，品尝新鲜时令的草莓果。"生态长丰、绿色草莓"，最聚人气的特色农业，先后获得"无公害""绿色食品""地理标志""安徽省著名商标"等荣誉称号。在长丰草莓馆里，美女讲解员说，她是长丰人，从小吃田间地头的草莓长大，区分是不是当地人最直观的方法就是看怎么吃草莓：那些边摘边吃、不洗就吃草莓的一定是长丰人，因为他们知道这里的草莓是绿色果品，最安全。她说，目前长丰的草莓种植户有 8 万多户，从业人员达 18 万人，草莓亩均产值 2.3 万元以上，亩均纯收入 1.5 万元以上，莓农户均增收 3.5 万元以上，带动全县农民人均增收 4500 元。真是不听不看不知道，长丰不愧为中国草莓之都。她告诉我们，草莓采摘最有讲究，草莓娇贵，必须轻拿、轻摘、轻放，每天采摘的最佳时机是在早晨露水已干至午间高温未到以前，或傍晚天气转凉时采摘，这时的草莓易于保鲜存储。

告别了长丰，告别了草莓园。我们和长丰的朋友相约：明春长丰再见，明春草莓园再见！

（获"舜禹杯美丽乡村长丰征文"一等奖）

附录

种植日记（摘录）

自我开启微信后，喜欢通过朋友圈图文并茂地记录自留地里植物的实时生长、开花与结果。这也是我这个城市农夫四季种植蔬果的电子版日记。现摘录少许，与读友共享。

2011 年

2011 年 10 月 16 日：露台小菜园一下收获了 20 多斤红芋。真喜人！

2012 年

2012 年 8 月 27 日：今早又采摘了 1.9 斤长豆角，最长的一根豆角 65 厘米呀。哈哈！

2012 年 9 月 30 日：三串红彤彤的朝天椒挂在枇杷树枝上晾晒，看起来很喜庆。

2012 年 11 月 12 日：园子里忙活了一上午，收获了最大的一个红芋 3.9 斤重，破去年 2.7 斤重的纪录。牛！

2012 年 11 月 25 日：起姜啦，收获了近 10 斤黄嫩嫩的生姜，它们好像一群刚出生的小动物，招人喜爱。妈妈说从来没见过这么好的姜。

2012 年 12 月 2 日：今年收获了 9 个（12 斤）黄澄澄的大柚子，酸酸甜甜的真好吃。

2013 年

2013 年 5 月 12 日：满树尽是黄枇杷，送盘枇杷给妈妈。现吃现摘，肉厚汁多。今天摘了 3.5 斤黄枇杷，大饱口福啦。

197

2013 年 5 月 13 日：土豆宝宝驾到！自家种植的一盆土豆，收获了 3 斤小土豆，圆滑模样俊，太爱人了。

2013 年 5 月 13 日：第一次见苦菊开花，一朵朵紫罗兰色的小花，梦幻般的美。

2013 年 6 月 9 日：自家的黄瓜，鲜嫩可口，小时候的味道，天然绿色更美味。

2013 年 7 月 21 日：收获一篮蔬菜，16 个无花果、1 斤豆角、2 个茄子、1 个黄瓜、1 个瓠子、4 个西红柿、8 两辣椒和一把韭菜。

2013 年 8 月 7 日：早上摘了 2 个小香瓜，足足有 2 斤重，脆脆甜甜的实在是好吃啊。

2013 年 9 月 16 日：夜来香盛开，花香扑鼻。浓郁的花香驱蚊、驱虫，生态又环保。

2013 年 9 月 20 日：摘了 6 个紫茄子，中午清蒸拌蒜泥。我的最爱。爽啊！

2013 年 10 月 7 日：山楂收获 2.5 斤，今年高温减产了。

2014 年

2014 年 5 月 22 日：三园新收获时令菜——水晶萝卜、辣椒和大蒜头。

2014 年 7 月 12 日：晒晒今天的收成，5 个无花果、13 个辣椒、4 个扁豆、1.5 斤长豆角（最长的一根 76 厘米）。自然成熟的无花果软糯甜蜜。

2014 年 7 月 29 日：查看记录去年也是 7 月 29 日采摘的花椒，竟是如此的巧合。花椒经过一天的暴晒，基本上达到储藏的要求。采摘花椒，站在高高的两个板凳上，危险、辛苦，胳膊上的一道道划痕，高难度作业，终于颗粒归仓，可喜可贺！"采摘"二字好辛苦！

2014 年 10 月 6 日：起了 18 斤红芋，最大的一个 4 斤，创种植纪录。还有 5 斤毛芋头、1 斤辣椒、8 两梅豆、2 个山楂。收成不错，心情也不错。下午平整了土壤，撒播了萝卜、乌菜种，移栽了莴笋，插播了蒜瓣，接着坐等秋冬季的绿蔬摆上餐桌啦！

2015 年

2015 年 2 月 27 日：正月的乌菜赛人参，水灵灵、鲜嫩嫩，养眼爽口营养高！

2015 年 3 月 2 日：种植的雪里蕻起收，晾晒以备腌制。20 天后腌制成小菜，喝粥时吃上一口，下饭又美味。

2015 年 4 月 7 日：倒春寒没能阻挡我去农村买秧苗，丝瓜、苦瓜、黄瓜、瓠子、西红柿、茄子、苋菜、空心菜。回家忙活大半天，累并快乐着。让春走进我的小菜园，超有成就感。

2015 年 4 月 27 日：首摘 2 个小辣椒，放点醋和麻油，再拍头新蒜，作为晚餐的小佐料。

2015 年 5 月 22 日：又闻园中枣花香，清香淡雅，沁人心脾。

2015 年 7 月 9 日：新品上市——无花果、四季豆。雨中的菜越发水灵，苦瓜、圣女果、茄子、西红柿和辣椒结个不歇。近来天气晴雨交替，气温适中，最适合植物们的成长，每天的供给基本保障了家人的维生素 C 的摄入量。绿色蔬果，绿色心情。怎一个"爽"字了得！

2015 年 7 月 22 日：离家一天，很想念小小自留地里的动植物们。清晨 6 点不到，我迫不及待地来到园中忙活起来。植物都是有情有恩的，菜很给力，收获了满满一篮的蔬果：7 个茄子（其中合肥的长茄 4 个、淮北老家的圆茄 3 个）、瓠子 1 个、1 斤菜椒和 39 个无花果，总重 7.6 斤。早上用自家的原材料，瓠子、西红柿、空心菜，再放点银鱼，泼上 2 个土鸡蛋，最后撒点春季储存的香菜（芫荽）末，一锅色香味俱全、内容实在的瓠子汤出炉。中午喝上一碗，清凉又营养，那叫一个爽！

2015 年 7 月 23 日：都市里的田园生活。感谢合肥晚报社的两位小帅哥忙活了一上午采访、拍照，圆了我多年一直想居高临下拍摄三园的梦想。为他们的敬业精神点赞！还别说，站在高处俯拍，换个角度看园子，发现了不一样的景色。

2015 年 11 月 22 日：傍晚来到我的自留地里，晚餐的一盘蔬菜还没着落。虽说连日阴雨蒙蒙，但温度不是很低，园子里冬季的菜绿意浓浓，每片叶子上挂着晶莹的小水珠，煞是喜人。巡视一番，发现前些日子插在盆土里的水芹已经长大，可以开镰收割了。好，晚上炒芹菜肉丝，想想都味美，现剪现吃，维生素 C 含量高。一盘芹菜肉丝上餐桌即被一扫而光，香嫩的芹叶太好吃了，等想起来拍照，盘中只剩肉丝无芹啦。自给自足，新鲜美味每一天。

2016 年

2016 年 1 月 3 日：值此辞旧迎新之际，大家纷纷回顾过去、展望未来。我一介草民，没什么高大上的事业来完成，依旧做好后勤，依旧打理好自己的小小自留地，丰富自家的菜篮子，绿色的菜品保障家人的健康平安。继续鼓动周边的朋友积极参与阳台、庭前院后的蔬菜栽种，圆更多都市人的"田园梦"，要不愧于朋友戏封于我的"城市庭院经济协会会长"和城市农夫这些称号。

2016 年 2 月 6 日：春轻轻地来了，园中迎春的植物最早前来报春。金银花已发出幼嫩的叶芽；海棠的树枝上也打着小小的芽苞；盆景天竺冬春交接的叶子五彩斑斓，让人赏心悦目；各种菜经过两场雪的滋润和严寒的洗礼更加翠绿、生机盎然……真是满园春色惹人醉呀！提前祝大家新年快乐，猴年大吉，万事如意，阖家幸福！

2016 年 3 月 3 日：春雨贵如油。清晨来到园中，发现菜比昨天看起来明显翠绿，叶子上一个个雨珠晶莹剔透，哦，原来昨夜不知何时下了一场雨。近来天气一直都是晴朗干燥，现在正是万物生长发力的时候，预报周五有雨，一直期待着。这是一场及时雨，对植物的影响举足轻重，随风潜入夜，润物细无声啊。

2016 年 5 月 17 日：一岁多的小宝贝格外喜欢外婆的园子，一不留神自己就跑进来，掐片叶子，抓把泥土，逗逗乌龟，摘个枇杷，忙得不亦乐乎。爱劳动的小朋友，采摘的果实一定要自己洗，不让大人帮忙，踩着小板凳，洗了半天，开心不已。小宝贝，外婆任命你为园长助理，小小城市农夫。

2016 年 6 月 11 日：自留地里处处洋溢着丰收的景象。晒晒今天的收成，黄瓜、生菜、水芹、辣椒、土豆和茄子，外加一个南瓜花。诱人不？吃不完咋办？嘿嘿。

2016 年 6 月 28 日：现在的温度最适合梅豆的生长，几乎每天可以采摘到 1 斤左右。藏在蔓枝下的一个苦瓜差不多也有斤把重，晚上凉拌了吃，虽然我不喜欢吃，但良菜苦口利于健康。吃，必须吃！

2016 年 7 月 10 日：雨后园子里的菜格外水灵。经过 2 天的日照，夜来香沉甸甸的花蕊估计今晚就要绽放，无架豆挂满了枝头。摘了 4 个茄子、3 个无花果，剪了一把水芹、几根小葱及若干个圣女果，晚餐的蔬菜保障了。最令我惊喜的是，突然发现楼下厨房窗台的架子上，高高地挂了一个斤把左右的南瓜，不知哪来的南瓜秧，啥时从楼上自留地里爬到了这里，舍不得摘下，让它继续在充满阳光的窗架上再生长些日子吧。此刻心情像雨后凉爽的天气一样，爽爽哒。

2016 年 7 月 21 日：话说 7 月 10 日发现楼下厨房花架上高高地挂了一个斤把左右的南瓜，如今已长大了许多。为了希望后面还有收成，早上忍痛摘了下来，称量了一下 3.9 斤，喜人，切了一半正好和好友见面带过去。鲜嫩的南瓜切丝清炒再配上自家的青椒，想想都馋嘴。嘿嘿。这棵不知哪来的南瓜秧，从楼上自留地里爬到了这里，结下如此大的果实，意外之喜啊！

2016 年 8 月 5 日：园子里第一次栽苦瓜是去年，春天在集镇买秧苗菜农送的一棵，产量超高，陆陆续续收成了百余个。尝到了甜头，今年继续种植。昨日发现一成熟的苦瓜，通体金黄，籽如红宝石般，鲜艳夺目，好漂亮呀！赶快拍下这难得一景，然后请教万能的朋友圈，这个苦瓜还可以吃吗？

2016 年 8 月 23 日：大大枣儿甜又香，送给妈妈尝一尝，又是一年枣熟时。

2016 年 10 月 4 日：宝宝、外婆田园忙。祖孙一起摘梅豆、山楂，拔萝卜，收获多多，快乐多多！

2016 年 10 月 7 日：节日聚会，摘个冬瓜送友人，称一称，足足 12 斤，抱在怀里沉甸甸的。园中的种子哪里来？小鸟衔到家。嘿嘿。

2016 年 10 月 18 日：今年意外收获了 5 个大冬瓜，不知哪里来的一棵冬瓜苗，惊叹它的生命力如此旺盛。本来准备再过些日子采摘的，无意中看到资料上说，花落后 30 天或初秋采摘最佳，否则容易变空影响其质量，而且采摘后最好保持生长时的姿势，放在通风阴凉处。赶快找来剪刀，爬到高处，把剩余的 3 个剪下，另外的 2 个国庆期间已分别送友人了。有 2 个冬瓜太重了，弹簧秤无法称量，搬来测量体重秤，巧的是这 2 个都是 19 斤，它们的形状和大小也差不多，貌似双胞胎，量一量它们的身长分别是 66 厘米和 63 厘米，直径分别是 20 厘米和 23 厘米，感觉不可思议。5 个冬瓜总重 71 斤，应该是我的小菜园里产量最高的品种了，只是因为它们的攀爬，一棵枇杷树被缠绕得到现在无叶无花，有得有失呀。抱着大冬瓜合个影。

2016 年 10 月 20 日：今日宝宝的特供绿蔬，白萝卜、生菜和小葱，小家伙最爱吃凉拌萝卜丝、生菜炒木耳，新鲜营养价值高。

2016 年 11 月 6 日：《合肥晚报》发表了我的小文《秋风起，农夫忙》。秋雨中我经常打着花雨伞在园子里巡视，掐几根香葱，摘两个辣椒，拔一个萝卜和几棵香菜，心情顿时大好。

2016 年 11 月 8 日：清晨 6 点刚过，收到王蒙老师发来的微信："我走了快 2 年了，平均每日 8380 步，最高达到 18000 步，你跟许辉也走走吧。"我赶快回信："老师早，又起来散步了，每天的坚持需要的是毅力，敬佩老师呀。"非常感谢老师对我们无微不至的关爱。说来惭愧，虽然我每天早早醒来，总是躺在床上玩手机点赞、批"折子"许久。听老师的话，赶快起来，来到园子里，摘下 3 个黄澄澄的柚子，收获的季节已到，今日开吃。毛芋头、红芋、生姜趁着秋日暖阳还可再生长些时日；夜来香又打出了不少的花蕊，晚上气温低不知能否绽放；一个丝瓜准备留种来年播种，丝瓜瓤用来刷碗碟环保又健康。初秋撒下的香菜、蒜苗、萝卜种长势喜人，野荠菜落下的种子这里一簇那里一簇发出了嫩芽，春天不出家就可以品尝到正宗味美的荠菜。园子里的秋色渐浓……

2016 年 11 月 10 日：柚子熟了，萝卜和红芋也已开吃，每晚凉拌萝卜丝，开胃下饭营养高。生菜、莴笋、水芹剪了发，发了剪，源源不断地为我们提供绿色叶菜。一棵红芋花开得正艳，点缀着绿色的园子，万绿丛中一枝花显得格外醒目养眼。夜来香还在打苞开花，只是香味没有盛夏浓烈了。枇杷花蕊累累正在孕育果实，期待明年的好收成。我爱我的小菜园！

2016 年 12 月 5 日：你若盛开蜜蜂自来。园子里的枇杷花蕊一夜绽放，引来了不少的小蜜蜂，一个、二个、三个…它们一会儿飞到这，一会儿又飞到那，忙得不亦乐乎。抓拍了几个镜头，实时分享。

2017 年

2017 年 12 月 6 日：上火了，严重影响了自身形象，拔颗萝卜切丝拌上香菜和蒜叶，浇上一点醋和麻油，要降火还是自家的绿色食品。嘿嘿。

2018 年

2018 年 4 月 9 日：春播早已开始，可是一直都忙呀忙，再加上前几天的倒春寒，没有插播秧苗。今天终于有半天清闲，再不插秧就错过一季的收成。去农科院好友的试验田选拔了脆皮辣椒、瓠子、丝瓜、苦瓜、圣女果和茄子，因为没有多余的时间精心打理菜园子，只选几种，这些相对不娇气，好养护。我最爱的黄瓜只有忍痛割爱了，它每天需要充足的水分。品种已经减到最少了，每个品种也只选了几棵，没有时间，也没有精力照顾它们，回家急匆匆栽上，又匆匆外出，没有来得及拍照，也忘记了拍照，只好发几张好友拍的照片记存一下吧。看来它们大多数是要靠天收了，对不起亲爱的菜，照顾不周了。

2018 年 5 月 28 日：果蔬最好的季节到了。苦瓜结了，辣椒结了，圣女果结了，无花果、葡萄硕果累累，枣花、苦菊花、白兰花和紫茄花煞是美艳，园中一派生机盎然的景色。美好的一天从菜园开始！

2018 年 6 月 11 日：我的园子我的菜，28 个脆皮辣椒、10 个嫩黄的圣女果、1 个大苦瓜，还有 2 朵盛开的白兰花。

2018 年 6 月 13 日：清晨早早打开电脑一口气写了一篇《城市农夫手记》，熟悉的生活总是那么的顺畅，得心应手。完成作业后赶快吃点简单的早饭，1 个粽子、1 个咸鸭蛋、几粒自家制作的酱豆、1 碗鸡蛋茶，然后匆匆到楼上的园子里，要给植物们浇灌补水。天气太热了，现在正是结果的好季节，一定要保障充足的水分。

2018 年 6 月 21 日：有一个节气叫夏至。俗话说：冬吃饺子夏吃面。摘点拌面的苦瓜、辣椒、豆角、西红柿，吃面去喽！友人留言：住自家的房，吃自家的菜，藤蔓缠绕，绿意葱茏，瓜果丰盈，诗意盎然。城里人，你好有福啊。

2018 年 7 月 8 日：一个花盆，一粒种子，播种出几棵秧苗，照样可以营造出都市里的田园风光。没有条件创造条件来种菜，直播城市农夫的创作基地。

2018 年 7 月 25 日：早餐一碗自家的山药豆打成的山药汁，烫几根豆角凉拌，饭后再吃几个无花果。午餐有苋菜汤、拌苦瓜、蒸茄子，保障了一天的维生素供应，最主要都是绿色无污染的蔬果。

2018 年 8 月 7 日：马齿苋，园子里自然生长的，可凉拌、做粥、清炒，是夏季不错的下饭菜。马齿苋为一年生草本植物，为药食两用植物，具杀菌消炎、清热利湿、解毒消肿、降血压、延缓衰老等功效，有"天然抗生素"的美称。

2018 年 8 月 14 日：植物对季节的交替最敏感，无架豆又开花结果了。枣子陆续成熟，脆脆甜甜的，已经采摘了86枚，树上应该还有百余个，今年的收成颇丰啊，因为它已经多年没有收成了，这与我今年格外精心呵护有关。枣子、柚子、山楂日益成熟，一分耕耘，一分收获，园中呈现出一派丰收的景象！

2018年10月22日：红芋起收完毕，3次收获分别为3斤、7.9斤、12斤，共计22.9斤。今年的品种是红皮黄心，米饭煲里蒸着吃软又甜，口感非常好。摘了两袋嫩叶子清炒，营养又美味，看着都眼馋。身藏沃土乃贵人，煮蒸生熟皆美味，唇齿留香天地恩。

2018年11月4日：早餐是蒸红芋、山药豆汁、自己腌制的萝卜干和酱豆。读自家人写的书，原生态的物产和精神食粮。

2018年11月15日：三园里最后的果实——橘柚收回家了，这两天要降温降雨啦。11个黄澄澄的橘柚实在是喜人，最大的一个1.2斤，总重量8.6斤，这对于18年来生长在花盆里的一棵小树已经非常不容易了，算是高产了。自家的水果吃着放心踏实。昨天看到一个报道，市场上看似黄澄澄漂亮的橙子，有的已经发霉，经过化工原料和色素浸泡加工，又看起来鲜亮，好恐怖啊。我家这棵查过资料应该叫橘柚，介于橘子和柚子之间，既没有橘子的多吃容易上火，也没有柚子的寒，非常好，口味甜中带点点酸，口感好。

2019 年

2019年2月24日：自家园子里长出的野荠菜，挖几棵放入滚开的鸡汤中，鲜美无比呀。

2019年4月30日：分别不足一月，园子荒了。莴笋长成了小树苗；水芹也有半米高；蒜苗过了季节，变黄变软，根部已缩萎；四季青早已开花结籽。好在无花果、山楂、葡萄没忘记俺临走时的嘱托，凭借自身的努力开花结果中。好在代理园长还帮我栽了几棵辣椒、黄瓜、苦瓜，虽然周围的杂草已超越了它们，打理打理不误生长，也算没有耽误一季的收成吧。

2019年5月9日：话说园子里那些已长成貌似小树苗的莴笋，没想到叶和秆还可以食用，口感非常好。今日城市农夫专供：凉拌莴笋丝，叶子可凉拌可做汤，营养价值那是杠杠的。

2019年5月10日：城市农夫专供饮品：金银花茶。

2019年5月15日：我的园子我的菜。今日城市农夫专供绿蔬：水芹。

2019 年 5 月 25 日：久旱逢甘霖，一场暴雨让园子里的花、菜、果和乌龟们酣畅淋漓，摆上瓶瓶罐罐再接些雨水，软水浇灌最好啦。

2019 年 6 月 4 日：晚餐，自家的绿蔬，虎皮青椒，凉拌黄瓜，青椒土豆丝。

2019 年 6 月 11 日：自家的芦荟，随吃随取，是纯绿色的美食及护肤之佳品。

2019 年 6 月 20 日：窗台花架上的梅豆首场秀，摘一把，开吃喽！

2019 年 6 月 28 日：我从园中来，带着果蔬香。园子虽不大，却品种较丰富，每天的一点收成，很开心，很满足，很金贵，现吃现摘，放心安心。纯绿色的蔬果营养口味佳，基本上满足了一天的维生素 C 的含量。知足，开心，有成就感。劳动最光荣、最快乐！

2019 年 7 月 6 日：攀爬在书房窗台花架上的苦瓜秧，碧绿茂盛，一帘帘的绿意，实在是养眼、遮阴又实惠。夏日吃苦，胜似进补，苦瓜清热消暑、滋肝明目、养血益气、补肾健脾。炎炎夏日，一盘冰镇拌苦瓜，可以瞬间去暑解毒，清凉无比，只是自家的苦瓜苦味太重，不是我这个不爱吃苦人的菜，虽然俺早已知晓苦瓜的种种好。有朋友推荐拌上蜂蜜吃，没有尝试过，只是感觉苦瓜拌蜂蜜，少了苦瓜中的苦，那还是苦瓜吗？大姐说苦瓜是君子菜，和任何相搭，只苦自己，不苦他人，当然泡水喝除外，苦瓜水就是要喝出它的苦味。

2019 年 7 月 16 日：清晨被园子里叽叽喳喳的小鸟吵醒，鸟们飞来飞去。园子里的葡萄已被小鸟吃光。鸟比人聪明，它们知道果子成熟的节奏，赶在人还不能吃的时候抢先啄食。它们还会在每一个成熟些的果实上啄上一口，让你不能食用，留着自己再慢慢享用。

这不无花果熟啦，裸露在叶子外面的无花果已被小鸟先尝为快了。摘了几个隐藏在宽大叶下的无花果，我家的无花果甜糯如蜜，口感非常好，这还是二十多年前从公婆家带过来的，老品种，也算是留个念想吧……

2019 年 7 月 18 日：圣女果，水分足；咬一口，汁爆出；嚼一嚼，肉厚多；维 C 丰，营养足；送妈妈，吃得欢；妈喜爱，夸俺孝；纯绿色，放心用；日有熟，慢慢享；既新鲜，又养胃；饱眼福，心情美。农夫我，乐逍遥！

2019 年 8 月 2 日：马齿苋是个不怕热的主，这个天只有它精神饱满，碧绿的叶瓣肥厚而挺拔。掐一把嫩茎叶，可清炒、凉拌或晒干做包子馅。尤其现在桑拿天里，开水烫一下凉拌一盘，下饭养眼口感好，营养价值很高。同时它也是中药中不可缺少的一味药材，全草供药用，有清热利湿、杀菌消炎、降血压、止渴、利尿的作用。

园子里零星自然生长在各个花盆里的马齿苋，借着高温天，终于得以显示出它的风采来，而其他菜这时都是无精打采地低垂着脑袋。

2019 年 10 月 12 日：山楂方队到！季节真的是很神奇，节气一到，对于农作物来说，该收啥就要收获回家。这不寒露刚过，本来还有些酸硬的山楂一下就变得沙沙面面的，而且一碰就落。想到今天有雨，还是抓紧收回家吧，免得吹落。喜欢每次来到树下边摘边吃、慢慢享用的过程。从山楂开吃到目前已经摘 109 个了，饭后吃几个特别开胃。今年应该是山楂结果的大年，花盆里的小树结了近 200 个果，算是丰收年啦。

2019 年 12 月 17 日：今日绿蔬供应——3 个小圆白萝卜、1 把苦菊和几棵香菜。

2020 年

2020 年 1 月 3 日：园子的拐角遗落了一颗萝卜，没想到它的个头长成了这季萝卜的头王。本来应该是青萝卜的它，竟然白多青少。萝卜切丝，再放些自家的青蒜苗和香香的芫荽一起凉拌，色彩搭配分明，鲜得出彩，分分钟打开你的味蕾。萝卜缨用开水烫一下瞬间也成了一盘养眼可口的绿蔬，一天的维生素 C 摄入量 OK 啦！

2020 年 1 月 26 日：宅在家里，吃自家园子里的绿蔬，喝自家园子里的金银花茶，看自家三口的合集书，安安静静地享受难得的清闲。重读此书，着实被当年自己一气呵成的七千多字的序言感动到了。为自己点个大大的赞吧！

2020 年 1 月 28 日：因为疫情封控，好久没见到俺的另一处菜园子了，回来补给一下自家的绿蔬，香菜、苦菊、黄心乌、水芹、莴笋和蒜苗，满满一大袋子。

收到了孩子们寄来的明信片，挺高兴的。有心呀，谢谢宝贝。

2020 年 5 月 1 日：今天是五一国际劳动节。劳动最光荣，打理小菜园，先体力，马上转换脑力劳动记录城市农夫手记，过一个名副其实的劳动节。给自己鲜花花！

2020 年 5 月 22 日：提上小竹篮去园子里摘菜，九宫格里的绿蔬鲜美喜人。

2020 年 7 月 13 日：今天摘了 10 个无花果和若干葡萄，称了称足足有 4 斤。无花果个头大，水分足，颜值高。开始享用自家的水果早茶喽。

2020 年 7 月 14 日：小菜园里的新款眉豆上市啦。眉豆是家乡的叫法，有些地方又叫月亮菜、月牙菜、扁豆等，都很形象吧。眉豆可清炒、干煸、红烧、焯水凉拌，或晒干后冬季蔬菜短缺时炖肉。凉拌是俺的最爱，调上自己喜欢的料汁，可增进食欲，最主要的是时令蔬菜，营养丰富。

2020 年 7 月 23 日：摘些绿果送妈妈。无花果经过几天的日照，柔软甜蜜。为了防止小鸟啄食，为了留住果儿，不得已分别给它们套上网袋，收获了 18 个无花果。葡萄也是甜甜的，为了方便携带，剪下一颗颗葡萄放进硬盒里，这样不会挤碰到。虽然市场上可以买到，但这些是女儿亲手种植的纯绿色的果子，更是女儿对妈妈的孝心和浓浓的爱心。

2021 年

2021 年 5 月 15 日：响应号召，疫情防控期间减少外出，宅在家里，打理自留地，自给自足。

2021 年 6 月 28 日：我的辣椒园。辣椒是每年的主打产品，什么脆皮椒、螺丝椒、杭椒、小米椒、朝天椒均有。从小就爱吃辣椒，现在一天平均可以采摘一斤多的鲜辣椒，当然这不能和有地的主相比，可能会遭他们的笑话。但我的辣椒棵棵都是种在阳台的花盆里，能有这些收成已经心满意足了。家里一年四季的辣椒不用买，到了冬季晒干的一串串红辣椒和自家的花椒一起打成粉，味道足，是烧菜、凉拌菜最带劲的佐料。

2021 年 7 月 16 日：今日收成，无花果成熟期到了，每天十几个鲜果，开心。花架上的黄瓜依然结个不歇，只是没有先前俊俏挺拔了，口感还是一样的，脆生生，甜丝丝，真正的黄瓜味道。中午准备炒一盘青椒蒜蓉红芋叶，过去叫忆苦思甜菜，如今为绿色营养菜，现摘现吃，新鲜无比，一般人还真吃不上呢。

2021 年 7 月 19 日："一亩三分地，瓜蔬绿心田。怡然天天摘，尝尽日日鲜。"这是美才女叶子昨日在我的朋友圈里的留言，超级喜欢这些田园诗句，有才。

2022 年

2022 年 4 月 3 日：清明前后种瓜点豆。春播开始啦！

2022 年 4 月 7 日：园中的小葱开了花。葱的谐音"聪"，预示着聪明伶俐，是宝宝们抓周的吉祥物。我家孙宝当年就无视金钱等爬绕了大半圈直接抓了一根葱。"葱"是对孩子的美好祝愿。

2022 年 4 月 8 日：叶片生菜咋长成了包菜的模样，饱满实在。

2022 年 6 月 27 日：又到蔬果飘香季，自己动手丰衣足食。

2022 年 8 月 1 日：花盆里的小枣子长成了青苹果的大个头。哈，特殊的日子，特殊的爱，献给特殊的我们。嘿嘿！

2022 年 10 月 22 日：封控在家几日，每天精心打理着自己的小菜园。育苗、移苗、拔草、采摘，不亦乐乎。望着一天天长大的秋蔬，心中的成就感满满。在不能外出的日子里，家里没了青菜，到园子里随手掐几片绿叶，做汤，下面，清炒，新鲜无极限。

2023 年

2023 年 1 月 3 日：香菜，学名芫荽。花盆里的一棵香菜竟长出了黄山迎客松的势子。

2023 年 2 月 28 日：花盆里随处可见野荠菜。我发现荠菜喜欢"聚众抱团"生长，尤为喜爱杂草丛中的环境。

2023 年 3 月 1 日：喜迎三月，拔两颗萝卜。萝卜，方言"菜头"，谐音"彩头"。

2023 年 3 月 15 日：对，这是花盆里的菠菜，一棵有半斤重。牛！

2023 年 3 月 21 日：满园皆是荠菜花。花盆里的野荠菜在春雨的滋养下，绿油油的真是喜人，几日不见，爆盆不止。湿润的土壤，荠菜不需要挖，轻轻一拔就起来了。某人又有荠菜饺子吃啦。

2023 年 3 月 23 日：飘窗上的那盆小米辣依旧结个不停，只是个头越来越小，有的小红椒真像米粒大小了。希望今年它能和新椒友们一起茁壮成长，焕发它的第二"春"。加油！

2023 年 4 月 6 日：自家的苦菊现剪现吃，新鲜无极限。

2023 年 4 月 18 日：几日不见，柚子花儿齐绽放，满园皆是柚花香，沁人心脾，醉了醉了。

2023 年 4 月 17 日：清晨起来农夫忙。

2023 年 5 月 7 日：今年首尝几枚鲜嫩的小辣椒。

2023 年 5 月 30 日：嫩嫩的茄子蒸着吃。清蒸的茄子入口即化，百岁老妈最爱吃。

朋友圈"门派"之草木派

《安徽商报》记者　祁海群

连天阴雨间隙，合肥出现了难得的晴朗。

董静在自家顶楼的菜园里拍了好多照片，发在朋友圈："太阳出来喜洋洋喽，朋友们纷纷晒阳光、蓝天白云，我赶快跑到园子里拍几张，晒晒我的小自留地里的植物们。心情大爽。"

不知从什么时候起，在朋友圈里晒自己种的那些瓜果蔬菜，成了董静的赏心乐事。她家复式楼顶有个五十多平方米的大露台。以前，董静的爱人、著名作家许辉先生在露台上种了好多花草，慢慢地花草越来越少，果菜越来越多，变成了大菜园，那些花草只剩下一盆夜来香、一盆白兰，完全成了弱势群体。

有一次，董静在朋友圈里发了一组照片，让大家猜她的园子里都有哪些果树。大家猜出了无花果、枣、山楂、枇杷、柚子树，还有一棵树却无人能识。董静在朋友圈里回复说：这是一棵花椒树，每年能收获一斤多花椒。众人看了大呼长知识。

不光是晒图和大家分享，董静更乐于将这些瓜果分送给朋友，让大家尝鲜。那棵无花果，是从老家移来的小苗，十六年过去，已经长成了大树，每年能结百余个果子，早熟的夏至过后没几天就能尝到鲜，晚熟的到八月份还有口福。还有圣女果，虽然只栽了几棵，但挂果很多，最近董静去参加聚会，总是摘一袋带上，大家在水龙头下冲一冲就吃，口感特别好。

宋人诗里说，家居闲暇厌长日，欲看年华上菜茎。从董静的朋友圈里，能看到她的菜园里一年四季分明的景象。春天，翻了土，将沤的肥料施下去，最好的是菜籽饼肥。清明过后，开始种花点豆，董静去乡下集镇上买秧苗，辣椒、瓠子、西红柿、茄子、圣女果，买回来就栽上。春种夏长之际，董静在朋友圈里不时实况转播，还不忘写下手记："老农跟我说，菜籽饼肥用之前要用水泡半个月后再浇菜，否则肥太足，会烧死嫩苗。""辣椒是 4 月 10 日种下去的，到了 5 月就吃上了。黄瓜长得也快，一晚上能长两厘米。现在正是菜的旺盛生长期。"立夏过后，园子里的菜就更多了，有梅豆、丝瓜、木耳菜、莴苣、香菜。以前窗台跟前是花架，现在全种上了攀爬类的菜，坐在书房里，整个窗外都是翠绿色，董静就不想起来，坐那儿看，看不够。

一年四季里，董静的果菜园琳琅满目，花繁果茂，特别养眼。她时不时拍点儿小景，发在朋友圈里，馋得大家直流口水，纷纷点赞。有个朋友说："董老师，我有朋友想加你微信，她家里也有个大平台，她也打算种菜，想向你取经呢。"还有更性急的。董静有位朋友，住别墅，有很大的院子，以前都种养着花花草草，天天看董静的朋友圈，被"洗脑"了，干脆在大院子里种上了好多菜，"她前不久还在朋友圈里晒，她种的黄瓜熟了，赶紧拍照上传，摘下的黄瓜舍不得一个人吃，都和朋友们分享了"。

有粉丝问董静为什么菜种得这么好，董静说：这些瓜啊果啊菜啊，和人一样，也有感情，你对它们用了心，它们就会攒足了劲长。

世间的万事万物，在乎的都是这份感情。

（发表于 2016 年 7 月 7 日《安徽商报》）

有一种美好生活，叫我们一起努力

《江淮晨报》记者　李　春

　　年前，朋友圈里，有一本众筹的书被争相预购，是《咱家三口的三种生活》。这本书是一家三口合作出版的生活随笔。作者分别是——女儿：许尔茜，爸爸：许辉，妈妈：董静。目前《咱家三口的三种生活》已经面市，记者特别专访了本书作者之一：董静。董静是女儿眼中的"超级妈妈"，是爱人眼中的"园长"，还是朋友眼中的"知心大姐"。

　　晨书房：祝贺《咱家三口的三种生活》出版。一直想找个契机，请您谈谈您和你们一家三口的故事。正好看到你们一家三口合作出版的新书《咱家三口的三种生活》。能否给晨书房的朋友谈谈怎么会想到一家三口合作出书？出书的初衷是什么？

　　董静：几个因素吧。一是我们三个人都写过一些生活类的散文。二是去年出现了二孩政策，今后中国的一胎孩可能只是我们所经历，一胎将成为历史。三是因为去年5月份，女儿放假回国，她的母校安徽大学以及江苏等地邀请她讲课，消息在媒体上出现后突然引发了广泛转载和报道，远在欧美、北美和大洋洲的中文网站，《知音》《恋爱婚姻家庭》等报刊及一些电视台都纷纷转发、报道，还邀请女儿和我们做节目。许多朋友都向我了解一家三口的"经营"之道，促使我们想出这样一本家庭合集，把我们的生活经历与更多的朋友分享。出书的初衷：这本书的主题是爱、家庭和教育。

　　晨书房：《咱家三口的三种生活》年前在网上众筹，你们也是圈子里第一个吃螃蟹的人，能给我们谈谈反响和感受吗？

董静： 这本书问世后，反响很大，有的文友作为新年的贺岁书送亲朋好友，还有的当礼物送给新婚夫妇，尤其受到做了母亲的女性的欢迎。我收到了一些妈妈文友的反馈，她们看完此书后推荐给子女看。一位好友给我留言：对照一下自己是位好妈妈吗？好孩子的成长与优秀的母亲是分不开的。还有一位朋友，女儿在国外读书，寒假放假回来，眼看要开学了，孩子不想离开自己温暖的家，妈妈正在纠结，适时到来的新书，让妈妈和女儿受益匪浅。女儿说，尔茜姐姐很了不起，向姐姐学习，自己及时地调整好了情绪，愉快地踏上求学的旅程。看到这些，我也很高兴。

晨书房： 您觉得好的家庭氛围对孩子健康成长是否有关系？

董静： 其实，家庭氛围和我们生活的自然环境一样重要。人生活在阳光、蓝天、碧野的环境，会心情愉快身体健康；我们营造一个温馨、和谐和快乐的家庭氛围，就是营造了屋檐下的阳光、蓝天、碧水。一个充满欢歌笑语的家庭，让孩子有安全感，充满自信，对孩子的学习、生活以及性格培养都有非常大的影响。

晨书房： 您是退休后开始真正写作的吧？我在书中看到，您发表的第一篇稿子是《学车记》，您写作是受爱人影响，还是兴趣使然？

董静： 是的，真正开始写作是在退休以后。退下来做的第一件事就是到驾校报名学车，拿到驾照的喜悦心情无以言表，想通过文字记录学车的艰难历程和兴奋。文章写好后自己偷偷地投稿，没有想到居然发表了，这大大地激发了我的创作兴趣，再加上几十年的耳濡目染，从喜欢读书开始，慢慢就喜欢上了写作。先生会鼓励我，记得他过去经常对我说，一定要坚持把一篇文章写完，养成好习惯。事实上这一句话，让我很受益。

晨书房： 在书中，看到您家超大的"书柜"照片，普通住宅，怎么会有这么大的一间可以"随心所欲"的书房？你们坚持一直居住在周边环境复杂的老城区，和一房间的书以及平台"田园"有关系吗？

董静： 喜欢买书、读书和写作的爱人一直想拥有一个大书房，房子是框架结构的，所以拿到房子首先把楼下的两间相邻的房间打通，改造成一个超大书房，这个大书房从建成就成为我们一家三口常常待，也是最喜欢待的地方。看书、写字，有时候也会谈论对一些书籍文章的看法。我们一直坚持住在老城区，一是先生喜欢现在的大书房，二是我喜欢二层上面的那个大平台，我称它为自己的小小自留地，一年四季种满了各种应季蔬菜、花果。朋友们说我是“城市庭院经济协会会长”，虽为玩笑所言，我却很受用。

晨书房：记得起先您在报媒上发表最多的是“养花种菜”系列。读书、写作、养花种菜，您对当前生活状态怎么看？

董静：每天看着自己种的小苗成长，在城市的一隅有自己的一小块自留地可以耕耘、收获，是一种乐趣，更是一种心情，不仅可以吃上无公害的蔬菜，还锻炼了身体、陶冶了情操、净化了自家周边的空气。美好环境，顺便记录生活，一不留神还写下了系列城市农夫手记，自己觉得很满足，也很享受现在的生活状态。

晨书房：您怎么看待女儿今天的成绩？她勤奋努力，不服输的个性，您觉得是天生的，还是后天培养的？

董静：二者兼有吧。女儿很小的时候，我们就有意识地培养锻炼她的独立自主能力，对孩子该放手就放手，从不溺爱。心疼，有时候放在心里比挂在嘴上更有爱。前些年，我写过一本生活随笔集《有一种爱叫放手》，也提到陪伴女儿成长的日子，养育不易，教育更不易。感兴趣的朋友不妨找来看看。

晨书房：女儿在书中称您是“超级妈妈”，您怎么看？对于城市农夫这个称呼，您怎么看？

董静：我很开心，自己在女儿的心目中是“超级妈妈”的形象。虽然我不娇惯女儿，但生活中我会为孩子排忧解难，做好一个母亲应该做的一切。

城市农夫是我自封的，后来在爱人眼中，我就成了“园长”。在人挤人的城市里，有一块可以“滋养”身心的青青小菜园，何尝不是一种福气。

晨书房：女儿出国后，您曾经为了照顾女儿生产和小外孙两度在美国短暂居住。能和晨书房朋友谈谈您在美国的见闻吗？

董静：在美国，我除了照顾孩子们，还坚持写了几万字的美国见闻，包括当地的风土人情，多数文章都收录在《咱家三口的三种生活》中。

晨书房：有一句话说，一个成功男人的背后必定有一个成功的女人。您觉得女人对一个家庭的健康成长有影响吗？您觉得三口人的三种生活有什么共同点？

董静：有影响。一个家庭的衣食住行，孩子的培养，做好家人的后勤保障工作，事无巨细，都与一位能干的家庭主妇有很大关系。通过这本书的出版，我发现我们一家三口的三种生活虽然各有千秋，但其实是相辅相成的，我们相互关照，相互欣赏、鼓励，共同进步。希望通过这本书给大家一点启迪：过一种有目标、积极努力向上的生活，是需要家庭每一个成员的努力和支持的。

（发表于2016年3月2日《江淮晨报》）

做好家庭操盘手：咱家三口的三种生活

《家庭》记者　强江海　李　艳

　　许辉，安徽省作家协会主席，茅盾文学奖评委，国家一级作家。除了作品令人赞叹外，还有他经营家庭的能力：在他的操盘之下，一家三口各有各的精彩生活。他像一头能闯能拼的大黄牛，是圈内有名的"高产作家"；妻子董静像只乌龟喜欢宅在家里，做都市农夫，闲来以"农耕"生活为题材，写成了散文集《有一种爱叫放手》；女儿许尔茜有着为梦想而拼的勇气，犹如一只百折不挠的海鸥，如今在哈佛大学执教，如鱼得水。尽管活法不同，一家三口的日子都妙趣横生、幸福满满。

生活总有 AB 面
柴米油盐的日子也很美好

　　1982 年 7 月，家住安徽省宿州市的许辉从安徽大学毕业后，被分配到宿州市人民政府，之后在工作中与董静相识相恋。许辉性格内向，不善言辞，董静却有着皖北女子特有的爽朗性格，两人性格互补，相互吸引，很快步入婚姻殿堂。次年，女儿许尔茜出生。不久，许辉被调到合肥市文联上班，妻女也跟着来了合肥。为了汲取更多的素材和灵感，许辉常常徒步走乡串镇，一走就是十几天甚至更长时间。董静只能靠书信了解丈夫的踪迹，照顾女儿的重担更是落在她一个人身上，可她从未在女儿面前抱怨过丈夫半句。

每次做饭的时候，董静都会搬把小凳子给女儿，让她坐在厨房门口陪自己说说话，这也是母女俩最佳的聊天机会。有时，她会用现有的蔬菜给女儿做只小动物把玩，或者把烧好的菜给女儿先尝一口，更多的时候，她会给女儿说起丈夫在外的工作和生活。在董静的精心经营下，简陋的小家笑声不断。许辉每次从外面回来，老远就能听到妻女的笑声，这让他觉得踏实、幸福。

父亲在家的日子，对许尔茜来说就像是过年，她常常缠着父亲问东问西："爸爸，你在外面能看见很多萤火虫吗？有遇见过很厉害的小狗吗？它会咬人吗？"许辉总是摸着女儿的头，跟她细说外面的世界。他说有一次，他到一个很偏僻的地方采风，借住在一个老人家里，老人姓田，村里人都喜欢叫他老田叔。老田叔无儿无女，生活很贫穷。可老田叔特别喜欢喝酒，即使没有下酒菜也能喝上两杯。一次，他邀请许辉陪他一起喝，唯一的下酒菜，就是菜地里摘回来的两根黄瓜，新鲜带刺的那种。坐在家门口，看着远处落下的太阳，老田叔喝一口酒咬一口黄瓜，对许辉说："别人都觉得我很可怜，可我从来不这么觉得，生活总有两面，一个人生活有好的一面也有坏的一面，而我就尽可能地寻找好的一面，这样心里才不会觉得空。你看我一个人无牵无挂，自由自在，出门一把锁，进门一把锁，谁也管不了我，我也不用去管谁，这样活到死也挺好。"

许辉顿时觉得老人的话充满生活智慧，一个人的生活是很寂寞，可丝毫不妨碍他从中寻找到让自己快乐的东西，一杯酒、一盘野菜都是他幸福的源泉，这种简单的快乐在他生活中随时都可以得到，所以老人时时都能感到快乐。听爸爸说着这一切，许尔茜似懂非懂。许辉轻声告诉女儿："我们每个人的生活，其实都是柴米油盐组成的，到处都是烟火味，可聪明人能把柴米油盐的生活过得充满诗意，而笨人只能感觉到枯燥无味。"在爸爸的影响下，生活中很多细微平常的事都能让许尔茜高兴半天，她也善于发现生活中的美好一面。

2002年9月，许尔茜以优异成绩考入安徽大学对外汉语专业。她笑着对妈妈说："上了大学，我要让自己的生活尽可能地丰富起来，就像爸爸说的那样。"

生活时时需要经营
农夫妻子变为作家

2006 年，许尔茜考取北京语言大学研究生。女儿出去上学后，夫妻俩的生活一下子空闲下来。为了不让妻子闷在家里，许辉每次出去采风都带着妻子一起，权当散心。

2006 年 10 月底，董静和许辉一起去外地探亲，看到一家农户门前一块不大的土地上种满了瓜果蔬菜，十分诱人。回家后，董静看到自家 50 多平方米的大露台稀稀疏疏摆着几盆病恹恹的花草，不由得感叹说："咱家露台这么大一片地方，还不如种些菜更实用。亲手种植的，味道想起来都甜。"许辉觉得妻子的话有道理，不为别的，只为给生活增加一丝甜味。孩子大了总会离开他们，而他们要做的，就是让自己的二人世界更多姿多彩。

等到许尔茜放暑假从北京回来，原本空荡荡的露台早已成为郁郁葱葱的菜园，散养在园中的 17 只野生乌龟在叶子底下悠闲散步、穿行。当天晚上，董静从园子里摘下鲜嫩的黄瓜、熟透的西红柿，给女儿做了一顿丰盛的晚餐，她自豪地说："尝尝我这城市农夫的成果，绝对绿色无污染。"许辉一边给女儿夹菜，一边乐呵呵地自嘲道："以前我是园长，你妈妈是看客。现在她是园长，我是个打散工的，闲来就帮园长干干活，或偶尔来收获一些园长的劳动成果……"正聊得起劲，屋外下起了小雨，听着雨水打在花架和花草上沙沙作响，许辉一时兴起，给它取了一个好听的名字——"听雨花园"。看着自己不在家的这段时间爸妈把生活安排得很好，许尔茜很安心。

照顾"听雨花园"的日子忙碌且充实。每天晚上，董静都会跟丈夫说起菜地里的变化，茄子落花了，或是辣椒已经能吃了，这些事都让她感到兴奋，常常一说就是半天，就像一个快乐的农夫。听多了，许辉建议妻子，可以把这些东西记录下来，留着以后慢慢看，人的记忆是会遗忘的，写下来的东西则能永久保存。

董静开始用笔记录"听雨花园"里植物和乌龟们的成长，记录外出旅游时的见闻和感受。慢慢地，她笔下的文字逐渐变得生动有味起来。

2011 年，董静把自己学车的经历和拿到驾照时的喜悦心情写成文章，然后偷偷地投给一家报社，没想到《学车记》居然刊登了。后来，在丈夫和女儿的赞赏、支持下，董静创作了很多充满生活气息的作品。受母亲的影响，许尔茜在繁忙的学业之余也会留出时间写作，以此作为对自己一周辛劳的犒劳。许尔茜在自己的文章中写道："没有旁人的打扰，自己跟自己的思想交流，还有比这更浪漫的礼物吗？"

手写幸福
三口人三种生活各自精彩

2012 年底，董静的作品《三只小鸡》在报刊上发表："同事送的三只小鸡，但养着养着，它们却成了女儿的宠物。晚上女儿怕它们冷，于是就把小鸡连同盒子一起放到被窝里，给它们讲故事，逗它们玩。我们根据它们的个头和顽皮的习性分别起名为：大不点、小不点、小调皮。三个毛茸茸的小家伙一刻不闲地在盒子里相互追逐着，你拱我一下，我顶你一下，憨态可人的小模样招人喜爱。女儿自从有了三个小伙伴，就改掉了赖床的习惯，好像一下长大懂事了许多……"

那边，许尔茜也不甘落后，写了一篇《我的超级妈妈》："从小我就时常沉浸在周围小伙伴对我的羡慕之中，无论身材、气质还是谈吐，母亲在人群中总是特别耀眼的那一位。直到现在，母亲依然有着同龄人无可比拟的年轻与优雅。爱美的母亲，一头乌黑发亮的秀发，清水挂面似的或披或随意扎着马尾辫飘在脑后，她那双明亮的大眼睛和白皙的肤色让我自叹不如。"

董静拿着自己的和女儿的作品在丈夫面前炫耀道："你看看你这个知名作家，还不如我和女儿高产，你得抓紧时间喽。"为了赶上妻女的脚步，许辉先后创作了中篇小说《飘荡的人儿》《三五个朋友》《夏天的公事》《尘世》等作品，获得上海文学奖、《萌芽》文学奖、安徽文学奖等。2013 年 12 月，许辉当选安徽省作家协会主席，一年后，董静出版了个人散文集《有一种爱叫放手》。

就在许辉夫妇俩的作品一篇接一篇面世时，女儿那边也频传喜讯。2011年许尔茜为追随丈夫的脚步远赴美国。如今，年龄不大的她已先后执教于北京语言大学、清华大学、澳大利亚科林伍德学院、美国纽约州立大学布法罗分校和哈佛大学，在教授汉语及中国文化的同时，还兼任美国《学语文》杂志主编。

2015 年 5 月 24 日，全家人聚餐。有人提议可以把他们三个人的生活记录下来，为此，他们花费了大半年时间。2016 年 3 月 6 日，许辉和董静、许尔茜合著的散文集《咱家三口的三种生活》，在合肥三孝口新华书店成功举行了首发式暨签售会。诚如许辉在后记《过一种有目标的生活》中所说："过一种有目标的生活，这样才有动力。同样，经营一个有目标的家庭，这样才能持久，当然，这个'目标'并非要做成多大的事业，挣多少金银财宝，而是过一种健康向上的生活，建一个开心自信的家庭，这才是人生的目标，才是家庭的目标。"

（发表于 2016 年第 11 期《家庭》）

都市里的田园生活

《合肥晚报》记者　刘高见　李云胜

三园的来历

楼上一片安静怡然，楼下街道车水马龙。

站在位于八楼露台的听雨花园里，女主人董静女士向我们介绍菜园的来历："起初，露台是用来种花的，我家先生在这里种了一百多盆花。走进露台的门上装了一个花棚，下雨天的时候，雨水拍打在上面，所以起名为'听雨花园'。后来他经常出差，没时间打理这些花草，我有时也会帮忙，但由于我也要上班，所以有一些花就死掉了。"

种菜其实始于上世纪 80 年代末 90 年代初，董静一家刚来合肥的时候，租住的民房门口有一片地。

那时候家里的老人喜欢种菜，就在那里种了许多辣椒、茄子、豆角、西红柿等时令蔬菜。

董静受到老人的影响，逐渐也对种菜非常感兴趣，便尝试在自家露台的花盆里种植一些蔬菜。

后来董静开始了大规模的种菜，只保留了部分的花，在露台中间还围起了一块菜池，到周边的集市和农贸市场买了一些菜种和秧苗，用竹竿支起架子，种植豆角和苦瓜。

就这样，一年四季，土地都没有闲置，而是用来种植季节性的瓜果蔬菜。

董静告诉我，她从淮北老家那里也带来一些蔬菜秧苗，比如淮北的圆茄子，还有一棵花椒树，看起来通体是刺，但经过精心培育，现在枝繁叶茂，硕果累累，成为日常做菜的调味品。

园子里还种植了枇杷、枣树、柚子、无花果、山楂等果树，故也称为果园。

于是，露台上的听雨花园成为花园、菜园和果园，即三园，而董静则成为三园园长。

城市里的农夫

一年之计在于春，一日之计在于晨。这是农民总结的种植经验。

董静深谙其中的道理，每天 6 点前就会起床，到露台的菜园去看一看。

菜叶和果树的叶子上的露珠晶莹剔透，在不易发现的地方还会趴着一些小虫子和蜗牛。

即使发现有虫子，她也不会给这些蔬菜打农药，而是用一些自制的健康的小偏方喷洒在叶面上，或闲来徒手捉虫子，效果也很好。

讲述自己这些年的种菜经验，董静说得娓娓动听，忘记了种菜时所付出的汗水和辛劳。

董静说："我们不用农家肥，因为住在城市里，会有一些味道，也会影响周围的邻居。我是从市场上买来一些榨油之后的菜饼，放在桶里，装上水，闷上半个月，施肥的时候，把发酵后的肥料用水稀释，浇在菜和果树上。"

说起浇水，董静也有自己的一套浇水方法，每当下雨的时候，她都会用桶和盆接雨水用来浇菜，平时洗菜的水、淘米水也会留着，提到菜园用来浇菜和果树。

"这样会很有营养，更重要的是节约了水资源，绿色纯天然。"董静说。

我们好奇地问她，枯萎后的秧苗如何处理呢？

董静说："我也不会当垃圾扔掉，而是剪碎，配合制作好的肥料，再把花盆里的土打碎，晾晒一下，肥料和泥土重新装盆种植下一季的蔬菜。"

书房的窗户边，董静在花盆里种植了北方俗称的眉豆。这种菜像弯弯的眉毛，南方称为月亮菜，听上去很形象。

这种菜喜欢爬着窗外的花架生长，就像一片绿色的屏障，既过滤了灰尘，也在夏天起到遮阳的作用。在这样的环境里读书，心情自然畅快。

董静自称为城市农夫，她用这样一种方式，表达对土地的热爱，也包含着深深的乡愁。

在纷繁嘈杂的城市中，不缺少绿色，而在八层楼的露台上，董静为自己、为家人布置这样一片绿色。

没有花花草草的香艳，有的却是朴实无华的蔬菜瓜果，一家人在这个日益更新的城市里，过着自己的田园生活。

分享收获的快乐

独乐乐不如众乐乐，这一片菜园所带来的丰硕果实以及愉悦的心情，董静自然要拿来与朋友分享。

董静说："在跟朋友聚会的时候，我会带些自己种植的圣女果、无花果。朋友都非常喜欢，争着抢着去吃，看到这些，我心里也特别高兴。"

因为一些独到的种菜经验，董静常向朋友传授在露台上的种菜之道，被周边的朋友称为"城市庭院经济协会会长"，董静也欣然接受。

如今，董静的女儿远在美国，家里只有她和爱人，种了这么多瓜果蔬菜，家里吃不完，便经常摘了蔬菜送给朋友。

"有一次，我摘了三大袋辣椒，准备送给三家的，结果去了第一家，三袋辣椒全部被截留。"

董静笑着说："当然，还会有朋友看到我发在朋友圈里的照片，来到我家，每次都会亲自摘一些蔬菜带走。可以说，我们家自己也吃不完，大部分都是送人了。"

董静描述现在的生活，自己提前退休，每天忙不完的家务，还要在菜园里待上几个小时：施肥、掐秧、捉虫、采摘。

有时新种一些蔬菜，搬花盆，都会有磕磕碰碰。爬上爬下，也会被树枝蹭破皮肤，但却乐在其中。

种植天然无公害的蔬菜，不仅净化了房间周围的空气、节约了水资源，还吃到了放心的有机食品。

当然，种菜不能影响楼下的居民。

董静坦言，很享受这种慢生活，每当自己走进园子，身心都会得到释放，放松心情，陶冶情操，真的特别好。

在闲暇之余，董静也会在听雨花园旁看看书报，写写自己作为城市农夫的田园生活。

刚开始，这些文章陆续在一些报纸上发表，如今这些平时积攒下来的小文章都已经结集出版。

董静在自己的田园诗意地栖居，她希望将自己的经历和真情实感付诸文字，将收获分享给更多的人。

（发表于 2015 年 8 月 1 日《合肥晚报》）

有一种美叫情趣

许卫国

看完《有一种爱叫放手》，我有幸被一阵清新自然、朴素淡雅的田园之风吹拂，也知道了有一种美叫情趣。

董静的散文集《有一种爱叫放手》，首先让我知道什么是生活的情趣，在起伏跌宕的人生中，富也好，穷也好，贵也罢，贱也罢，情趣是主要的，失去了情趣，生活就是没有油盐的饭菜，就是没有花朵的春天；其次我也从《有一种爱叫放手》中知道，文学并不是神秘而不可破解的密码，并不是高不可攀的悬崖绝壁，有了生活的情趣、生活的感悟，文学就已经如影随形、水到渠成了。

董静的主业不是写作，而是必须严格遵守上班时间，是没有结局的家务，是对父母时刻的牵挂，是对孩子成长的呕心沥血，是对爱人的默默辅佐，里里外外、时时刻刻是"静"不下来的。她的每一篇作品总是那么干净利落，简洁纯粹，这也算是繁忙给她的一种报偿，因为时间容不得她在那里养尊处优，有一搭、无一搭地闲扯。

翻开《有一种爱叫放手》，就叫你不能放手，情趣会像一个热情的导游带你走进平凡生活中的百花园，也会与有情趣的读者分享这种平凡生活的美。她屋顶上的瓜果、蔬菜，滋润着城市农夫的汗水和心血，它的意义不仅在于作为物质的享受，更是饱含着对老家淮北那令人想起来就情不自禁的乡愁，是对劳动美德不懈的坚守，是对农民情怀的真诚保持，不必去把自己装扮成都市洋人，重要的是内心有一片可使淳朴心灵扎根的泥土。书中描写的屋顶花园实为菜地，这就是回归本真，率性而为，情趣使然。热爱泥土的人不能只为好看而不实用的东西去费心思，当然也不能只为实用而不顾情趣之美。

你看人家这花园，金银花美不美？金银为阴阳，阴阳定寒热，人家不仅好看，还可以救死扶伤，真是表里如一的美。你看秋华春实的枇杷，你看绿色的莴苣、红色的山芋、紫色的茄子、青色的辣椒，瓠子开着白花，眉豆吐着紫蕊，黄瓜花黄，香菜花香，马齿苋叶片马齿一样，黑心乌却是好心肠，还有朴实无华的无花果、碧叶支离的花椒树……劳动的快乐在其中，自然的情趣在其中，移植到纸上能不青枝绿叶、清新可人、美不胜收吗？最令人难忘的是花园里的小乌龟，董静也许是平淡的描述，而我多次在文中看到"小乌龟"三个字总会忍俊不禁，笑出声来，这些闹中趋"静"的生灵，莫名其妙的幽默感，使情趣到了极致。

董静写花园不是小资情调，而是农民情怀，她飞越大洋，纵横欧美，游历南亚，陶醉的不仅是美景，还日夜牵挂她的那片空中自留地，心疼那些植物朋友。董静写饮食不是富豪的味觉，而是对泥土对故乡的感怀。那些因脑满肠肥、舌尖麻木而失去生活情趣的人，总是感叹年味寡淡；而那些往日的焦叶子、蚂蚱腿等平民年货，在董静笔下总能使年味浓郁、亲情醇厚。一大家在一起包饺子，唠家常，"初一吃素饺子，一年清清素素；初三吃荤饺子，一年红红火火；某一个饺子里放一枚硬币，谁吃到则财源滚滚，大吉大利……"仪式般的风俗，节目般的期待，这年过得没有意思吗？我看见有人到超市买饺子汤圆、去饭店买馒头包子回家过年，确实让我感觉过年真是无趣了。董静也养小动物，可她不是养昂贵的宠物来衬托自己的高贵，那只让她"心酸"的小猫咪，那一群"通人性"的小乌龟，那被她"起死回生"的三只小鸡以及短暂停留的飞鸟、蜗牛等，这些低贱的弱势群体在她那里享受了尊贵的生活，也使她的文字更富有情趣和人性的暖意。

在淮北大地的传统里，一个女人能做到针线茶饭、耕种打耙、知书识礼，还能对长辈孝敬、对家庭和睦、对外面友好，那就是贤妻良母、女中楷模了。在当今社会，贤妻良母实为难得，这几点董静做到了，这本身就是一部无字的佳作。

在董静这个文学之家，爱人出名较早，女儿也紧跟其父激扬文字、风华正茂，董静半生为他人甘当绿叶，含辛茹苦，默默奉献，如今也算后起之秀。

愿董静继续"放手"，用大爱续写大作！

（发表于 2023 年 4 月 1 日《海派文学》）

董 姐 种 菜

木　桐

　　董姐种菜，种啥成啥。隔个三两天，我们就能在董姐的微信朋友圈里看到她的菜园子。豆角、水芹、山芋、冬瓜、花椒、山药豆，还有圣女果、柚子、枣子、葡萄……样样长得俊。

　　上传的图片，就能看出园主对菜的欢喜和尊重。一把长豆角盘得像一个港湾，茄子、苦瓜、辣椒依在湾中，再有几颗橙色的圣女果在周围镶个边，真正是一幅油画静物图。逆着晨光的竹篮里，花椒的红与枝叶的绿，热闹热情热烈，让人心头一震：真美！攀满有架豆藤蔓的窗户，豆角垂挂，绿叶满窗，透着清凉。就如董姐说的，一晒菜园子，点赞留言呼呼的。谁能不喜欢呢！

　　我们可不仅仅是过眼瘾，一有聚会，董姐总要现从园子里摘些时蔬鲜果带给我们尝尝：苦瓜凉伴；豆角用开水焯一下就行；茄子蒸熟，调些作料，入口即化；无花果、圣女果甜中微带酸。董姐亲手种的，百分百绿色，入口的滋味就是地道，最主要是金贵啊——现在谁吃的不是大棚菜、化肥菜？我们都是边吃边品，咂嘴有声。

　　董姐家的菜园子在楼顶的平台上，面积不大，用的都是花盆，只承雨露并不接地气的。董姐说，一日曝晒，盆土都要分家。可是冬瓜能长到19斤，豆角能到80厘米，瓠子能有2斤多，最大的山芋有4斤，不能不让人称奇。菜是那么好种的吗？我最早住过单位的老式平房，每家都有一个小院子，我家的院子里大概之前的住户种过菜，还留有地垄。有一天不知怎么心血来潮，想起种菜来，我兴冲冲地请来单位里家在农村的临时工，让他帮我把地翻好，然后撒上小青菜种子，就等着"荒漠变绿洲"了。结果，苗倒是出了一些，但稀稀拉拉的小苗不等长大，叶片很快就被虫子咬得尽是破洞，很多成了秃秆。院子里蚊虫又多，不堪其扰。罢了，罢了，赶紧放弃。

看着董姐的菜园子，想起那个曾经被我一直撂荒的小院，如今想再有，却难了。这多像是一段被辜负的好时光。

我问过董姐："你的菜为什么总种得这么好？"

用心呗。

用心那是自然的。就这大夏天，董姐说每天早晚都得浇园子，让菜喝个饱。日头毒，平台上温度超过 40 度，汗水辣得眼睛痛。想着头戴草帽、脚穿胶鞋、汗水透湿的董姐，真如她自称的是一介城市农夫了。其实，董姐董静，作家也。还有，腻子虫一长一片，得俯下身一点点用手摘掉，杂草也要拔干净。雨后蜗牛多，它们有齿舌，吃起菜苗来凶得很，得赶紧从菜叶上捉下来，正好喂自家养的乌龟。菜长成了，表现突出的，还要给它们量个身长、测个腰围、称个体重，像单位里对待先进一样让它们登上光荣榜，年终再开个总结会："辣椒 13 斤，梅豆和豆角 46 斤，瓠子 9 个，茄子 78 个，黄瓜 19 条，西红柿 31 个……"它们的努力，主人都用心记着呢。

最重要的是，董姐种菜除了用心，还动情。"枣树上的青枣一天天长大，挂满了枝头，少说也有百余个，真的是听懂了我的嘱托，今年铆着劲地结果，草木皆有情啊。我高兴地表扬它，鼓励它要继续加油。""我站在高高的板凳上（摘花椒），晃晃悠悠，两只大乌龟在下面一直昂着头保护我，像是提醒主人要注意安全。"每从董姐的文章里看到这样的文字，我就想起她家先生写她的那句话："园长还真有爱心啊。"前几天，董姐在朋友圈里"通报"：天气炎热，园子里可以收获的绿蔬越来越少，几乎没有收成了。可是，另一种果实却越结越旺，那便是董姐一篇篇写她的小菜园子的文章：《山药豆》《有架豆，无架豆》《圣女果》《园子里飞来一棵冬瓜苗》《夏至与夏蔬》《夏日的园子里》……它们隔三岔五登上报刊，也像园子里的果蔬，透着自然的气息、质朴的味道，甘甜怡人，让人欢喜。

董姐种的仅仅是菜吗？

（发表于 2018 年 8 月 8 日《新安晚报》）

我的朋友小七子

沈　萍

之所以叫小七子，是她在家排行老七。认识小七子是从认识她的女儿开始的。

时间要回放到三十多年前了，一个星期天的上午，我们穿得西装革履，站在单位一楼大门的两旁准备迎接参加两劳会议的人员。这时忽然看见一位五六岁的小姑娘，圆圆的小脸上有一双机灵的、大大的眼睛。只见她不紧不慢、从容自若还面带微笑地从二楼缓缓而下。我们几十个人"刷"的一下侧过脸去向她仰望，并目视着她一步一步地从我们的身边走过。尽管这些人目不转睛地盯着她看，但她的表情仍然是悠然自得，像是在视察我们的"老干部"一样胸有成竹又漫不经心。大家都在好奇："这是谁家的孩子？"就在这时，只见一位身材苗条、气质优雅的年轻女子急急忙忙地从二楼跑下来并拉住了小女孩的手。这时我们才恍然大悟，噢，小女孩是她家的。后来才知道她叫董静，才从外地调到我们单位的计财部工作。

巧合的是，不久我也从另一个部门调到了计财部。报到的那天，我正忐忑不安地担心着是否能胜任这份新工作时，就听到一阵熟悉的声音："你好！沈萍！你也来我们部门了，太好了！"刚进门就被她热情的话语将我的忧愁一扫而光。从此以后，我们就在一个办公室里相处了很多年，而她的女儿茜茜也从小学一年级直到高中毕业，每天中午都来我们办公室里吃饭、午休。

后来我发现这个小姑娘非常自律，有时她放学早，办公室有很多人在七

229

嘴八舌地说个不停，她就悄悄地走到办公室的拐角，稍微停顿两分钟，然后开始心无旁骛地拿出书本默默看起来。有时我打趣地和董静说："你女儿把我们都当成一颗颗大白菜垛在那儿，丝毫都不影响她的学习！"那时，我就觉得这个小姑娘不一般！

再说董静，每天给孩子从家里烧好一个有营养的菜带来，自己却很少舍得动筷子。我观察她对自己很小气，却对孩子和家人以及同事们都非常大方！每次节日回老家都要带回一大桌子的家乡特产给我们品尝，还经常带符离集烧鸡给我们解馋。在我的眼里，用马不停蹄来形容她，太确切不过了。除了上班时她安心地坐下来认真工作，其余时间她都在忙碌：到学校去和老师交流啊，陪孩子去上钢琴课啊，学习电脑网络啊，就没有看她有消停的时候，总是一副忙忙碌碌的身影。毫不夸张地说，她真是勤劳智慧、一丝不苟地工作、生活，名副其实以身作则给孩子做好榜样。我见证了很多年来她每天都是如此，就像铆足了劲的闹钟，不知疲倦地忙这忙那，任劳任怨、有条不紊地安排着家里家外的事情。

由于长期相处，我们不仅是同事也是闺蜜，无话不谈，便互相用在家的排行称对方为小七子和小三子，感觉这样称呼很亲切。最让我意料之外又意料之中的是她的女儿许尔茜，竟然考上美国哈佛大学并担任教师，教授对外汉语。虽然是国内知名大学的研究生并公派到澳大利亚任教一年，可她并不满足，在美期间，她又继续深造拿到了哈佛大学的研究生文凭，还将要开始博士生的学习生涯。有幸见证了她的童年和少年的我，又有幸当过她面前大白菜的我，此时感到无比的骄傲和自豪！

话说小七子对孩子的教育方法，用她女儿的话说："外表娴静的母亲在家里是一位不折不扣的'严母'。母亲从不过分地溺爱我，力所能及的事不代劳，使我自理能力强。母亲时常和各科老师沟通交流，总是很有耐心地跟我共同分析试卷做错的原因，但她对我的严格要求却不容我讨价还价。我的每一个进步都与母亲的严格要求和适时赞美分不开。如果没有妈妈从小对我的高标准、严要求，我不会取得现在的成绩。"这让我得出一个结论：凡是一个有成就的孩子后面，一定有一位伟大的母亲！

退休后的小七子更加忙碌起来，不仅把老公的后勤保障工作做得有声有色，还把自家在楼顶上的自留地打理成一片绿洲，并利用这些蔬菜、花果的营养和医用价值写了一篇篇美文，供人们学习借鉴。这样的勤奋好学来源于小七子的母亲，她是一位一辈子教书育人的教师。如今近百岁的老妈妈还在写自传和一些保健知识，让我们这些"年轻人"都自叹不如啊！俗话说："一代的好母亲，三代的好后人！"还有这样一句话："近朱者赤，近墨者黑。"身边有小七子这样的好朋友做榜样，真是三生有幸啊！

（发表于 2020 年 3 月 5 日《同步悦读》）

城市农夫董静

刘学升

　　外地一好友年前来合肥办事，我给董静女士发信息，邀请她晚上小聚。董静回复已受他人之邀，我说好友给她带来一把专门用于种菜的小铲子，没料她立即答应前来。我当时不明白：一把小铲子有啥稀奇的，对董静竟有如此"魔力"？

　　董静与其先生、女儿最近共同创作并出版了《咱家三口的三种生活》。通过阅读此书，我才恍然大悟，得出年前董静为何一听到好友给她带来小铲子的消息就决定赶来的答案。原来，在城市寸土寸金的当下，拥有自己的菜园可是一种奢侈的想法，董静偏偏将此想法变为现实。她自封城市农夫，平时除了读书写作，主要"农耕都市"——她把家中四五十平方米的平台充分利用，不仅养花种草，而且辛勤打理出一个菜园子来。一年四季，插秧除草、浇水施肥、种植和收获辣椒、梅豆、茄子、黄瓜、西红柿、洋葱、萝卜、青菜、大葱、香菜、柚子、枇杷、山楂、无花果等数十种瓜果蔬菜，真不简单啊！创作来源于生活，董静结合菜园种植的点点滴滴，陆续写出《春来大蒜香》《秋来红芋香》《庭院里的花椒树》《含苞欲放的金银花》等文字优美的散文。正是感觉《咱家三口的三种生活》写得不错，在单位纪念"三八"妇女节座谈会上，我向大家推荐了此书。女同胞们对阅读能够改变生活深信不疑，纷纷要求购买。次日，《咱家三口的三种生活》便摆到了每一位女职工的办公桌上。

　　与董静接触的次数渐渐多了，对她也就愈加熟悉起来。我从她的文章中，从她的言谈举止中，从朋友对她的评价中，看出她是谦虚、善良且大方的人。

董静经常将自家菜园里的瓜果蔬菜赠送给朋友品尝，受到大家的欢迎。在合肥三孝口新华书店举行的《咱家三口的三种生活》新书发布会上，当主持人问及董静平时如何坚持读书写作时，她的回答显得有些腼腆。主持人随即问起董静如何打理好她的菜园子，她顿然来了精神，侃侃而谈，没一点儿拘谨，连声音都明显提高了。

董静在她的一篇文章里写道："自己种菜，做城市农夫，是一种乐趣，更是一种心情，不仅可以吃上无公害蔬菜，锻炼了身体，欣赏着翠枝绿叶和累累硕果，还陶冶了情操，净化了空气，美化了环境。"只要关乎正能量的事情，我一般都乐于接受，或给予支持，或亲身实践。这不，在城市农夫董静潜移默化的影响下，清明期间，我将家中院子里种植的花木整理了一番，"开垦"出一些空地，撒下了果蔬的种子。呵，我要向董静女士学习，读书写作，"修篱种菊"，修身养性。我期待到时候能够收获的，不仅有新鲜的蔬菜瓜果，还有发自内心的对美好生活的感恩。

我的超级妈妈

许尔茜

"初次见到董阿姨，或许她更满意我称呼她许太太，她那时爱穿很流行的鱼尾裙，化着不浓不淡的妆，常带着美好的香气出现在我们凌乱的宿舍里，教你过夜的水不能喝，要多吃水果……充满生活味道。从那天下午开始，这个优雅的女性形象就一直出现在我的脑海里，挥之不去。"十二年后，大学时期的好友这样描述记忆中我母亲的样子。

的确，从小我就时常沉浸在周围伙伴对我的羡慕之中，无论身材、气质还是谈吐，母亲在人群中总是特别耀眼的那一位。直到现在，母亲依然有着同龄人无可比拟的年轻与优雅。爱美的母亲，一头乌黑发亮的秀发，清水挂面似的或披或随意扎着马尾辫自然飘在身后，尤其是她那双明亮的大眼睛和白皙的肤色令我自叹不如。

外表娴静的母亲在家里却是一位不折不扣的"严母"。母亲从不过分地溺爱我，力所能及的事不代劳，都让我自己去做。时常听母亲说，很小的时候我就学会自己吃饭、穿衣了，自理能力强。记忆中从小学到高中的所有家长会母亲都亲自参加，认真记下老师的一项项要求，和各科老师沟通交流，我则在家里紧张地等着母亲回来。到现在我还记得考完试后自己把试卷递过去的忐忑心情，母亲总是很有耐心地跟我共同分析原因，但她对我的严格要求却不容我讨价还价。在我成长的每个阶段，母亲都教育我不要骄傲，鼓励我做得更好。就这样，从小学、大学到研究生，再到我踏入工作岗位，从合肥、北京到澳大利亚，再到如今在美国哈佛大学任教，我的每一个进步都与母亲的严格要求和适时赞美分不开。后来母亲对我说，她一直认为好孩子是夸出来的，要求不能放低，但是态度可以灵活。如果说我现在在事业上还算是有一些进步和成绩的话，这都归功于母亲的教导。

母亲在外婆家是七个兄弟姐妹中最小的一个，自然非常得宠，但是在我面前母亲展现的则是完全不同的一面。"超级妈妈"是一直以来我对母亲的爱称。母亲说话快，做事快，万事通，在我看来简直"无所不能"。她注意科学养生，很多生活中健康的小常识不厌其烦指导我们运用，比如每天早餐前要先喝一杯温开水。她除了会讲这么做对身体的益处外，还会在餐桌上为你摆放一杯水，让你不知不觉地逐渐养成了良好的习惯。我常开玩笑说，母亲给人"洗脑"的水平堪称一流，直至你按照要求照办为止。平日里，家人头疼脑热的小毛病，母亲教我们按摩有关穴位或用自家种植的金银花、枇杷叶熬水喝，竟也很快就治愈了。母亲的这套简易疗法效果好，见效快，省去了吃药、打针，还没有副作用。

从小到大，母亲都会在我需要帮助和照顾时出现在我的身旁，对我自始至终都是疼爱有加。记得小时候我学电子琴时，每次都是母亲骑着自行车，身上挎着长长的电子琴，带着我去学习。学钢琴时，我们母女各自骑一辆自行车去老师家，母亲总是骑车在我的外侧，时刻保护着我，生怕别人或车子碰到我。上大学时，每年寒暑假，母亲都会把我床上的铺盖被褥一个人运回家，拆洗晾晒，开学再送到学校寝室铺好。今年在得知我怀孕后，母亲时刻挂念在异国他乡的我，坚持远足美国照顾了我两个多月。虽然我知道，家里的一切和父亲也离不开她。自从母亲来了以后，每天变着花样为我做营养餐。我喜欢吃菠萝，美国超市买来削好皮的菠萝口感不好，母亲为了让我吃上新鲜的菠萝，买回一个个带皮的菠萝，自己学着一点点削、挖，每次望着母亲被菠萝扎得通红的手，心里都特别感动。在母亲精心的照顾下，我的体重快速地增加，每天有种当公主被宠坏的感觉。宝宝出生后，小家伙夜里经常哭闹，升级为外婆的母亲更是一抱就是几个小时，唱着摇篮曲，慈祥的一面表现得淋漓尽致。

我的这位"超级妈妈"不仅热爱生活，无微不至地疼爱着每一位家庭成员，而且在事业上不甘停步，积极进取。前年母亲刚退休在家，我还着实为她担心了一阵，怕她不能充实自己的生活。但是没过多久，我就接到母亲的越洋电话，激动地告诉我自己的作品第一次见报的喜讯。从那以后，隔段时间我就会听说母亲的新作问世。开始的时候，母亲或许只是为了充实自己，再过过，写作已经融入她的生活、她的精神。这次在美期间，每到一处，就会看到母亲掏出小本记录点滴见闻，甚至忙里偷闲写下了万余字的美国见闻，令人敬佩。

母爱似水，母亲对我的爱犹如涓涓小溪，无时无刻不在滋润着我。养儿才知报娘恩，我现在自己做了妈妈后更能体会到母亲把我培养成人、成才的不易。我爱您，妈妈。女儿再大，您永远都是我心中的"超级妈妈"。

小七子，妈妈眼中的乖乖女

旷瑞生

董静是我七个子女中最小的一个，因为在家排行老七，我们到现在都喜欢叫她小七子。小七子从小到大一直都是个听话、懂事、孝顺、勤奋的好孩子。

从前的老师，放学后几乎每天都要到学生家去家访，很晚才能回家，她在家最听哥哥姐姐们的话，哥姐们谁也不欺负她，因为是家中最小的，我也是格外疼爱些。暑假老师集中学习、备课，她三姐带着她跟着我。小小年纪的她知道我在工作从不吵闹，一听到下课的铃声，就和她三姐说，下课了，妈妈要回来了，拉着姐姐的手去迎接我，乖巧得很。

记得她小时候，家里的母鸡孵出了一窝小鸡，毛茸茸的，特别招人爱，小七子经常逗它们玩。一次她没站稳，不小心坐死了一只小鸡，气得我当时打了她一巴掌，聪明的她知道自己犯了错误，主动地向我认错，直到把我哄开心为止。这是我唯一一次打她，为此，我一想起这事心里就很内疚。

慢慢地孩子们都长大了，他们有了自己的家庭。小七子一家在 80 年代末就调动工作去了合肥，那时交通不方便，逢年过节回家一趟可不容易。孩子知道我最想念她、牵挂她，节假日尽可能地抽出时间回老家看望我，每年春节一定会在家陪我守夜过年三十。现在连她的女儿也跟外婆特别亲，虽然远在美国，但是经常会打电话给我，向我问寒问暖，值得欣慰。

我一直觉得自己亏欠孩子们的，总觉得孩子跟着我没有享过福。以前由于家里孩子多，大人工作忙，根本无暇顾及他们，都是大孩带小孩。现在我每每说到这些，小七子总是善解人意地对我说："妈妈，您养育我们兄弟姐妹

237

成人已经很伟大了，我们感恩不尽呢，千万别这么说。"她鼓励我写回忆录，要勤用脑、多动脑，我已完成三万多字的回忆录，还写了很多小文章和打油诗，抄写了几本健康手册。我现在大女儿家过着幸福的晚年，眼不花、耳不聋，孩子们都孝顺，隔三岔五地来看我。我从年轻到现在不浪费一分钟时间，只要有空，我不是锻炼身体、按摩穴位，就是给孩子们做些手工活。

我教书育人几十年，最认可小七子教育子女的方式。她对孩子要求严，不溺爱，勤沟通，言传身教。如今她的女儿事业有成，有了自己的宝宝，她从不过多干预孩子的生活。她在自家平台上养花、种菜，还经常给我送些自己种植的绿色果蔬，这两年又喜欢上了写作，每写好一篇都会在第一时间读给我听，请我提出建议。开始我以为她只是一时兴趣，没想到一篇接一篇的文章见报。每天看着她忙碌而充实的身影，真心为她高兴。

小七子想让我为她的书写几句话，年事已高的我，记忆大不如从前，东扯西拉写下这些。在这里为小女的大作即将出版送去妈妈由衷的祝贺。

中国人的四季

许　辉

四季野菜

以前对四季的印象和认知，常常是伴随着季节的变化，跟随大人到郊外或野外挖野菜、摘野果时形成的。公历的二月上旬，是春天的开始。虽然气温不高，人们还缩手缩脚，还穿着棉袄，但在家里姨妈等女性长辈的动议下，就算第二天是阴天，家里人也都会挎着篮子出门去挑野荠菜。那时的城市不大，一会儿就走出街道最靠外的那几间草房，走到郊外的麦田里了。麦田边的闲地里，或土壤疏松的河坡上，野荠菜最多。后来我才发现，像小猫小狗一样，野荠菜也是偎人的，越是人类活动频繁的地方，例如麦田边、河坡上、小路旁、闲置的耕地里，野荠菜越多，那些人类多不涉足的地方，反而找不到它们的身影。

荫翳的日子里，太阳一出来，天立刻就暖和了。这时已经进入公历三月，是春天的第二个月了。此时田野里的野菜渐多起来。有一种叫蛤蟆菜的野菜已经拱出了地皮，它的叶子一面光滑，一面像癞蛤蟆的皮肤，突起许多圆鼓鼓的小包，把它的叶子洗净，在开水里氽一下就捞出来，调上麻油凉拌，口感爽滑，很有些郊野的风情。田野里的野荠菜近半已经开了花，这时挖回来的野荠菜，荠香浓郁，叶子可以包饺子，花梗可以晒干了泡茶。但在一个地方挖得太多，会影响它们第二年在大地上的数量，依照古人不竭泽而渔、不射归宿之鸟的传统，一块地上的野荠菜，只选挖那些较嫩的而留下已经开花的才好，这样就不会影响它们下一年的繁衍了。

　　天地间愈来愈暖和，野外可采撷的菜品也愈来愈多。救荒野豌豆是生长最泼辣、最疯狂的一种野菜，一场春雨过后，野外的荒地上，到处都有它们无数枝嫩梢昂扬向上的宏阔场面。起初要慢慢地靠近它们，主要是怕留在它们叶片上的清莹雨珠滚下来弄湿了衣服，但伸手掐它们的嫩梢时，总是避免不了水珠滚落在衣裤上，于是干脆不再顾忌，只管伸出两手去掐那些嫩到一掐即化的梢叶。掐下来的救荒野豌豆的嫩梢带回到家庭的厨房里，做早点时可以用它们摊成油酥薄饼，铛盖打开时，一股野豌豆和雨带露的春香气扑鼻而来，家人边吃边聊，这时吃下的倒似乎不是野菜，而是一种关乎季节的记忆了。

　　初夏时节，郊外的野菜已经多得数不过来了。刺儿菜是其中的一种。刺儿菜又叫期期牙、刺蓟，它的叶缘呈锯齿状，摸上去刺刺拉拉的，不小心就会刺到手，不过等到刺儿菜的叶缘能刺破手的时候，就说明它已经老了，不太好吃了。平原上小麦抽穗的季节，也是马齿苋最肥厚的时候。挖马齿苋不叫挖，叫挑，带一个小铲子，挎一个大篮子，到田间、地头、河坡去挑马齿苋。城里马齿苋稀罕，可凉拌或做汤吃，肥厚滑嫩。农村有那些闲散的老年人，到田间地头挑马齿苋，挑得太多了，就在开水里余一余，摊到废弃不用的大石桥桥面上去让太阳暴晒，整个桥面都被马齿苋占满了，真是洋洋大观。几个暴太阳下来，马齿苋就收干了，带到城里去卖，能卖个好价钱；挑回来的鲜马齿苋有时候处理不完，有人家里养了猪，就在大锅里煮一煮，倒给猪吃，猪吃得满嘴冒沫，香甜无比。

　　仲夏到记忆中的河堤上去摘桑葚。记忆中的那道河堤，那几棵巨桑，仲夏时节，桑果在整个树上挂得满满的。那里成了鸟类的乐园，每天天一亮，鸟们就一群群、一拨拨飞到树上吃桑葚。桑葚成熟的时间不一，有的成熟得早些，颜色黑紫；有的成熟得晚些，颜色暗红；有的正要成熟，颜色嫣红；有的尚待成熟，颜色青绿。鸟们嘴刁，它们专拣黑紫的吃，却又不专心吃，吃一个，啄两个，蹬三个，树下的河堤上，一片黑，一片红，黑红一片，到处都是自然熟透或鸟群蹬掉的桑葚，用一地狼藉形容甚是形象。不过桑树私下里恐怕是喜欢的，因为就物种传播的策略来说，桑树应该是极为成功的，鸟群会把桑树的种子带到四面八方去。黑紫的桑葚采下即时可吃，鲜甜可口；暗红的桑葚吃起来略带甜酸，风味更佳；青绿的桑葚生吃酸涩，可以带回家中，做馒头或早餐摊饼时加几粒进去，熟了以后青涩味全无，反倒溢出来一股带桑果味的清纯气。

蒲公英可以从春天一直采到暮夏，其实到秋冬天也还有，只不过没有夏天多罢了。蒲公英和野荠菜、地皮一样，都是特别喜欢偎人的野味，有人活动的地方，蒲公英就特别多，路边、地头、河堤旁、草坪上，夏天只要远远看见一两朵鲜亮的小黄花，就基本能断定那是蒲公英了。乡下的路边是蒲公英扎堆生活的地方，有时候到一个陌生的地方去，拐上一条村村通水泥路，路两边黄灿灿一片全是盛开的蒲公英。蒲公英多两两丛生，看上去是一棵，挖出来后总发现是两棵。把挖来的蒲公英叶子焯一下，可以凉拌，清凉去火；根子焯一下拿去太阳下晒干，然后收藏起来，喝茶的时候，偶尔拣一根放在茶杯里，茶便变得有一丝苦味了，倒也有一种特别的风情。

地皮也是能从春捡到秋的野味。城市里的居民在连续秋雨后的周日，会开车到郊外的草地里去捡拾地皮。地皮又叫地衣、地耳、地木耳，大概是与木耳相类的一种菌类植物，夏季和秋季的雨后尤其多见。从草地里捡了地皮回来，回家捡洗其中的草屑泥沙，要费些功夫。收拾干净的地皮和鸡蛋配炒，是常见的吃法。小小的一盘鸡蛋炒地皮端上桌，雨后植物间的鲜香气也如一股清风般地旋过来，一人一筷子，这盘菜就见了底了。在城市的菜市场里，偶尔能碰到卖地皮的，二十多块钱一斤，还是没清洗过的。但如果只算经济账，那开车到郊外去捡，成本似乎更高，来回要耗费许多汽油钱。但初秋周日里的这种活动，捡回来的，又似乎不止那几片黑软弹滑的地皮，更多的倒是一种减压舒怀的情致。

从仲秋到寒冬，合着四季的节拍，田野里的野菜愈来愈少了，能采能挑能捡的，大多是春天和夏天已经出现过的。有时在草地上或暖阳处能看见晚出的蒲公英，它们依然盛开着标志性的鲜黄的小花，一直到下雪、结冰，它们的叶子都变成巧克力色了，花葶还直挺挺的。深秋的地皮甚是肥厚，而且在草地上一直能拾到隆冬。下过雪之后，到野外的草地里去，扒开积雪，能看见贴在枯草梗上，或贴在潮湿的地面上的地皮，清凌鲜亮且带有柔韧的弹性。仲冬野荠菜开始出芽，寒冬腊月就能下地挑来吃了；大年三十晚上，一家人边看电视边包素饺子，当然是搭配野荠菜的素饺子浓香好吃；大年初一吃荤饺子，野荠菜还能当主角，配上猪肉之类的荤馅，吃得人满嘴冒油，一年的圆满过去了也又启始了。

古人的四季

咱们现在把春夏秋冬组成的四季叫作四季，但古人，特别是先秦的古人，是常把四季叫四时的。《论语·阳货篇》里孔子说："四时行焉，百物生焉，天何言哉?"《庄子·在宥》里说："天气不和，地气郁结，六气不调，四时不节。"《中庸·三十章》里说："辟如四时之错行，如日月之代明。"《周易·易传·文言》里说："与天地合其德，与日月合其明，与四时合其序，与鬼神合其吉凶。"都是把当时的四季称为四时的说法。

四季是地球和太阳相对位置不同而出现的自然现象，是人类生存至今不可改变的硬环境。古代的人类注意并观察这种现象，琢磨地球、太阳、月亮出现在不同位置时带来的四季规律，最终形成有差异的历法，用来指导日常生产和生活，也用来治理社会和调整人与人之间的关系。

中国上古各朝代使用的历法并不相同，但总的趋势是阴阳结合。所谓阴，主要指地球与月亮的关系，所谓阳，则主要指地球与太阳的关系，一直调整延续下来，就成为我们现在使用的农历了。夏商周三代的历法，主要不同点在一年的起点不同，夏代以孟春月为正月，殷代以季冬月为正月，周代以仲冬月为正月。《礼记·月令》里强调要以冬至为一年农历历法起点，则说明两汉之前的历法，以冬至日为一年的开始，是流行的。

在先秦那个朴素观察天地的时代里，人们对天地运行的现象感觉神秘又好奇，于是创造并联想了许多存在的或不存在的事物去说明或描绘它。《周易·易传·说卦》里说：天帝造化万物从《震》卦象征的东方开始，万物整齐地萌生于《巽》卦象征的东南，万物成长互见于《离》卦象征的南方，万物排行成列于《坤》卦象征的西南，万物愉悦于《兑》卦象征的西方，万物争分夺秒地生长于《乾》卦象征的西北，万物劳苦于《坎》卦象征的北方，万物成熟于《艮》卦象征的东北。这段话既可指起于东方终于东北方的方向次序，也可指四季轮回，还可指日升于晨而没于暮等顺时针方位。中国古人对方位、天象、晨昏、四季等环境现象的观察和总结，就统统都归纳进这个看似简单的八卦方位图中来了。

《庄子·天道》里说"春夏先，秋冬后，四时之序也"，这说的是古代正常、分明的四季。当下的地球气候发生了一定的变化，而且不断增加的二氧化碳排放可能会造成人类智力的下降，影响我们的注意力、记忆力和决策能力，也就是说，人类会因此而变笨，有证据表明，人类的认知能力随着二氧化碳浓度的增高而下降。这就是说，如果我们现在出不了像古代老子、孔子、庄子、柏拉图、苏格拉底那样的大师，那也不能怪我们，只能怪气候。

《周易·临》的卦辞说："元亨，利贞，至于八月有凶。"这里的八月，指《周易》成文时的历法内容。但为什么说"至于八月有凶"，却难以知道具体指什么。考虑到《周易》卦爻辞的归纳性和抽象性，这或是概括地指现在的六七月前后，也就是夏季汛期期间，此时黄河中下游地区雨水较大，气候多变，灾害性天气频发，不确定因素较多，因此说"至于八月有凶"。又或为夏秋之交，阳气转衰，阴气渐长，易发事故。当然，也可能只是指此卦卦象的某种时运周期。

古代最完整地表述中国人四季概念的典籍，是《礼记·月令》以及《吕氏春秋》《淮南子》里的相关篇章。《礼记·月令》把黄河中下游地区的四季，按孟、仲、季的顺序分为孟春、仲春、季春、孟夏、仲夏、季夏、孟秋、仲秋、季秋、孟冬、仲冬、季冬十二个月，另有立春等相关节气和物候的描述。所谓节气，是古人根据太阳在黄经（黄道）上的位置，将全年划分为二十四个段落，太阳每运行 15° 所经历的时日即为一个节气，全年太阳运行 360°，共历春分、清明等二十四个节气；古人亦将二十四节气中的立春、惊蛰、清明、立夏、芒种、小暑、立秋、白露、寒露、立冬、大雪、小寒称为"节气"，将二十四节气中的雨水、春分、谷雨、小满、夏至、大暑、处暑、秋分、霜降、小雪、冬至、大寒称为"中气"；节气和中气交替出现，各历时约 15 天，在这 15 天里，物候会有明显变化，农事活动也必须随时跟进，不然就会耽误农时。"月令"两字，是授时颁政或依时颁政的意思。所谓授时颁政或依时颁政，就是按照天地的四季规律，颁布历法和政令。

颁布历法，这是因为古代人类对天象的认识水平不高，无法通过历法的方式完全匹配日地或月地关系，因而需要通过设置闰月等方式进行弥补，因此每年都要颁布具体的历法以确定当年的四季始终以及二十四节气的时日。颁布政令，则是根据当年的四季与节气，制定领导层及百姓的工作流程。比如古代四季都要祭祀，在哪一天做哪种祭祀都有固定的时间和格式，孟春的祭祀在东郊，孟夏要到南郊恭迎夏天的到来，某个月则要下令不能用雌性禽兽祭祀；有些月份禁止砍树，禁止弄翻鸟巢，不准杀死幼小的动物、还在胎里的动物、刚出生的动物以及飞鸟，不得掏取鸟蛋；某个月则不要聚集百姓，不要修建城郭，也不要发动战争；等等。

各部门也要有各部门的工作安排，不得乱来。例如孟春这个月农官要住到东郊，全面整修田界，检查维护农田道路，认真地查看小土山、大土山、山坡以及高低不平、低湿等地方的田地，根据土地情况，安排粮食种植，要传授这些知识来引导农民；田地的事情已经安排妥当，这之后要先确定农税标准，农民便不会疑惑。

秋天是各种收获集中到来的季节，仲秋这个月的工作和孟春就完全不同了。在仲秋这个月里，官员们要察看吃草料的和吃粮食的牲畜，考察牲畜是肥还是瘦，察看牲畜的成色品相，确保选用的牺牲已经进行过比较筛选，测量过大小，检视过长短，都符合祭祀标准；这个月，可以筑城郭，建都邑，挖地窖，修粮仓；还要催促百姓收获农作物，务必要储存蔬菜，要多积蓄粮食等，鼓励种植冬麦，不要错失农时，如果有人错失农时，那就是实施犯罪的行为了；这个月还要让关卡和市场交易起来，吸引远方的商人，接纳货物，便利民生，四方的人汇集来了，远乡的人都来了，那么资源财富也就不会耗尽了；这个月如要谋举大事，在大势上注意不要违背天道，必须顺天应时，亦要慎重地根据已有的规矩办事。

正由于古人理性知识依托不丰，因此四季概念常与感性物候紧密联系在一起，那时候没有十天平均气温在多少度以上为春天这类概念，但是看到动植物状态或行为的变化，就知道季节的变化开始了。孟春时"东风解冻，蛰虫始振，鱼上冰，獭祭鱼，鸿雁来"。仲春时"始雨水，桃始华，仓庚鸣，鹰化为鸠"。孟夏时"蝼蝈鸣，蚯蚓出，王瓜生，苦菜秀"。季夏时"温风始至，蟋蟀居壁，鹰乃学习，腐草为萤"。孟秋时"凉风至，白露降，寒蝉鸣，鹰乃祭鸟"。仲秋时"鸿雁来，玄鸟归，群鸟养羞"。孟冬时"水始冰，地始冻，雉入大水为蜃"。季冬时"雁北乡，鹊始巢"。这些都是物候与四季和节气之间的感性对应。

四季之义大矣

"云行雨施，品物流形"，正因为古人细心地观察到了"云行而雨下，于是万物在变化中成形"这种自然现象，人们才能进一步用心地将天地之间的自然现象，迁移至人类社会生活之中，达致一种仰观于天文、俯察于地理、中观乎人文的超级境界。"行云下雨"是天地的因，"万物因此而发生变化并塑成自己的外貌"是天地之因在生物界和人类界结成的果；没有人类对天文、地理和四季的体验、感悟、观察和模仿，人类就无法清楚地认识天地、认识自己。

《周易·彖》说：刚中而柔外。对天地来说，这句话是说天道内刚外健，而地道则内阴外柔：没有内在的强大刚健，哪有天道外在的自强不息、运行不已；没有内在的阴顺宽厚，又哪有地道外在的柔美和谐、滋养万物。对四季来说，这句话是说四季有刚有柔、刚柔间错：春季和顺宽展、万物复苏，夏季则火烈暑酷、困苦难耐，秋季回归天高云淡、宜人醇厚，冬季再轮为冰雪严寒、人境艰难。对人类来说，这句话是说一个人要内心刚强而言行和蔼，或内心强大而外表温和，或内心坚固而外表不争，或言语柔和而行为果决。

四季范畴中的天德之美和地德之美，总是受到古人的推崇的。所谓天德，就是天的德行，就是天的特质，就是天为万物和人类的生存、生长做出的决定性的贡献。所谓地德，就是地的德行，就是地的特质，就是地为万物和人类的生存、生长做出的决定性的贡献。没有太阳的供暖和行云施雨，就没有大地上的万物生长；没有大地的承载和滋养，万物也无所归依、无可生长。

但在中国古代文化氛围中，至为重要的，则是对天地、四季内美不彰品德的推崇。老子说："知者不言，言者不知。"这是告诉人们，智者是不会夸夸而谈的，夸夸而谈的人不是智者。孔子说："君子欲讷于言而敏于行。"这是告诉人们，君子要言语谨慎、行事敏捷。《庄子·知北游》说："天地有大美而不言，四时有明法而不议，万物有成理而不说。"这是告诉人们，天地有大美好却不张扬，四季有确定的法则但不议论，万物有既定的规律但不说出来。在中国古代的智者看来，一个人，能力再强，智慧再丰，地位再高，助人再多，贡献再大，也不可能超过四季和天地。既然对万物和人类做出那么大贡献的四季和天地都内美不彰，人类的一点小小成就，还值得自恋其中而夸耀不已吗？

四季有刚有柔、刚柔间错，这才叫"一阴一阳之谓道"。春天来了，万物萌芽；夏天到了，万物度暑；秋天来了，万物成熟；冬天到了，储藏整备。既然季节如此，人类做起事情，不也要时至而动、时尽而止吗？春天来了，不去耕种，秋天到了，不去收获，冬天降临，去撒下了种子，那还有不失败的吗？迁延至人生，也要时至而动、时尽而止；机会来了，要敏捷地抓取；时机不成熟，就不能勉强作为，而要厚积厚攒，待时而发。

四时迭起，万物循生。人们从四季，以及太阳、月亮和天地关系中，总结出阴阳、刚柔的哲学理念，并精炼扩大，成为中国古代最重要的观念和法则。在古人的眼光中，阴阳和刚柔，不仅仅是无所不在的，还是无所不包的；不仅仅是绝对的，而且是相对的；不仅仅是固定不变的，而且是物极必反、循环不已的。冬天冷到了极致，就会转暖，夏天热到顶点，就要转凉；人生也是如此，顺到不能再顺时，就会反转，霉到不能再霉时，就要反弹。

《周易·系辞上》说："原始反终，故知死生之说。"这是告诉人们，事物都是从起点开始又返回作为终点的起点，这才是死与生的道理。因此，事物过顺，就要警惕它向不顺反转；而事物不顺，就要努力，以进取和积累迎接反转的到来。《庄子·则阳》说："阴阳相照，相盖相治；四时相代，相生相杀。"这是告诉人们，阴阳相互映照，相互包纳相互呵护；四季轮岗，相互促生你衰我盛。顺境不是永远，困境也不是终点，它们都只是过程的一部分，只有努力和追索才是永恒的。

正是有了古代的智者对日月、天地、阴阳的观察、思考、总结、归纳和提炼，我们看到的日月才不仅仅是纯自然的日月，我们体验到的四季才是更有内涵的四季，我们感受到的天地才是有灵性的天地。孔子说："逝者如斯夫，不舍昼夜"，这逝去的已经不只是汛期泗水这个泄洪道里的浊水了，而是复加了时间、空间、喟叹、社会、人生、期待、责怨等等等的情感之水了。孔子期待的能跟弟子们一道享受的"暮春三月，春天的衣服已经穿上身，五六个成年人，六七个小孩子，在沂水里洗洗澡，在舞雩台上吹吹风，一路唱着歌走回家"的天然境界，也已经不仅仅是春天、游水、儿童、拉风、飙歌和新衣服等关键词了，而成为对一种理想社会生活的渴求和描述。

老子说："上善若水，水善利万物而不争，处众人之所恶，故几于道。"在老子眼里，最高等级的善或最高等级的善人就像水那样，水滋利万物而不与之争夺，位处大家都不愿意待的低洼地，因此水的品质已经十分接近于宇宙的最高规则了。在老子的视野里，这水已经不是自然之水，不是地表之水，不是理化成分的水，不是喝了只能解渴的水，而是哲学之水、文学之水、情感之水、观念之水和养心之水。《庄子》在天地四季中追求的是一种仙童般的悠然和凝静，是一种"入无穷之门，以游无极之野"的超然境界。在庄子的视野中，游世于天地四季之间是人生的实境，游心于天地四季之外才是人生的至境；守神凝静，形体自会康顺；安顿好自己的内心，精神自会生长。

也正因为古代的智者为我们挖掘了如此丰富的天地、四季的大内涵，我们在体验四季、感受天地的过程中，才不再显得那么浅薄、粗心而浮躁。我们挎着竹篮走进原野时，我们不仅仅是走进了原野，而是正在走进农耕文化的腹地；我们看见刮风下雨时，我们知道那并非只是在刮风下雨，那也是阴阳交合、刚柔互转；我们捡拾一片地皮时，我们不只是在捡拾一种野味，我们也会感叹大地对万物的滋润和养育；我们挖起一棵荠菜时，我们知道我们并非只是在挖起一棵野菜，我们会想起为了食品安全而以身试毒的先人；我们在开花的蒲公英附近休息时，我们会想起不竭泽而渔的道理；我们走在无人而沉寂的原野里时，我们则将懂得何为心静如水、顺天而应时。

（发表于 2022 年 3 月 11 日《光明日报》）

城市农夫（代后记）

董　静

　　"清明前后，种瓜点豆"，这时的气温逐渐升高，正是春播春种的大好时节。沉寂荒凉了一个冬天的大平台听雨花园，在春阳照临、春雨飞洒的滋润下又将春暖花开、绿色满园。

　　一年之计在于春，我们早早地就把花盆里的土翻新，施上精心准备的无味的蚯蚓肥，在乡村的集镇上买到了需要的种子菜秧。四月清明，春回大地，播种的季节一到，我们就开始忙碌起来。常言道："清明断雪，谷雨断霜。"清明前后，仍然时有冷空气入侵，即倒春寒，这时我们会在每个花盆上都罩上塑料套子，就像农村的塑料大棚一样既防寒又保暖，确保种子的成活率。现在，我们种的无架豆、梅豆、黄瓜、土豆等都已发芽，辣椒秧也栽种成活了，花园里的花草果树也开始吐绿了，到处呈现一片生机勃勃的景象。

　　我家的花园最早是名副其实的，里面种满了各种花卉，少说也有百余盆，到了春夏，真是百花齐放，美不胜收。因为花都是种在花盆里的，土壤少，夏天经过一天暴晒，晚上每盆花都蔫蔫的，盆和土早已分家，所以每天给花浇水是一项繁重的任务。我对养花一直兴趣不大，对种菜却情有独钟，于是在我的主导下，我家的花园慢慢开始淘汰一些花草，增加种植蔬菜，如辣椒、黄瓜、韭菜、山芋、土豆、马齿苋、大葱、蒜苗、莴苣、苦菊、眉豆、无架豆、无架南瓜等，看到硕果累累，喜悦之情无以言表。每当我把收获的绿色蔬菜送给亲朋好友，大家都特别高兴。记得有一次我剪了一把韭菜和一袋辣椒送给朋友，她非常珍惜这无污染的蔬菜，对我说要带回家单独炒给儿子吃，老公沾都不让他沾。

　　有报道称，现在市场上出售的豆角要打近十次农药才能长大，小青菜为了防虫也要多次打药，生姜为了饱满卖个好价钱更是要用药水浸泡——可想而知，现在蔬菜的污染有多大。为了自己的健康，也为一种时尚友好的生活方式，我们当起了城市农夫。自己种的环保菜，那真是吃着放心看着爽心，做菜时葱蒜随手采摘，只需用水冲洗即可。尝到了自己种菜的甜头，我们不断地扩大种植规模，去年尝试的生姜、圣女果、豌豆都种植成功了。山芋收获了40多斤，最大的一个有3.9斤重，陆陆续续地吃了很长时间。市场上销售的一般蔬菜，我家基本上都种植过，家里人口少，每个品种种上几棵，基本上可以自给自足。

自己种菜，做城市农夫，是一种乐趣，更是一种心情，不仅可以吃上无公害蔬菜，锻炼了身体，欣赏着翠枝绿叶和硕果累累，还陶冶了情操，净化了空气，美化了环境。平台花园里落在山楂树上、枇杷树上的小鸟叽叽喳喳地叫个不停。我们散养的十几只野生小乌龟，在雨声啪啪绿色覆盖的花园里尽情地沐浴玩耍，它们还在雨后的菜盆边捕捉蜗牛、蚯蚓和小昆虫，美美地饱餐一顿。我家的菜园兼花园、果园，真是一派意韵悠远的田园风光。

（发表于2013年第8期《安徽文学》）

发自内心的感谢

董　静

　　衷心感谢我们的好友朱移山老师！我的两本散文集，都是在朱老师的大力支持、鼓励和帮助下，才得以圆梦的！

　　感谢这本书的责任编辑张慧美眉，因为她的认真、细心和专业，才使这本书能以现在这么好的面貌和广大读友相见！

　　感谢生活中的各位朋友、文友和读友，是你们给了我友情的快乐、丰富的认知、生活的细节和精神的鼓励！

　　最后，自然要感谢家人，他们对我都是无条件包容的，也是一以贯之地鼓励和支持的！

　　我会继续把菜种好，把露台上的园子侍弄好，也会尽量多读几本别人的大书，多写几篇自己的小文。孔子说，知之者不如好之者，好之者不如乐之者。种植、读书、习作，这些都是我的至爱，因而与它们久处，我最能乐此不疲，尽享人生的美好！

　　　　　　　　　　　　　　　　　　2023 年 6 月 6 日于合肥听雨花园